大学者随笔书系 | DAXUEZHE SUIBI SHUXI

历史动向

闻一多随笔

Wenyiduo Suibi
LISHI DONGXIANG

北京大学出版社
PEKING UNIVERSITY PRESS

图书在版编目(CIP)数据

历史动向 闻一多随笔/闻一多著. —北京：北京大学出版社,2008.8
(大学者随笔书系)
ISBN 978-7-301-13994-3

Ⅰ.历… Ⅱ.闻… Ⅲ.随笔—作品集—中国—当代 Ⅳ.I266.1

中国版本图书馆 CIP 数据核字(2008)第 094412 号

书　　　名：	历史动向　闻一多随笔
著作责任者：	闻一多 著
策 划 组 稿：	王炜烨
责 任 编 辑：	王炜烨
封 面 制 作：	石枕寒流
标 准 书 号：	ISBN 978-7-301-13994-3/G·2408
出 版 发 行：	北京大学出版社
地　　　址：	北京市海淀区成府路 205 号　100871
网　　　址：	http://www.pup.cn 电子信箱：zpup@pup.pku.edu.cn
电　　　话：	邮购部 62752015　发行部 62750672　编辑部 62750673
	出版部 62754962
印　刷　者：	北京宏伟双华印刷有限公司
经　销　者：	新华书店
	787 毫米×1092 毫米　16 开本　16 印张　213 千字
	2008 年 8 月第 1 版　2012 年 9 月第 2 次印刷
定　　　价：	35.00 元

未经许可,不得以任何方式复制或抄袭本书之部分或全部内容。
版权所有,侵权必究
举报电话：(010)62752024　电子信箱：fd@pup.pku.edu.cn

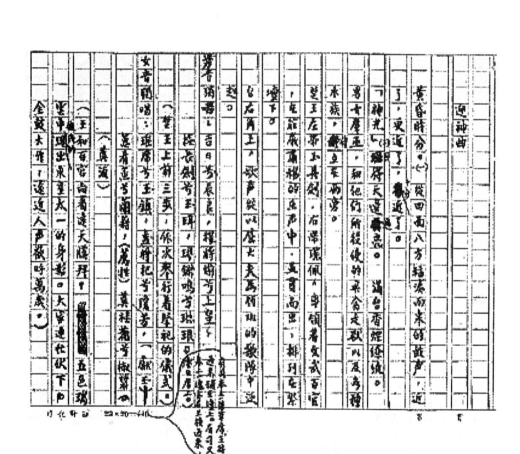

目 录

文化精神

003 "四杰"
009 孟浩然
014 贾岛
018 杜甫
030 庄子
043 龙凤
047 神仙考
059 歌与诗
070 说舞
076 类书与诗
083 宫体诗的自赎
093 端节的历史教育
097 屈原问题
　　——敬质孙次舟先生
109 道教的精神
117 什么是儒家
　　——中国士大夫研究之一

时代声音

125 黄纸条告

Contents

- 127 悼玮德
- 130 关于儒·道·土匪
- 134 从宗教论中西风格
- 139 愈战愈强
- 142 在鲁迅逝世八周年纪念会的演讲
- 144 一个白日梦
- 146 五四运动的历史法则
- 150 妇女解放问题
- 154 "一二·一"运动始末记
- 157 文艺与爱国
    ——纪念三月十八
- 159 八年的回忆与感想
- 164 最后一次的讲演
    ——在至公堂李公朴夫人报告李先生死难经过
    　　大会上的讲演

文明建设

- 169 建设的美术
- 173 电影是不是艺术
- 181 《女神》之时代精神
- 188 泰果尔批评
- 193 邓以蛰《诗与历史》题记

195 诗人的横蛮
197 诗的格律
204 戏剧的歧途
207 先拉飞主义
218 文学的历史动向
223 《西南采风录》序
226 时代的鼓手
　　——读田间的诗
231 匡斋谈艺
234 字与画
237 冯法祀战地写生画展观后感
239 战后文艺的道路

文化精神

>>> 闻一多 历史动向>>> 历史动向>>> 历史动向

"四　杰"

继承北朝系统而立国的唐朝的最初五十年代,本是一个尚质的时期,王、杨、卢、骆都是文章家,"四杰"这徽号,如果不是专为评文而设的,至少它的主要意义是指他们的赋和四六文。谈诗而称"四杰",虽是很早的事,究竟只能算借用。是借用,就难免有"削足适履"和"挂一漏万"的毛病了。

按通常的了解,诗中的"四杰"是唐诗开创期中负起了时代使命的四位作家,他们都年少而才高,官小而名大,行为都相当浪漫,遭遇尤其悲惨(四人中三个死于非命)。——因为行为浪漫,所以受尽了人间的唾骂;因为遭遇悲惨,所以也赢得了不少的同情。依这样一个概括,简明,也就是肤廓的了解,"四杰"这徽号是满可以适用的,但这也就是它的适用性的最大限度。超过了这限度,假如我们还问到:这四人集团中每个单元的个别情形和相互关系,尤其他们在唐诗发展的路线网里,究竟代表着哪一条,或数条线,和这一线在网的整个体系中所担负的任务——假如问到这些方面,"四杰"这徽号的功用与适合性,马上就成问题了。因为诗中的"四杰",并非一个单纯的、统一的宗派,而是一个大宗中包孕着两个小宗,而两小宗之间,同点恐怕还不如异点多,因之,在讨论问题时,"四杰"这名词所能给我们的方便，恐怕也不如纠葛多。数字是个很方便的东西，也是个很麻烦的东西。既在某一观点下凑成了一个数目，就不能由你在另一观点下随便拆开它。不能拆开，又不能废弃它，所以就麻烦了。"四杰"这徽号，我们不能，也不想废弃，可是我承认我是抱着"息事宁人"的苦衷来接受它的。

"四杰"无论在人的方面，或诗的方面，都天然形成两组或两派。先从人的方面讲起。

将四人的姓氏排成"王、杨、卢、骆"这特定的顺序，据说寓有品第文章的意义，这是我们熟知的事实。但除这人为的顺序外，好像还有一个自然的顺序，也常被人采用——那便是序齿的顺序。我们疑心张说《裴公神道碑》"在选曹见骆宾王、卢照邻、王勃、杨炯"和郗云卿《骆丞集序》"与卢照邻、王勃、杨炯文词齐名"，乃至杜诗"纵使卢王操翰墨"等语中的顺序，都属于这一类。严格的序齿应该是卢、骆、王、杨，其间卢、骆一组，王、杨一组，前者比后者平均大了十岁的光景。然则卢、骆的顺序，在上揭张、郗二文里为什么都颠倒了呢？郗序是为了行文的方便，不用讲。张碑，我想是为了心理的缘故，因为骆与裴（行俭）交情特别深，为裴作碑，自然首先想起骆来。也许骆赴选曹本在先，所以裴也先见到他。果然如此，则先骆后卢，是采用了另一事实做标准。但无论依哪个标准说，要紧的还是在，张、郗两文里，前二人（骆、卢）与后二人（王、杨）之间的一道鸿沟（即平均十岁左右的差别）依然存在。所以即使张碑完全用的另一事实——赴选的先后作为标准，我们依然可以说，王、杨赴选在卢、骆之后，也正说明了他们年龄小了许多。实在，卢、骆与王、杨简直可算作两辈子人。据《唐会要》卷八二，"显庆二年，诏征太白山人孙思邈入京，卢照邻、宋令文、孟诜皆执师贽之礼"。令文是宋之问的父亲，而之问是杨炯同僚的好友。卢与之问的父亲同辈，而杨与之问本人同辈，那么卢与杨岂不是不能同辈了吗？明白了这一层，杨炯所谓"愧在卢前，耻居王后"，便有了确解。杨年纪比卢小得多，名字反在卢前，有愧不敢当之感，所以说"愧在卢前"；反之，他与王多分是同年，名字在王后，说"耻居王后",正是不甘心的意思。

比年龄的距离更重的一点,便是性格的差异。在性格上"四杰"也天然形成两种类型,卢、骆一类,王、杨一类。诚然,四人都是历史上著名的"浮躁浅露"不能"致远"的殷鉴,每人"丑行"的事例,都被谨慎的保存在史乘里了,这里也毋庸赘述。但所谓"浮躁浅露"者,也有程度深浅的不同。杨炯,相传据裴行俭说,比较"沉静"。其实王勃,除擅杀官奴那不幸事件外(杀奴在当时社会上并非一件太不平常的事),也不能算过分的"浮躁"。一个人在短短二十八年的生命里,已经完成了这样多方面的一大堆著述:《舟中纂序》五卷,《周易发挥》五卷,《次论语》十卷,《汉书指瑕》十卷,《大唐千岁历》若干卷,《黄帝八十一难经注》若干卷,《合论》十卷,《续文中子书序诗序》若干篇,《玄经传》若干卷,《文集》三十卷。能够浮躁到哪里去呢?同王勃一样,杨炯也是文人而兼有学者倾向的,这满可以从他的《天文大象赋》和《驳孙茂道苏知几冕服议》中看出。由此看来,王、杨的性格确乎相近。相应的,卢、骆也同属于另一类型,一种在某项观点下真可目为"浮躁"的类型。久历边塞而屡次下狱的博徒革命家骆宾王,不用讲了。看《穷鱼赋》和《狱中学骚体》,卢照邻也不像是一个安分的分子。骆宾王在《艳情代郭氏答卢照邻》里,便控告过他的薄幸。然而按骆宾王自己的口供,"但使封侯龙额贵,讵随中妇凤楼寒"?他原来也是在英雄气概的烟幕下实行薄幸而已。看《忆蜀地佳人》一类诗,他并没有少给自己制造薄幸的机会。在这类事上,卢、骆恐怕还是一丘之貉。最后,卢照邻那悲剧型的自杀和骆宾王的慷慨就义,不也还是一样?同是用不平凡的方式自动的结束了不平凡的一生,只是一悱恻、一悲壮,各有各的姿态罢了。

这几乎是不可避免的发展。由年龄的两辈和性格的两类型,到友谊的两个集团。果然卢、骆二人交情,可凭骆的《艳情代郭氏答卢照邻》诗来坐实,而王、杨的契合,则有王的《秋日饯别序》和杨的《王勃集序》可证。反之,卢或骆与王或杨之间,就看不出这样紧凑的关系来。就现存各家集中所可考见的说,卢、王有两首同题分韵的诗,卢、杨有一首同题同韵的诗,可见他们两辈人确乎在文酒之会中常常见面。可是太深的交情,恐怕谈不到。他们绝少在作品里互相提到彼此的名字,有之,只杨在《王勃集序》中说到一次"薛令公朝右文宗,托末契而推一变,卢照邻人间才杰,览清规而辍九攻",这反足以证明卢、骆与王、杨属于两个壁垒,虽则是两个对立而仍不失为友军的壁垒。

于是,我们便可谈到他们——卢、骆与王、杨——另一方面的不同了。年龄的不同辈、性格的不同类型、友谊的不同集团,和作风的不同派,这些不也正是一贯的现象吗?其实,不待知道"人"方面的不同,我们早就应该发觉"诗"方面的不同了。假如不受传统名词的蒙蔽,我们早就该惊讶,为什么还非维持这"四"字不可,而不仿以"前七子"、"后七子"的例,称卢、骆为"前二杰",王、杨为"后二杰"?难道那许多迹象,还不足以证明他们两派的不同吗?

首先,卢、骆擅长七言歌行,王、杨专工五律,这是两派选择形式的不同。当然卢、骆也作五律,甚至大部分篇什还是五律,而王、杨一派中至少王勃也有些歌行流传下来,但他们的长处决不在这些方面。像卢集中的诗句:

风摇十洲影,日乱九江文。
——《赠李荣道士》

川光摇水箭,山气上云梯。
——《山庄休沐》

和骆集中这样的发端:

故人无与晤,安步陟山椒。
——《冬日野望》

在那贫乏的时代,何尝不是些夺目的珍宝?无奈这些有句无章的篇什,除声调的成功外,还是没有超过齐梁的水准。骆比较有些"完璧",如《在狱咏蝉》之类,可是又略无警策。同样,王的歌行,除《滕王阁歌》外,也毫不足观。便说《滕王阁歌》和他那典丽凝重与凄情流动的五律比起来，又算得了什么呢！

杜甫《戏为六绝句》第三首说："纵使卢王操翰墨，劣于汉魏近《风》、《骚》。"

这里是以卢代表卢、骆，王代表王、杨，大概不成问题。至于"劣于汉魏近《风》《骚》"，假如可以解作王、杨"劣于汉魏"，卢、骆"近《风》《骚》"，倒也有它的妙处。因为卢、骆那用赋的手法写成的粗线条的宫体诗，确乎是《风》《骚》的余响，而王、杨的五言，虽不及汉魏，却越过齐梁，直接上晋宋了。这未必是杜诗的原意，但我们不妨借它的启示来阐明一个真理。

卢、骆与王、杨选择形式不同，是由于他们两派的使命不同，卢、骆的歌行，是用铺张扬厉的赋法膨胀过了的乐府新曲，而乐府新曲又是宫体诗的一种新发展，所以卢、骆实际上是宫体诗的改造者。他们都曾经是两京和成都市中的轻薄子，他们的使命是以市井的放纵改造宫廷的堕落，以大胆代替羞怯，以自由代替局缩，所以他们的歌声需要大开大阖的节奏，他们必须以赋为诗。正如宫体诗在卢、骆手里是由宫廷走到市井，五律到王、杨的时代是从台阁移至江山与塞漠。台阁上只有仪式的应制，有"缔句绘章，揣合低卬"。到了江山与塞漠，才有低徊与怅惘、严肃与激昂，例如王的《别薛升华》、《送杜少府之任蜀州》和杨的《从军行》、《紫骝马》一类的抒情诗。抒情的形式，本无需太长，五言八句似乎恰到好处。前乎王、杨，尤其应制的作品，五言长律用的还相当多。这是该注意的！五言八句的五律，到王、杨才正式成为定型，同时完整的真正唐音的抒情诗也是这时才出现的。

将卢、骆与王、杨对照着看，真是一个说不尽的话题。我在旁边曾说明过从卢、骆到刘（希夷）、张（若虚）是一贯的发展，现在还要点醒，王、杨与沈、宋也是一脉相承。李商隐早无意的道着了秘密：

沈宋裁辞矜变律，王杨落笔得良朋，

当时自谓宗师妙，今日唯观属对能。

——《漫成章》

以沈、宋与王、杨并举，实在是最自然、最合理的看法。"律"之"变"，本来在王杨手里已经完成了，而沈、宋也是"落笔得良朋"的妙手。并且我们已经提过，杨炯和宋之问是好朋友。如果我们再知道他们是好到如之问《祭杨盈川文》所说的那程度，我们便更能了然于王、杨与沈、宋所以是一脉相承之故。老实说，就奠定五律基础的观点看，王、杨与沈、宋未尝不可视为一个集团，因此也有资格承受"四杰"的徽号，而卢、骆与刘、张也同样有理由，在改良宫体诗的观点下，被称为另一组"四杰"。一定要墨守先入为主的传统观点，只看见"王、杨、卢、骆"之为"四杰"，而抹杀了一切其他的观点，那只是拘泥、顽冥，甘心上传统名词的当罢了。

将卢、骆与王、杨分别的划归了刘、张与沈、宋两个集团后，再比较一下刘、张与沈、宋在唐诗中的地位，便也能了解卢、骆与王、杨的地位了。五律无疑是唐诗最主要的形式，在那时人心目中，五律才是诗的正宗。沈、宋之被人推重，理由便在此。按时人安排的顺序，王、杨的名字列在卢、骆之上，也正因他们的贡献在五律，何况王、杨的五律是完全成熟了的五律，而卢、骆的歌行还不免于草率、粗俗的"轻薄为文"呢？论内在价值，当然王、杨比卢、骆高。然而，我们不要忘记卢、骆曾用以毒攻毒的手段，凭他们那新式宫体诗，一举摧毁了旧式的"江左余风"的宫体诗，因而给歌行芟除了芜秽，开出一条坦途来。若没有卢、骆，哪会有刘、张，哪会有《长恨歌》《琵琶行》《连昌宫词》和《秦妇吟》，甚至于李、杜、高、岑呢？看来，在文学史上，卢、骆的功绩并不亚于王、杨。后者是建设，前者是破坏，他们各有各的使命。负破坏使命的，本身就得牺牲，所以失败就是他们的成功。人们都以成败论事，我却愿向失败的英雄们多寄予点同情。

孟 浩 然

当年孙润夫家所藏王维画的孟浩然像,据《韵语阳秋》的作者葛立方说,是个很不高明的摹本,连所附的王维自己和陆羽、张洎等三篇题识,据他看,也是一手摹出的。葛氏的鉴定大概是对的,但他并没有否认那"俗工"所据的底本——即张洎亲眼见到的孟浩然像,确是王维的真迹。这幅画,据张洎的题识说:

> 虽轴尘缣古,尚可窥览。观左丞笔迹穷极神妙。襄阳之状顾而长,峭而瘦,衣白袍,靴帽重戴,乘款段马——一童总角,提书笈负琴而从——风仪落落,凛然如生。

这在今天,差不多不用证明,就可以相信是逼真的孟浩然。并不是说我们知道浩然多病,就可以断定他当瘦,实在经验告诉我们,什九人是当如其诗的。你在孟浩然诗中所意识到的诗人那身影,能不是"顾而长,峭而瘦"的吗?连那件白袍恐怕都是天造地设,丝毫不可移动的成分。白袍靴帽固然是"布衣"孟浩然分内的装束,尤其是诗人孟浩然必然的扮相。编《孟浩然集》的王士源应是和浩然很熟的人,不错,他在序文里用来开始介绍这位诗人的"骨貌淑清,风神散朗"八字,与夫陶翰《送孟六人蜀序》所谓"精朗奇素",无一不与画像的精神相合,也无一不与孟浩然的诗境一致。总之,诗如其人,或人就是诗,再没有比孟浩然更具体的例证了。

张祜曾有过"襄阳属浩然"之句,我们却要说,浩然也属于襄阳。也许正唯浩然是属于襄阳的,所以襄阳也属于他。大半辈子岁月在这里度过,大多数诗意是在这地方,因这地方、为这地方而写的。没有第二个襄阳人比孟浩然更忠于襄阳、更爱襄阳的。晚年漫游南北,看过多少名胜,到头还是"山水观形胜,襄阳美会稽"。实在襄阳的人杰地灵,恐怕比它的山水形胜更值得人赞美。从汉阴丈人到庞德公,多少令人神往的风流人物,我们简直不能想象一部《襄阳耆旧传》,对于少年的孟浩然是何等深厚的一个影响。了解了这一层,我们才可以认识孟浩然的人、孟浩然的诗。

隐居本是那时代普遍的倾向,但在旁人仅仅是一个期望,至多也只是点暂时的调剂,或过期的赔偿,在孟浩然却是一个完完整整的事实。在构成这事实的复杂因素中,家乡的历史地理背景,我想,是很重要的一点。

在一个乱世,例如庞德公的时代,对于某种特别性格的人,入山采药,一去不返,本是唯一的出路。但生在"开元全盛日"的孟浩然,有那必要吗?然则为什么三番五次朋友伸过援引的手来,都被拒绝,甚至最后和本州采访使韩朝宗约好了一同入京,到头还是喝得酩酊大醉,让韩公等烦了,一赌气独自先走了呢?正如当时许多有隐士倾向的读书人,孟浩然原来是为隐居而隐居,为着一个浪漫的理想,为着对古人的一个神圣的默契而隐居。在他这回,无疑的那成为默契的对象便是庞德公。孟浩然当然不能为韩朝宗背弃庞公。鹿门山不许他,他自己家园所在,也就是"庞公栖隐处"的鹿门山,决不许他那样做。

鹿门月照开烟树,忽到庞公栖隐处,
岩扉松径长寂寥,唯有幽人自来去。

这"幽人"究竟是谁?庞公的精灵,还是诗人自己?恐怕那时他自己也分辨不出,因为心理上他早与那位先贤同体化了。历史的庞德公给了他启示,地理的鹿门山给了他方便,这两项重要条件具备了,隐居的事实便容易完成得多了。实在,鹿门山的家园早已使隐居成为既成事实,只要念头一转,承认自己是庞公的继承人,此身便俨然是《高士传》中的人物了。总之,是襄阳的历史地理环境促成孟浩然一生老于布衣的。孟浩然毕竟是襄阳的孟浩然。

我们似乎为奖励人性中的矛盾,以保证生活的丰富,几千年来一直让儒道两派思想维持着均势,于是读书人便永远在一种心灵的僵局中折磨自己,巢、由与伊、皋,江湖与魏阙,永远矛盾着、冲突着,于是生活便永远不谐调,而文艺也便永远不缺少题材。矛盾是常态,愈矛盾则愈常态。今天是伊、皋,明天是巢、由,后天又是伊、皋,这是行为的矛盾。当巢、由时向往着伊、皋,当了伊、皋,又不能忘怀于巢、由,这是行为与感情间的矛盾。在这双重矛盾的夹缠中打转,是当时一般的现象。反正用诗一发泄,任何矛盾都注销了。诗是唐人排解感情纠葛的特效剂,说不定他们正因有诗做保障,才敢于放心大胆的制造矛盾,因而那时代的矛盾人格才特别多。自然,反过来说,矛盾愈深愈多,诗的产量也愈大了。孟浩然一生没有功名,除在张九龄的荆州幕中当过一度清客外,也没有半个官职,自然不会发生第一项矛盾问题。但这似乎就是他的一贯性的最高限度。因为虽然身在江湖,他的心并没有完全忘记魏阙。下面不过是许多显明例证中之一:

> 欲济无舟楫,端居耻圣明,
> 坐观垂钓者,徒有羡鱼情。

然而"羡鱼"毕竟是人情所难免的,能始终仅仅"临渊羡鱼",而并不"退而结网",实在已经是难得的一贯了。听李白这番热情的赞叹,便知道孟浩然超出他的时代多么远:

> 吾爱孟夫子,风流天下闻,
> 红颜弃轩冕,白首卧松云,
> 醉月频中圣,迷花不事君,
> 高山安可仰,徒此挹清芬。

可是我们不要忘记矛盾与诗的因果关系,许多诗是为给生活的矛盾求统一,求调和而产生的。孟浩然,既免除了一部分矛盾,对于他,诗的需要便当减少了。果然,他的诗是不多,量不多,质也不多。量不多,有他的同时人做见证。杜甫讲过的:"吾怜孟浩然……赋诗虽不多,往往凌鲍谢。"质不多,前人似乎也早已见到,苏轼曾经批评他"韵高而才短,如造内法酒手,而无材料"。这话诚如张戒在《岁寒堂诗话》里所承认的,是说尽了孟浩然,但也要看才字如何解释。才如果是指才情与才学二者而言,那就对了;如果专指才学,还算没有说尽。情当然比学重要得多。说一个人的诗缺少情的深度和厚度,等于说他的诗的质不够高。孟浩然诗中质高的有是有些,数量总是太少。"气蒸云梦泽,波撼岳阳城"式的和"微云淡河汉,疏雨滴梧桐"式的句子,在集中几乎都找不出第二个例子。论前者,质和量当然都不如杜甫;论后者,至少在量上不如王维。甚至"不材明主弃,多病故人疏",质量都不如刘长卿和十才子。这些都不是真正的孟浩然。真孟浩然不是将诗紧紧的筑在一联或一句里,而是将它冲淡了,平均的分散在全篇中。

> 出谷未停午,到家日已曛,
> 回瞻下山路,但见牛羊群。
> 樵子暗相失,草虫寒不闻。
> 衡门犹未掩,停立望夫君。

甚至淡到令你疑心到底有诗没有。

> 垂钓坐磐石,水清心亦闲,
> 鱼行潭树下,猿挂岛藤间。
> 游女昔解佩,传闻于此山,
> 求之不可得,沼月棹歌还。

淡到看不见诗了,才是真正孟浩然的诗,不,说是孟浩然的诗,倒不如说是诗的孟浩然更为准确。在许多旁人,诗是人的精华,在孟浩然,诗纵非人的糟粕,也是人的剩余。在最后这首诗里,孟浩然几曾作过诗?他只是谈话而已。甚至要紧的还不是那些话,而是谈话人的那副"风神散朗"的姿态。读到"求之不可得,沼月棹歌还",我们得到一如张洎从画像所得到的印象,"风仪落落,凛然如生"。得到了象,便可以忘言,得到了"诗的孟浩然"便可以忘掉"孟浩然的诗"了。这是我们前面所提到的"诗如其人"或"人就是诗"的另一解释。

超过了诗也好,够不上诗也好,任凭你从环子的哪一点看起。反正除了孟浩然,古今并没有第二个诗人到过这境界。东坡说他没有才,东坡自己的毛病,就在才太多。

庄子笑曰:"周将处乎材与不材之间。材与不材之间,似之而非也,故未免乎累。"

谁能了解庄子的道理,就能了解孟浩然的诗,当然也得承认那点"累"。至于"似之而非",而又能"免乎累",那除陶渊明,还有谁呢?

贾 岛

这像是元和、长庆间诗坛动态中的三个较有力的新趋势。这边老年的孟郊，正哼着他那沙涩而带芒刺感的五古，恶毒的咒骂世道人心，夹在咒骂声中的，是卢仝、刘叉的"插科打诨"和韩愈的洪亮的嗓音，向佛、老挑衅。那边元稹、张籍、王建等，在白居易的改良社会的大纛下，用律动的乐府调子，对社会泣诉着他们那各阶层中病态的小悲剧。同时远远的，在古老的禅房或一个小县的廨署里，贾岛、姚合领着一群青年人作诗，为各人自己的出路，也为着癖好，作一种阴黯情调的五言律诗（阴黯由于癖好，五律为着出路）。

老年中年人忙着挽救人心，改良社会，青年人反不闻不问，只愿躲在幽静的角落里作诗，这现象现在看来不免新奇，其实正是旧中国传统社会制度下的正常状态。不像前两种人，或已"成名"，或已通籍，在权位上有说话做事的机会和责任，这般没功名，没宦籍的青年人，在地位上、职业上可说尚在"未成年"时期，种种对国家社会的崇高责任是落不到他们肩上的。越俎代庖的行为是情势所不许的，所以恐怕谁也没想到那头上来。有抱负也好，没有也好，一个读书人生在那时代，总得作诗。作诗才有希望爬过第一层进身的阶梯。诗作到合乎某种程式，如其时运也凑巧，果然混得一"第"，到那时，至少在理论上你才算在社会中"成年"了,才有说话做事的资格。否则万一你的诗作得不及或超过了程式的严限,或诗无问题而时运不济,那你只好作一辈子的诗,为责任作诗以自课,为情绪作诗以自遣。贾岛便是在这古怪制度之下被牺牲,也被玉成了的一个。在这种情形下,你若还怪他没有服膺孟郊到底,或加入白居易的集团,那你也可算不识时务了。

贾岛和他的徒众,为什么在别人忙着救世时,自己只顾作诗,我们已经明白了,但为什么单作五律呢?这也许得再说明一下。孟郊等为便于发议论而作五古,白居易等为讲故事而作乐府,都是为了各自特殊的目的,在当时习惯以外,匠心的采取了各自特殊的工具。贾岛一派人则没有那必要。为他们起见,当时最通行的体裁——五律就够了。一则五律与五言八韵的试帖最近,作五律即等于做功课,二则为拾拾点景物来烘托出一种情调,五律也正是一种标准形式。然而作诗为什么老是那一套阴霾、凛冽、峭硬的情调呢?我们在上文说那是由于癖好,但癖好又是如何形成的呢?这点似乎尤其重要。如果再明白了这点,便明白了整个的贾岛。

我们该记得贾岛曾经一度是僧无本。我们若承认一个人前半辈子的蒲团生涯,不能因一旦返俗,便与他后半辈子完全无关,则现在的贾岛,形貌上虽然是个儒生,骨子里恐怕还有个释子在,所以一切属于人生背面的、消极的、与常情背道而驰的趣味,都可溯源到早年在禅房中的教育背景。早年记忆中——"坐学白骨塔"或"三更两鬓几枝雪,一念双峰四祖心"的禅味,不但是"独行潭底影,数息树边身","月落看心次,云在闭目中"一类诗境的蓝本,而且是"瀑布五千仞,草堂瀑布边……孤鸿来夜半,积雪在诸峰",甚至"怪禽啼旷野,落日恐行人"的渊源。他目前那时代——一个走上了末路的、荒凉、寂寞、空虚、一切罩在一层铅灰色调中的时代,在某种意义上与他早年记忆中的情调是调和,甚至一致的。唯其这时代的一般情调,基于他早年的经验,可说是先天的与他不但面熟,而且知心,所以他对于时代,不至如孟郊那样愤恨,或白居易那样悲伤,反之,他却能立于一种超然地位,借此温寻他的记忆,端详它、摩挲它,仿佛一件失而复得的心爱的什物样。早年的经验使他在那荒凉得几乎狞恶的"时代相"前面,不变色,也不伤心,只感觉一种亲切、融洽而已。于是他爱静、爱瘦、爱冷,也爱这些情调的象征——鹤、石、冰雪。黄昏与秋是传统诗人的时间与季候,但他爱深夜过于黄昏,爱冬过于秋。他甚至爱贫、病、丑和恐怖。他看不出"鹦鹉惊寒夜唤人"句一定比"山雨滴栖鹠"更足以令人关怀,也不觉得"牛羊识僮仆,既夕应传呼"较之"归吏封宵钥,行蛇入古桐"更为自然。也不能说他爱这些东西。如果是爱,那便太执著而邻于病态了(由于早年禅院的教育,不执著的道理应该是他早已懂透了的)。他只觉得与它们臭味相投罢了,更说不上好奇。他实在因为那些东西太不奇,太平易近人,才觉得它们"可人",而喜欢常常注视它们。如同一个三棱镜,毫无主见的准备接受并解析日光中各种层次的色调,无奈"世纪末"的云翳总不给他放晴,因此他最热闹的色调也不过"杏园啼百舌,谁醉在花傍!……身事岂能遂?兰花又已开"和"柳转斜阳过水来"之类。常常是温馨与凄清糅合在一起,"芦苇声兼雨,芰荷香绕灯"。春意留恋在严冬的边缘上,"旧房山雪在,春草岳阳生"。

他瞥见的"月影"偏偏不在花上而在"蒲根","栖鸟"不在绿杨中而在"棕花上"。是点荒凉感,就逃不脱他的注意,哪怕琐屑到"湿苔粘树瘿"。

以上这些趣味,诚然过去的诗人也偶尔触及到,却没有如今这样大量的、彻底的被发掘过,花样层次也没有这样丰富。我们简直无法想象他给予当时人的,是如何深刻的一个刺激。不,不是刺激,是一种酣畅的满足。初唐的华贵、盛唐的壮丽,以及最近十才子的秀媚,都已腻味了,而且容易引起一种幻灭感。他们需要一点清凉,甚至一点酸涩来换换口味。在多年的热情与感伤中,他们的感情也疲乏了。现在他们要休息。他们所熟悉的禅宗与老庄思想也这样开导他们。孟郊、白居易鼓励他们再前进。眼看见前进也是枉然,不要说他们早已声嘶力竭。况且有时在理论上就释道二家的立场说,他们还觉得"退"才是正当办法。正在苦闷中,贾岛来了,他们得救了,他们惊喜得像发现了一个新天地,真的,这整个人生的半面,犹如一日之中有夜,四时中有秋冬——为什么老被保留

着不许窥探？这里确乎是一个理想的休息场所,让感情与思想都睡去!只感官张着眼睛往有清凉色调的地带涉猎去:

叩齿坐明月,搘颐望白云。

休息又休息。对了,唯有休息可以驱除疲惫,恢复气力,以便应付下一场的紧张。休息,这政治思想中的老方案,在文艺态度上可说是第一次被贾岛发现的。这发现的重要性可由它在当时及以后的势力中窥见。由晚唐到五代,学贾岛的诗人不是数字可以计算的,除极少数显明的例外,是向着词的意境与词藻移动的,其余一般的诗人大众,也就是大众的诗人,则全属于贾岛。从这观点看,我们不妨称晚唐五代为贾岛时代。他居然被崇拜到这地步:

李洞……酷慕贾长江,遂铜写岛像,戴之巾中,常持数珠念贾岛佛。人有喜贾岛诗者,洞必手录岛诗赠之,叮咛再四曰:"此无异佛经,归焚香拜之。"

——《唐才子传》九

南唐孙晟……尝画贾岛像,置于屋壁,晨夕事之。

——《郡斋读书志》十八

上面的故事,你尽可解释为那时代人们的神经病的象征,但从贾岛方面看,确乎是中国诗人从未有过的荣誉,连杜甫都不曾那样老实的被偶像化过,你甚至说晚唐五代之崇拜贾岛是他们那一个时代的偏见和冲动,但为什么几乎每个朝代的末叶都有回向贾岛的趋势？宋末的"四灵",明末的钟谭,以至清末的同光派,都是如此。不宁唯是,即宋代江西派在中国诗史上所代表的新阶段大部分不也是从贾岛那份遗产中得来的盈余吗？可见每个在动乱中灭毁的前夕都需要休息,也都要全部的接受贾岛,而在平时,也未尝不可以部分的接受他,作为一种调剂,贾岛毕竟不单是晚唐五代的贾岛,而是唐以后各时代共同的贾岛。

杜 甫

引言

　　明吕坤曰:"史在天地,如形之景。人皆思其高曾也,皆愿睹其景。至于文儒之士,其思书契以降之古人,尽若是已矣。"数千年来的祖宗,我们听见过他们的名字,他们生平的梗概,我们仿佛也知道一点,但是他们的容貌、声音,他们的性情、思想,他们心灵中的种种隐秘——欢乐和悲哀、神圣的企望、庄严的愤慨,以及可笑亦复可爱的弱点或怪癖……我们全是茫然。我们要追念,追念的对象在哪里?要仰慕,仰慕的目标是什么?要崇拜,向谁施礼?假如我们是肖子肖孙,我们该怎样的悲恸?怎样的心焦?

　　看不见祖宗的肖像,便将梦魂中迷离恍惚的,捕风捉影,模拟出来,聊当瞻拜的对象——那也是没有办法的慰情的办法。我给诗人杜甫绘这幅小照,是不自量,是渎亵神圣,我都承认。因此工作开始了,马上又搁下了。一搁搁了三年,依然死不下心去,还要赓续,不为别的,只还是不奈何那一点"思其高曾,愿睹其景"的苦衷罢了。

　　像我这回担起的工作,本来应该包括两层步骤,第一是分析,第二是综合。近来某某考证,某某研究,分析的工作做的不少了;关于杜甫,这类的工作,据我知道的却没有十分特出的成绩。我自己在这里偶尔虽有些零星的补充,但是,我承认,也不是什么大发现。我这次简直是跳过了第一步,来径直做第二;这样做法,是不会有好结果的,自己也明白。好在这只是初稿,只要那"思其高曾,愿睹其景"的心情不变,永远那样的策励我,横竖以后还可以随时搜罗,随时拼补。目下我不敢说,这是真正的杜甫,我只说是我个人想象中的"诗圣"。

我们的生活如今真是太放纵了,太夸妄了,太杳小了,太龌龊了。因此我不能忘记杜甫,有个时期,华茨华斯也不能忘记弥尔敦,他喊——

> Miltin! thou shouldst be living at this hour:
> England hath need of thee: she is a fen
> Of stagnant waters: alter, sword, and pen,
> Fireside, the heroic wealth of hall and bower,
> Have forfeited their ancient English dower
> Of imward happiness, we are selfish men:
> O raise us up, return to us again;
> And give us manners, virtue, freedom, power.

一

当中一个雄壮的女子跳舞。四面围满了人山人海的看客。内中有一个四龄童子,许是骑在爸爸肩上,歪着小脖子,看那舞女的手脚和丈长的彩帛渐渐摇起花来了,看着,看着,他也不觉眉飞目舞,仿佛很能领略其间的妙绪。他是从巩县特地赶到郾城来看跳舞的。这一回经验定给了他很深的印象,下面一段是他几十年后的回忆:

> 镗如羿射九日落,矫如群帝骖龙翔,
> 来如雷霆收震怒,罢如江海凝清光。

舞女是当代名满天下的公孙大娘。四岁的看客后来便成为中国有史以来第一个大诗人，四千年文化中最庄严、最瑰丽、最永久的一道光彩。四岁时看的东西，过了五十多年，还能留下那样活跃的印象，公孙大娘的艺术之神妙，可以想见，然而小看客的感受力，也就非凡了。

杜甫，字子美；生于唐睿宗先天元年（712 年）；原籍襄阳，曾祖依艺做河南巩县县令，便在巩县住家了。子美幼时的事迹，我们不大知道。我们知道的，是他母亲死得早，他小时是寄养在姑母家里。他自小就多病。有一天可叫姑母为难了，儿子和侄儿都病着，据女巫说，要病好，病人非睡在东南角的床上不可；但是东南角的床铺只有一张，病人却有两个。老太太居然下了决心，把侄儿安顿在吉利的地方，用自家的儿子填了侄儿的空子。想不到决心下了，结果就来了。子美长大了，听见老家人讲姑母如何让表兄给他替了死，他一辈子觉得对不起姑母。

早慧不算稀奇，早慧的诗人尤其多着。只怕很少的诗人开笔开得像我们诗人那样有重大的意义。子美第一次破口歌颂的，不是什么凡物。这"七龄思即壮，开口咏凤凰"的小诗人，可以说，咏的便是他自己。禽族里再没有比凤凰善鸣的，诗国里也没有比杜甫更会唱的。凤凰是禽中之王，杜甫是诗中之圣，咏凤凰简直是诗人自占的预言，从此以后，他便常常以凤凰自比（《凤凰台》、《赤凤行》便是最明白的表示）。这种比拟，从现今这开明的时代看去，倒有一种特别恰当的地方。因为谈论到这伟大的人格、伟大的天才，谁不感觉寻常文字的无效？不，无效的还不只是文字，你只愿呕尽心血来悬拟，揣测总归是隔膜，那超人的灵府中的秘密，他的心情，他的思路，像宇宙的谜语一样，决不是寻常的脑筋所能猜透的。你只懂得你能懂的东西，因此，谈到杜甫，只好拿不可思议的比不可思议的。凤凰你知道是神话，是子虚，是不可能。可是杜甫那伟大的人格，伟大的天才，你定神一想，可不是太伟大了，伟大得可疑吗？上下数千年没有第二个杜甫（李白有他的天才，没有他的人格），你敢信杜甫的存在绝对可靠吗？一切的神灵和类似神灵的人物都有人疑过，荷马有人疑过，莎士比亚有人疑过，杜甫失了被疑的资格，只因文献、史迹、种种不容抵赖的铁证——五一十,都在我们手里。

　　子美自弱冠以后,直到老死,在四方奔波的时候多,安心求学的机会很少。若不是从小用过一番苦功,这诗人的学力哪得如此的雄厚？生在书香门第,家境即使贫寒,祖藏的书籍总还够他餍饫的,从七八岁到弱冠的期间中,我们想象子美的生活,最主要的,不外作诗、作赋、读书、写擘窠大字……无论如何,闲游的日子总占少数。(从七岁以后,据他自称,四十年中作了一千多首诗文;一千多首作品是要时候作的。)并且多病的身体当不起剧烈的户外生活,读书学文便自然成了唯一的消遣。他的思想成熟得特别早,一半固由于天赋,一半大概也是孤僻的书斋生活酿成的。在书斋里,他自有他的世界。他的世界是时间构成的;沿着时间的航线,上下三四千年,来往的飞翔,他沿路看见的都是圣贤、豪杰、忠臣、孝子、骚人、逸士——都是魁梧奇伟、温馨凄艳的灵魂。久而久之,他定觉得那些庄严灿烂的姓名,和生人一般的实在,而且渐渐活现起来了,于是他看得见古人行动的姿态,听得到古人歌哭的声音。甚至他们还和他揖让周旋,上下议论,他成了他们其间的一员。于是他只觉得自己和寻常的少年不同,他几乎是历史中的人物,他和古人的关系比和今人的关系密切多了。他是在时间里,不是在空间里活着。他为什么不那样想呢？这些古人不是在他心灵里活动,血脉里运行吗？他的身体不是从这些古人的身体分泌出来的吗？是的,那政事、武功、学术震耀一时的儒将杜预便是他的十三世祖;那宣言"吾文章当得屈宋做衙官,吾笔当得王羲之北面"的著名诗人杜审言,便是他的祖父;他的叔父杜升是个为报父仇而杀身的十三岁的孝子;他的外祖母便是张说所称的那为监牢中的父亲"菲屦布衣,往来供馈,徒行悴色,伤动人伦"的孝女;他外祖母的兄弟崔行芳,曾经要求给二哥代死,没有诏准,就同哥哥一起就刑了,当时称为"死悌"。你看他自己家里,同外家里,事业、文章、孝行、友爱——立德、立功、立言的人物这样多;他翻开近代的史乘,等于翻开自己的家谱。这样读书,对于一个青年的身心潜移默化的影响,定是不可限量的。难怪一般的少年,他瞧不上眼。他是一个贵族。不但在族望上,便论德行和智慧,他知道,也应该高人一等。所以他的朋友,除了书本里的古人,就是几个有文名的老前辈。要他同一般行辈相等的庸夫俗子混在一起,是办不到的。看看这一段文字,便可想见当时那不可一世的气概:

性豪业嗜酒,嫉恶怀刚肠;

脱略小时辈,结交皆老苍;

饮酣视八极,俗物皆茫茫。

子美所以有这种抱负,不但因为他的血缘足以使他自豪,也不仅仅是他不甘自暴自弃;这些都是片面的、次要的理由。最要紧的,是他对于自己的成功,如今确有把握了。崔尚、魏启心一般的老前辈都比他做班固、扬雄;他自己仿佛也觉得受之无愧。十四五岁的杜二,在翰墨场中,已经是一个角色了。

这时还有一件事也可以增长一个人的兴致。从小摆不脱病魔的纠缠,如今摆脱了。这件事竟许是最足令人开心的。因为毕竟从前那种幽闭的书斋生活不大自然,只因一个人缺欠了健康,身体失了自由,什么都没有办法。如今健康恢复了,有了办法,便尽量的追回以前的积欠,当然是不妨的,简直是应该的。譬如院子里那几棵枣树,长得比什么树都古怪,都有精神,枝子都那样剑拔弩张的挺着,仿佛全身都是劲。一个人如今身体强了,早起在院子里走走,往往也觉得浑身是劲,忽然看见它们那挑衅的样子,恨不得拣一棵抱上去,和它摔一跤,决个雌雄。但是想想那举动又未免太可笑了。最好是等八月来,枣子熟了,弟妹们只顾要枣子吃,枣子诚然好吃,但是当哥哥的,尤其筋强力壮的哥哥,最得意的,不是吃枣子,是在那给弟妹们不断的供应枣子的任务。用竹篙子打枣子还不算本领。哥哥有本领上树,不信他可以试给他们看看。上树要上到最高的枝子,又得不让枣刺扎伤了手,脚得站稳了,还不许踩断了树枝;然后躲在绿叶里,一把把的洒下来;金黄色的、朱砂色的、红黄参半的枣子,花花刺刺的洒将下来,得让孩子们抢都抢不赢。上树的技术练高了,一天可以上十来次,棵棵树都要上到。最有趣的,是在树顶上站直了,往下一望,离天近,离地远,一切都在脚下,呼吸也轻快了,他忍不住大笑一声;

那笑里有妙不可言的胜利的庄严和愉快。便是游戏，一个人的地位也要站得超越一点，才不愧是杜甫。

健康既经恢复了，年龄也渐渐大了，一个人不能老在家乡守着，他得看看世界，并且单为自己创作的前途打算，多少通都广邑，名山大川，也不得不瞻仰瞻仰。

二

大约在二十岁左右，诗人便开始了他的漂流的生活。三十五以前，是快意的游览（仍旧用他自己的比喻），便像羽翮初满的雏凰，乘着灵风踏着彩云，往蒙蒙的长空飞去，他胁下只觉得一股轻松，到处有竹实，有醴泉，他的世界是清鲜，是自由，是无垠的希望，和薛雷的云雀一般，他是 An unbodied joy whose race is just begun。三十五以后，风渐渐尖峭了，云渐渐恶毒了，铅铁的穹窿在他背上逼压着，太阳也不见了，他在风雨雷电中挣扎，血污的翎羽在空中缤纷的旋舞，他长号，他哀呼，唱得越急切，节奏越神奇，最后声嘶力竭，他卸下了生命，他的挫败是胜利的挫败，神圣的挫败。他死了，他在人类的记忆里永远留下了一道不可逼视的白光；他的音乐，或沉雄，或悲壮，或凄凉，或激越，永远，永远是在时间里颤动着。

子美第一次出游是到晋地的郇瑕（今山西猗氏），在那边结交的人物，我们知道的，有韦之晋。此后，在三十五岁以前，曾有过两次大举的游历：第一次到吴、越，第二次到齐、赵。两度的游历，是诗人创作生活上最需要的两种精粹而丰富的滋养。在家乡，一切都是单调、平凡，青的天笼盖着黄的地，每隔几里路，绿杨藏着人家，白杨翳着坟地，分布得驿站似的呆板。士人的生活也和他们的背景一样的单调。我们到过中州的人都知道那是个什么样的去处；大概从唐朝到现在是不会有多少进步的。从那样的环境，一旦踏进山明水秀的江南，风流儒雅的江南，你可以想象他是怎样的惊喜。我们还记得当时和六朝，好比今天和昨日；南朝的金粉，王、谢的风流，在那里当然还留着够鲜明的痕迹。江南本是六朝文学总汇的中枢，他读过鲍、谢、江、沈、阴、何的诗，如今竟亲历他们歌哭的场所，他能不感动吗？何况重重叠叠的历史的舞台又在他眼前，剑池、虎丘、姑苏台、长洲苑、太伯的遗庙、阖闾的荒冢，以及钱塘、剡溪、镒湖、天姥——处处都是陈迹、名胜，处处都足以促醒他的回忆，触发他的诗怀。我们虽没有他当时纪游的作品，但是诗人的得意是可以猜到的。美中不足的只是到了姑苏，船也办好了，却没有浮着海。仿佛命数注定的今番只许他看到自然的秀丽、清新的面相、长洲的荷香、镜湖的凉意和明眸皓齿的耶溪女……都是他今回的眼福；但是那瑰奇雄健的自然，须得待四五年后游齐赵时，才许他见面。

在叙述子美第二次出游以前，有一件事颇有可纪念的价值，虽则诗人自己并不介意。

唐代取士的方法分三种——生徒、贡举、制举。已经在京师各学馆或州县各学校成业的诸生，送来尚书省受试的，名曰生徒；不从学校出身，而先在州县受试，及第了，到尚书省应试的，名曰贡举。以上两种是选士的常法。此外，每多少年，天子诏行一次，以举非常之士，便是制举。开元二十三年（736年），子美游吴越回来，挟着那"气劘屈贾垒，目短曹刘墙"的气焰应贡举，县试成功了，在京兆尚书省一试，却失败了。结果没有别的，只是在够高的气焰上又加了一层气焰。功名的纸老虎如今被他戳穿了。果然，他想，真正的学问、真正的人才，是功名所不容的。也许这次下第，不但不能损毁，反足以抬高他的身价。可恨的许只是落第落在名职卑微的考功郎手里，未免叫人丧气。当时士林反对考功郎主试的风潮酝酿得一天比一天紧，在子美"忤下考功第"的明年，果然考功郎吃了举人的辱骂，翰廷从此便改用侍郎主试。

子美下第后八九年之间，是他平生最快意的一个时期，游历了许多名胜,结交了许多名流。可惜那期间是他命运中的朝曦,也是夕照,那几年的经历是射到他生命上的最始和最末的一道金辉;因为从那以后,世乱一天天的纷纭,诗人的生活一天天的潦倒,直到老死,永远闯不出悲哀、恐怖和绝望的环攻。但是末路的悲剧不忙提起,我们的笔墨不妨先在欢笑的时期多流连一会儿,虽则悲惨的下文早晚是要来的。

开元二十四五年之间,子美的父亲——闲——在兖州司马任上,子美去省亲,乘便游历了兖州、齐州一带的名胜,诗人的眼界于是更加开阔了。这地方和家乡平原既不同,和秀丽的吴越也两样。根据书卷里的知识,他常常想见泰山的伟大和庄严,但是真正的岱岳,那"造化钟灵秀,阴阳割昏晓"的奇观,他没有见过。这边的湍流、峻岭、丰草、长林都另有一种他最能了解,却不曾认识过的气魄。在这里看到的,是自然的最庄严的色相。唯有这边自然的气势和风度最合我们诗人的脾胃,因为所有磅礴郁结在他胸中的,自然已经在这景物中说出了;这里一丘一壑,一株树,一朵云,都能引起诗人的共鸣。他在这里句留了多年,直变成了一个燕赵的健儿;慷慨悲歌,沉郁顿挫的杜甫,如今发现了他的自我。过路的人往往看见一行人马,带着弓箭旗枪,驾着雕鹰,牵着猎狗,往郊野奔去。内中头戴一顶银盔,脑后斗大一颗红缨,全身铠甲,跨在马上的,便是监门胄曹苏预(后来避讳改名源明)。在他左首并肩而行的,装束略微平常,双手横按着长槊,却也是英风爽爽的一个丈夫,便是诗人杜甫。两个少年后来成了极要好的朋友。这回同着打猎的经验,子美永远不能忘记,后来还供给了《壮游》诗一段有声有色的文字:

　　春歌丛台上,冬猎青邱旁;
　　呼鹰皂枥林,逐兽云雪岗;
　　射飞曾纵鞚,引臂落鹜鸧,
　　苏侯据鞍喜,忽如携葛疆。

原来诗人也学得了一手好武艺!

这时的子美,是生命焦点,正午的日曜,是力、是热、是锋棱、是夺目的光芒。他这时所咏的《房兵曹胡马》和《画鹰》恰好都是自身的写照。

我们不能不腾出篇幅,把两首诗的全文录下来:

> 胡马大宛名,锋棱瘦骨成,
> 竹批双耳峻,风入四蹄轻;
> 所向无空阔,真堪托死生。
> 骁腾有如此,万里可横行。
> ——《房兵曹胡马》

> 素练风霜起,苍鹰画作殊,
> 㧐身思狡兔,侧目似愁胡,
> 绦镟光堪摘,轩楹势可呼。
> 何当击凡鸟,毛血洒平芜!
> ——《画鹰》

这两首和稍早的一首《望岳》,都是那时期里最重要的代表作品,实在也奠定了诗人全部创作的基础。诗人作风的倾向,似乎是专等这次游历来发现的;齐赵的山水,齐赵的生活,是几天的骄阳接二连三地逼成了诗人天才的成熟。

灵机既经触发了,弦音也校准了,从此轻拢慢撚,或重挑急抹,信手弹去,都是绝调。艺术一天进步一天,名声也一天大一天。从齐赵回来,在东都(今洛阳)住了两三年,城南首阳山下的一座庄子,排场虽是简陋,门前却常留着达官贵人的车辙马迹。最有趣的是,那一天门前一阵车马的喧声,顿时老苍头跑进来报道贵人来了,子美倒屣出迎;一位道貌盎然的斑白老人向他深深一揖,自道是北海太守李邕久慕诗人的大名,特地来登门求见。北海太守登门求见,与诗人相干吗?世俗的眼光看来,一个乡贡落第的穷书生家里来了这样一位阔客人,确乎是荣誉,是发迹的吉兆。但是诗人的眼光不同。他知道的李邕,是为追谥韦巨源事,两次驳议太常博士李处,和声援宋璟,弹劾谋反的张昌宗弟兄的名御史李邕——是碑版文字,散满天下,并且为要压倒燕国公的"大手笔",几乎牺牲了性命的李邕——是重义轻财,卑躬下士的李邕。这样一位客人来登门求见,当然是诗人的荣誉;所以"李邕求识面"可以说是他生平最得意的一句诗。结识李邕在诗人生活中确乎要算一件有关系的事。李邕的交游极广,声名又大,说不定子美后来的许多朋友,例如李白、高适诸人,许是由李邕介绍的。

写到这里,我们该当品三通画角,发三通擂鼓,然后提起笔来蘸饱了金墨,大书而特书。因为我们千年的历史里,除了孔子见老子(假如他们是见过面的),没有比这两人的会面,更重大,更神圣,更可纪念的。我们再逼紧我们的想象,譬如说,青天里太阳和月亮走碰了头,那么,尘世上不知要焚起多少香案,不知有多少人要望天遥拜,说是皇天的祥瑞。如今李白和杜甫——诗中的两曜,劈面走来了,我们看去,不比那天空的异端一样的神奇,一样的有重大的意义吗?所以假如我们有法子追究,我们定要把两人行踪的线索,如何拐弯抹角时合时离,如何越走越近,终于两条路线会合交叉了——统统都记录下来。假如关于这件事,我们能发现到一些翔实的材料,那该是文学史里多么浪漫的一段掌故!可惜关于李杜初次的邂逅,我们知道的一成,不知道的九成。我们知道天宝三载三月,太白得罪了高力士,放出翰林院之后,到过洛阳一次,当时子美也在洛阳。两位诗人初次见面,至迟是在这个当儿,至于见面时的情形,在什么时候,什么地方,也许是李邕的筵席上,也许是洛阳城内一家酒店里,也许……但这都是可能范围里的猜想,真确的情形,恐怕是永远的秘密。

有一件事我们却拿得稳是可靠的。子美初见太白所得的印象,和当时一般人得的,正相吻合。司马子微一见他,称他"有仙风道骨,可与神游八极之表";贺知章一见,便呼他做"天上谪仙人",子美集中第一首赠李白诗满纸都是企羡登真度世的话,假定那是第一次的邂逅,第一次的赠诗,那么,当时子美眼中的李十二,不过一个神采趣味与常人不同,有"仙风道骨"的人,一个可与"相期拾瑶草"的伴侣,诗人的李白没有在他脑中镌上什么印象。到第二次赠诗,说"未就丹砂愧葛洪",回头就带着讥讽的语气问:

痛饮狂歌空度日，飞扬跋扈为谁雄？

依然没有谈到文字。约摸一年以后，第三次赠诗，文字谈到了，也只轻轻的两句"李侯有佳句，往往似阴铿"，不是什么了不得的恭维，可是学仙的话一概不提了。或许他们初见时，子美本就对于学仙有了兴味，所以一见了"谪仙人"，便引为同调；或许子美的学仙的观念完全是太白的影响。无论如何，子美当时确是做过那一段梦——虽则是很短的一段；说"苦无大药资，山林迹如归"；说"未就丹砂愧葛洪"，起码是半真半假的心话。东都本是商贾贵族蜂集的大城，廛市的繁华，人心的机巧，种种城市生活的罪恶，我们明明知道，已经叫子美腻烦，厌恨了；再加上当时炼药求仙的风气正盛，诗人自己又正在富于理想的，如火如荼的浪漫的年华中——在这种情势之下，萌生了出世的观念，是必然的结果。只是杜甫和李白的秉性根本不同：李白的出世，是属于天性的，出世的根性深藏在他骨子里，出世的风神披露在他容貌上；杜甫的出世是环境机会造成的念头，是一时的愤慨。两人的性格根本是冲突的。太白笑"尧舜之事不足惊"，子美始终要"致君尧舜上"。因此两人起先虽觉得志同道合，后来子美的热狂冷了，便渐渐觉得不独自己起先的念头可笑，连太白的那种态度也可笑了；临了，念头完全抛弃，从此绝口不提了。到不提学仙的时候，才提到文字，也可见当初太白的诗不是不足以引起子美的倾心，实在是诗人的李白被仙人的李白掩盖了。

东都的生活果然是不能容忍了，天宝四载夏天，诗人便取道如今开封归德一带，来到济南。在这边，他的东道主，便是北海太守李邕。他们常时集会、宴饮、赋诗，集会的地点往往在历下亭和鹊湖边上的新亭。在座的都是本地的或外来的名士，内中我们知道的还有李邕的从孙李之芳员外和邑人蹇处士，竟许还有高适、有李白。

是年秋天太白确乎是在济南。当初他们两人是否同来的，我们不晓得，我们晓得他们此刻交情是很亲密了，所谓"醉眠秋共被，携手日同行"，便是此时的情况。太白有一个朋友范十，是位隐士，住在城北的一个村子上。门前满是酸枣树，架上吊着碧绿的寒瓜，渝渝的白云镇天在古城上闲卧着——俨然是一个世外的桃源；主人又殷勤；太白常常带子美到这里喝酒谈天。星光隐约的瓜棚底下，他们往往谈到夜深人静，太白忽然对着星空出神，忽然谈起从前陈留采访使李彦如何答应他介绍给北海高天师学道箓，话说过了许久，如今李彦许早忘记了，他可是等得不耐烦了。子美听到那类的话，只是唯唯否否；直等话头转到时事上来，例如贵妃的骄奢、明皇的昏聩，以及朝里朝外的种种险象，他的感慨才潮水般的涌来，两位诗人谈着话，叹着气，主人只顾忙着筛酒，或许他有意见不肯说出来，或许压根儿没有意见。

1928 年 8 月 10 日

庄　子

臣子所好者道也，进乎技矣。

——《养生主》

一

庄子名周，宋之蒙人①（今河南商丘东北）。宋在战国时属魏，魏都大梁，因又称梁。《史纪》说他与梁惠王、齐宣王同时。《庄子》《田子方》、《徐无鬼》两篇于魏文侯、武侯称谥，而《则阳》篇、《秋水》篇径称惠王的名字，又称公子，《山木》篇又称为王，《养生主》称文惠君，看来他大概生于魏武侯末叶，现在姑且定为周烈王元年（前375年）。他的卒年，马叙伦定为赧王二十年（前295年），大致是不错的。

与他同时代的惠施只管被梁王称为"仲父"，齐国的稷下先生们

---

① 阎若璩曰："凤阳（濠溇）为其游览之地，曹昙（漆园）为其宦游之地。"

只管"皆列第为上大夫",荀卿只管"三为祭酒",吕不韦的门下只管"珠履者三千人"——庄周只管穷困了一生,寂寞了一生,《庄子·外物》说他"家贫,故往贷粟于监河侯",《山木》篇说他"衣大布而补之,正緳系履而过魏王"。这两件故事是否寓言,不得而知,然而拿这里所反映的一副穷措大的写照,加在庄周身上,决不冤枉他。我们知道一个人稍有点才智,在当时,要交结王侯,赚些名声利禄,是极平常的事。《史记》称庄子"其学无所不窥",又说他"善属书离辞,指事类情,用剽剥儒墨,虽当世宿学不能自解免也"。庄子的博学和才辩并不弱似何人,当时也不是没人请教他,无奈他脾气太古怪,不会和他们混,不愿和他们混。据说楚威王遣过两位大夫来聘他为相,他发一大篇议论,吩咐他们走了。《史记》又说他做过一晌漆园吏,那多半是为餬口计。吏的职分真是小得可怜,谈不上仕宦,可是也有个好处——不致妨害人的身份,剥夺人的自由。庄子一辈子只是不肯做事,大概当一个小吏,在庄子,是让步到最高限度了。依据他自己的学说,做事是不应当的,还不只是一个人肯不肯的问题。但我想那是愤激的遁词。他的实心话不业已对楚王的使者讲过吗?

> 子独不见郊祭之牺牛乎?养食之数岁,衣以文绣,以入太庙,当是之时,虽欲为孤豚,岂可得乎?

又有一次宋国有个曹商,为宋王出使到秦国,初去时,得了几乘车的俸禄,秦王高兴了,加到百乘。这人回来,碰见庄子,大夸他的本领,你猜庄子怎样回答他?

> 秦王有病,召医。破痈溃痤者得车一乘,舐痔者得车五乘,所治愈下,得车愈多。子岂治其痔邪?何车之多也?子行矣!

话是太挖苦了,可是当时宦途的风气就可想而知。在那种情况之下,即使庄子想要做事,叫他如何做去?

我们根据现存的《庄子》三十三篇中比较可靠的一部分,考察他的行踪,知道他到过楚国一次,在齐国待过一晌,此外似乎在家乡的时候多。和他接谈过的也十有八九是本国人。《田子方》篇见鲁哀公的话,毫无问题,是寓言;《说剑》是一篇赝作,因此见赵文王的事更靠不住。倒是"庄子钓于濮水","庄子与惠子游于濠梁之上","庄子游乎雕陵之樊","庄子行于山中……出于山,舍于故人之家"——这一类的记载比较合于庄周的身份,所以我们至少可以从这里猜出他生活的一个大致。他大概是《刻意》篇所谓"就薮泽,处闲旷,钓鱼闲处,无为而已矣"的一种人。我们不能想象庄子那人,朱门大厦中曾常常有他的足迹,尽管时代的风气是那样的,风气干庄周什么事?况且王侯们也未必十分热心要见庄周。凭白的叫他挖苦一顿做什么!太史公不是明讲了"自王公大人不能器之"吗?

惠子屡次攻击庄子"无用"。那真是全不懂庄子而又懂透了庄子。庄子诚然是无用,但是他要"用"做什么?

  山木自寇也;膏火自煎也;桂可食,故伐之;漆可用,故割之。人皆知有用之用,而莫知无用之用也。

这样看来,王公大人们不能器重庄子,正合庄子的心愿。他"学无所不窥",他"属书离辞,指事类情",正因犯着有用的嫌疑,所以更不能不掩藏、避讳,装出那"其卧徐徐,其觉于于,一以己为马,一以己为牛"的一副假痴假骏的样子,以求自救。

归真的讲,关于庄子的生活,我们知道的很有限。三十三篇中述了不少关于他的轶事,可是谁能指出哪是寓言,哪是实录?所幸的,那些似真似假的材料,虽不好坐实为庄子的信史,却满足以代表他的性情与思想,那起码都算得画家所谓"得其神似"。例如《齐物论》里"庄周为蝴蝶"的谈话,恰恰反映着一个潇洒的庄子;《至乐》篇称庄子妻死,惠子吊之,庄子则"方箕踞鼓盆而歌",又分明影射着一个放达的庄子;《列御寇》篇所载庄子临终的那段放论,也许完全可靠:

  庄子将死,弟子欲厚葬之。庄子曰:"吾以天地为棺椁,日月为连璧,星辰为珠玑,万物为赍送。吾葬具岂不备邪?何以如此?"弟子曰:"吾恐乌鸢之食夫子也。"庄子曰:"在上为乌鸢食,在下为蝼蚁食,夺彼与此,何其偏也!"

其余的故事，或滑稽，或激烈，或高超，或毒辣，不胜枚举，每一事象征着庄子人格的一方面，综合的看去，何尝不俨然是一个活现的人物？

有一件事，我们知道是万无可疑的，惠施在庄子生活中占一个很重要的位置。这人是他最接近的朋友，也是他最大的仇敌。他的思想行为，一切都和庄子相反，然而才极高，学极博，又是和庄子相同的。他是当代最有势力的一派学说的首领，是魏国的一位大政治家。庄子一开口便和惠子抬杠；一部《庄子》，几乎页页上有直接或间接糟蹋惠子的话。说不定庄周著书的动机大部分是为反对惠施和惠施的学说，他并且有诬蔑到老朋友的人格的时候。据说（大概是他的弟子们造的谣言）庄子到梁国，惠子得到消息，下了一道通缉令，满城搜索了三天。说惠子是怕庄子来抢他的相位，冤枉了惠子，也冤枉了庄子。假如那事属实，大概惠子是被庄子毁谤得太过火，为他办事起见，不能不下那毒手？然而惠子死后，庄子送葬，走到朋友的墓旁，叹息道："自夫子之死也，吾无以为质矣，吾无与言之矣！"两人本是旗鼓相当的敌手，难怪惠子死了，庄子反而感到孤寂。

除了同国的惠子之外，庄子不见得还有多少朋友。他的门徒大概也有限。朱熹以为"庄子当时亦无人宗之，他只在僻处自说"，像是对的。孟子是邹人，离着蒙不甚远，梁宋又是他到过的地方，他避杨墨，没有避到庄子。《尸子》曰："墨子贵兼，孔子贵公，皇子贵衷，田子贵均，列子贵虚，料子贵别囿。"没有提及庄子。《吕氏春秋》也有同类的论断，从老聃数到儿良，偏漏掉了庄子。似乎当时只有荀卿谈到庄子一次，此外绝没有注意到他的。

庄子果然毕生是寂寞，不但如此，死后还埋没了很长的时期。西汉人讲黄老而不讲老庄。东汉初班嗣有报桓谭借《庄子》的信札，博学的桓谭连《庄子》都没见过。注《老子》的邻氏、傅氏、徐氏、河上公、刘向、毋丘望之、严遵等都是西汉人，两汉竟没有注《庄子》的。庄子说他要"处乎材与不材之间"，他怕的是名，一心要逃名，果然他几乎要达到目的，永远埋没了。但是我们记得，韩康徒然要向卖药的生活中埋名，不晓得名早落在人间,并且恰巧要被一个寻常的女妇当面给他说破。求名之难哪有逃名难呢?庄周也要逃名,暂时的名可算给他逃过了,可是暂时的沉寂毕竟只为那永久的赫烜做了张本。

一到魏晋之间,庄子的声势忽然浩大起来,崔譔首先给他做注,跟着向秀、郭象、司马彪、李颐都注《庄子》。像魔术似的,庄子忽然占据了那全时代的身心,他们的生活、思想、文艺——整个文明的核心是庄子。他们说"三日不读老庄,则舌本间强"。尤其是庄子,竟是清谈家灵感的泉源。从此以后,中国人的文化上永远留着庄子的烙印。他的书成了经典。他屡次荣膺帝王的尊封①。至于历代文人学者对他的崇拜,更不用提。别的圣哲,我们也崇拜,但哪像对庄子那样倾倒、醉心、发狂?

二

庖丁对答文惠君说:"臣之所好者道也,进乎技矣。"这句话的意义,若许人变通的解释一下,便恰好可以移作庄子本人的断语。庄子是一位哲学家,然而侵入了文学的圣域。庄子的哲学,不属本篇讨论的范围。我们单讲文学家庄子;如有涉及他的思想的地方,那是当做文学的核心看待的,对于思想本身,我们不加批评。

古来谈哲学以老、庄并称,谈文学以庄、屈并称。南华的文辞是千真万真的文学,人人都承认。可是《庄子》的文学价值还不只在文辞上,实在连他的哲学都不像寻常那一种矜严的、峻刻的、料峭的一味皱眉头,绞脑汁的东西;他的思想的本身便是一首绝妙的诗。

一壁认定现实全是幻觉,是虚无,一壁以为那真正的虚无才是实有,庄子的议论,翻来覆去,不外这两个观点。那虚无,或称太极,或称槃,或

---

① 唐玄宗封为"南华真人",宋徽宗封为"微妙玄通真君"。

称本体，庄子称之为"道"。他说：

> 夫道有情有信，无为无形，可传而不可受，可得而不可见，自本自根，未有天地，自古以固存，神鬼神帝，生天生地，在太极之先而不为高，在六极之下而不为深，先天地生而不为久，长于上古而不为老。狶韦氏得之以挈天地，伏羲氏得之以袭气母，维斗得之终古不忒，日月得之终古不息，堪坏得之以袭昆仑，冯夷得之以游大川，肩吾得之以处大山，黄帝得之以登云天，颛顼得之以处玄宫，禺强得之立乎北极，西王母得之坐乎少广，莫知其始，莫知其终，彭祖得之上及有虞，下及五伯，傅说得之以相武丁，奄有天下，乘东维，骑箕尾，而比于列星。

有大智慧的人们都会认识道的存在，信仰道的实有，却不像庄子那样热忱的爱慕它。在这里，庄子是从哲学又跨进了一步，到了文学的封域。他那婴儿哭着要捉月亮似的天真，那神秘的怅惘、圣睿的憧憬、无边无际的企慕、无涯岸的艳羡，便使他成为最真实的诗人。

然而现实究竟不容易抹杀，即使你说现实是幻觉，幻觉的存在也是一种存在。要调解这冲突，起码得承认现实是一种寄寓，或则像李白认定自己是"天上谪仙人"，现世的生活便成为他的流寓了。"万物生于有，有生于无"，庄子仿佛说，那"无"处便是我们真正的故乡。他苦的是不能忘情于他的故乡。"旧国旧都，望之怅然"，是人情之常，纵使故乡是在时间以前，空间以外的一个缥缈极了的"无何有之乡"，谁能不追忆，不怅望？何况羁旅中的生活又是那般龌龊、逼仄、孤凄、烦闷？

> 悲歌可以当泣，远望可以当归。

庄子的著述，与其说是哲学，毋宁说是客中思家的哀呼；他运用思想，与其说是寻求真理，毋宁说是眺望故乡，咀嚼旧梦。他说："卮言日出，和以天倪，因以曼衍，所以穷年。"一种客中百无聊赖的情绪完全流露了。他这思念故乡的病意，根本是一种浪漫的态度、诗的情趣。并且因为他钟情之处，"大有迳庭，不近人情"，太超忽，太神秘，广大无边，几乎令人捉摸不住,所以浪漫的态度中又充满了不可逼视的庄严。是诗便少不了那一个哀艳的"情"字。"三百篇"是劳人思妇的情;屈、宋是仁人志士的情;庄子的情可难说了,只超人才载得住他那种神圣的客愁。所以庄子是开辟以来最古怪、最伟大的一个情种;若讲庄子是诗人,还不仅是泛泛的一个诗人。

或许你要问,《庄子》的思致诚然是美,可是哪一种精深的思想不美呢?怎见得《庄子》便是文学?你说他的趣味分明是理智的冷艳多于情感的温馨,他的姿态也是瘦硬多于柔腻,那只算得思想的美,不是情绪的美。不错,不过你能为我指出思想与情绪的分界究竟在哪里吗?唐子西在惠州给各种酒取名字,温和的叫做"养生主",劲烈的叫做"齐物论"。他真是善于饮酒,又善于读《庄子》。《庄子》会使你陶醉,正因为那里边充满了和煦的、郁蒸的、焚灼的各种温度的情绪。向来一切伟大的文学和伟大的哲学是不分彼此的,你若看不出《庄子》的文学,只因他的神理太高,你骤然体验不到。

又恐琼楼玉宇,高处不胜寒。

是就下界的人们讲的,你若真是隶籍仙灵,何至有"不胜寒"的苦头?并且文学是要和哲学不分彼此,才庄严,才伟大。哲学的起点便是文学的核心。只有浅薄的、庸琐的、渺小的文学,才专门注意花期的美茂,而忘掉了那最原始、最宝贵的类似哲学的仁子。无论《庄子》的花叶已经够美茂的了;即令他没有发展到花期,只他那简单的几颗仁子,给投在文学的园地上,便是莫大的贡献、无量的功德。

三

讲到文辞,本是庄子的余事,但也就够人赞叹不尽的,讲究辞令的风气,我们知道,春秋时早已发育了;战国时纵横家以及孟轲、荀卿、韩非、李斯等人的文章也够好了,但充其量只算得辞令的极致,一种纯熟的工具,工具的本身难得有独立的价值。庄子可不然,到他手里,辞令正式蜕化成文学了。他的文字不仅是表现思想的工具,似乎也是一种目的。对于文学家庄子的认识,老早就有了定案。《天下》篇讨论其他诸子,只讲思想,谈到庄周,大半是评论文辞的话。

> 以谬悠之说,荒唐之言,无端崖之辞,时恣纵而傥①,不以觭见之也。以天下为沉浊,不可与庄语,以卮言为曼衍,以重言为真,以寓言为广。……其书虽瑰玮,而连犿无伤也;其辞虽参差,而諔诡可观。……其理不竭,其来不蜕,芒乎昧乎,未之尽者。

这可见庄子的文学色彩,在当时已瞒不过《天下》篇作者的注意(假如《天下》篇是出于庄子自己的手笔,他简直以文学家自居了)。至于后世的文人学者,每逢提到庄子,谁不一唱三叹的颂扬他的文辞?高似孙说他:

> 极天之荒,穷人之伪,放肆迤演,如长江大河,滚滚灌注,泛滥乎天下;又如万籁怒号,澎湃汹涌,声沉影灭,不可控抟。

赵秉忠把他和列子并论,说他们:

> 摛而为文,穷造化之姿态,极生灵之辽广,剖神圣之渺幽,探有无之隐赜……
> 呜呼!天籁之鸣,风水之运,吾靡得覃其奇矣!

凌约言讲得简括而尤其有意致:

> 庄子如神仙下世,咳吐谑浪,皆成丹砂。

读《庄子》,本分不出哪是思想的美,哪是文字的美。那思想与文字,外形与本质的极端的调和,那种不可捉摸的浑圆的机体,便是文章家的极致;只那一点,便足注定庄子在文学中的地位。朱熹说庄子"是他见得方说到",一句极平淡极敷泛的断语,严格的讲,古今有几个人当得起?其实

---

① 诸本作"不傥",《释文》无"不"字,今据删。

在庄子,"见"与"说"之间并无因果的关系,那譬如一面花、一面字,原来只是一颗钱币。世界本无所谓真纯的思想,除了托身在文学里,思想别无存在的余地;同时,是一个字,便有它的含义,文字等于是思想的躯壳,然而说来又觉得矛盾,一拿单字连缀成文章,居然有了缺乏思想的文字,或文字表达不出的思想。比方我讲自然现象中有一种无光的火,或无火的光,你肯信吗?在人工的制作里确乎有那种文字与思想不碰头的偏枯的现象,不是词不达意,便是词浮于理。我们且不讲言情的文,或状物的文。言情状物要做到文辞与意义兼到,固然不容易,纯粹说理的文做到那地步尤其难,几乎不可能。也许正因那是近乎不可能的境地,有人便要把说理文根本排出文学的范围外,那真是和狐狸吃不着葡萄,说葡萄酸一样的可笑。要反驳那种谬论,最好拿《庄子》给他读。即使除了庄子,你抬不出第二位证人来,那也不妨。就算庄子造了一件灵异的奇迹,一件化工罢了——就算庄子是单身匹马给文学开拓了一块新领土,也无不可。读《庄子》的人,定知道那是多层的愉快。你正在惊异那思想的奇警,在那踌躇的当儿,忽然又发觉一件事,你问那精微奥妙的思想何以竟有那样凑巧的、曲达圆妙的词句来表现它,你更惊异;再定神一看,又不知道哪是思想哪是文字了,也许什么也不是,而是经过化合作用的第三种东西,于是你尤其惊异。这应接不暇的惊异,便使你加倍的愉快,乐不可支。这境界,无论如何,在庄子以前,绝对找不到,以后遇着的机会确实也不多。

四

如果你要的是纯粹的文字,在庄子那素净的说理文的背景上,也有着你看不完的花团锦簇的点缀——断素、零纨、珠光、剑气、鸟语、花香——诗、赋、传奇、小说,种种的原料,尽够你欣赏的、采撷的。这可以证明如果庄子高兴做一个通常所谓的文学家,他不是不能。

他是一个抒情的天才。宋祁、刘辰翁、杨慎等极欣赏的——

> 送君者皆自崖而返,君自此远矣!

果然是读了"令人萧寥有遗世之意"。《则阳》篇也有一段极有情致的文字:

> 旧国旧都,望之畅然,虽使丘陵草木之缗,入之者十九,犹之畅然,况见见闻闻者也?以十仞之台悬众间者也?

明人吴世尚曰:"《易》之妙妙于象,《诗》之妙妙于情,《老》之妙得于易,《庄》之妙得于诗。"这里果然是一首妙绝的诗——外形同本质都是诗:

> 天其运乎?地其处乎?日月其争于所乎?孰主张是?孰维纲是?孰居无事推而行是?意者其有机缄而不得已邪?意者其运转而不能自止邪?云者为雨乎?雨者为云乎?孰隆施是?孰居无事淫乐而劝是?风起北方,一西一东,有上彷徨——孰嘘吸是?孰居无事而披拂是?

这比屈原的《天问》何如?欧阳修说:"参差奇诡而近于物情,兴者比者俱不能得其仿佛也。"只讲对了作者的一种"百战不许持寸铁"的妙技,至于他那越世高谈的神理,后世除了李白,谁追的上他的踪尘?李白仿这意思作了一首《日出入行》,我们也录来看看:

> 日出东方隈,似从地底来,历天又入海,六龙所舍安在哉?其始与终古不患,人非元气安得与之久徘徊!草不谢荣于春风,木不怨落于秋天。谁挥鞭策驱四运?万物兴歇皆自然。

古来最善解《庄子》的莫如宋真宗。张端义《贵耳集》载着一件轶事,说他"宴近臣,语及《庄子》,忽命《秋水》,至则翠鬟绿衣,一小女童,诵《秋水》一篇"。这真是一种奇妙批评《庄子》的方法。清人程庭鹭说:"向秀、郭象、应逊此女童全具《南华》神理。"所谓"神理"正指诗中那种最飘忽的、最高妙的抒情的趣味。

庄子又是一位写生的妙手。他的观察力往往胜过旁人百倍,正如刘辰翁所谓"不随人观物，故自有见"。他知道真人"凄然似秋，暖然似春"，或则"尸居而龙见，渊默而雷声"。他知道"生物之以息相吹"，他形容马"喜则交颈相靡，怒则分背相踶"，又看见"泽雉十步一啄，百步一饮"。他又知道"槐之生也，入季春五日而兔目，十日而鼠耳，更旬而始规，二旬而叶成"。一部《庄子》中，这类的零星的珍玩，搜罗不尽。可是能刻画具型的物件，还不算一回事，风是一件不容易描写的东西，你看《齐物论》里有一段奇文：

  夫大块噫气，其名为风，是唯无作，作则万窍怒号。而独不闻之翏翏乎？山林之畏隹，大木百围之窍穴——似鼻，似口，似耳，似枅，似圈，似臼，似洼者，似污者——激者，謞者，叱者，吸者，叫者，譹者，宎者，咬者，前者唱于而随者唱喁，泠风则小和，飘风则大和，厉风济，则众窍为虚，而独不见之调调之刁刁乎？

注意那写的是风的自身，不像著名的宋玉《风赋》只写了风的表象。

五

  讨论庄子的文学，真不好从哪里讲起，头绪太多了，最紧要的例如他的谐趣、他的想象；而想象中，又有怪诞的、幽渺的、新奇的、秾丽的各种方向，有所谓"建设的想象"，有幻想；就谐趣讲，也有幽默、诙谐、讽刺、戏弄等等类别。这些其实都用得着专篇的文字来讨论，现在我们只就他的寓言连带的谈谈。

  寓言本也是从辞令演化来的，不过庄子用得最多，也最精；寓言成为一种文艺，是从庄子起的。我们试想《桃花源记》、《毛颖传》等作品对于中国文学的贡献，便明了庄子的贡献。往下再不必问了，你可以一直推到《西游记》、《儒林外史》等等，都可以说是庄子的赐予。《寓言》篇明讲

"寓言十九"。一部《庄子》几乎全是寓言①,我们暂时无需举例。此刻急待解决的,倒是何以庄子的寓言便是文学。讲到这里,我只提到前面提出的谐趣与想象两点,你便恍然了;因为你知道那两种质素在文艺作品中所占的位置,尤其在中国文学中,更是那样凤毛麟角似的珍贵。若不是充满了他那隽永的谐趣、奇肆的想象,庄子的寓言当然和晏子、孟子以及一般游士说客的寓言,没有区别,谐趣和想象打成一片,设想愈奇幻,趣味愈滑稽,结果便愈能发人深省——这才是庄子的寓言。

> 有国于蜗之左角者,曰触氏,有国于蜗之右角者曰蛮氏,时相与争地而战。伏尸数万,逐北,旬有五日而后反。

> 今之大冶铸金,金踊跃曰:"我必且为镆铘。"大冶必以为不祥之金,今一犯人之形,而曰"人耳,人耳"!夫造化者,必以为不祥之人。

庄子的寓言竟有快变成唐宋人的传奇的。他的"母题"固在故事所象征的意义,然而对于故事的本身——结构、描写、人格的分析、"氛围"的布置……他未尝不感觉兴味。

> 儒以诗礼发冢,大儒胪传曰:"东方作矣,事之何若?"小儒曰:"未解裙襦,口中有珠,诗固有之,曰:青青之麦,生于陵陂,生不布施,死何含珠为!"接其鬓,压其颡,儒以金椎控其颐,徐别其颊,无伤口中珠。②

以及叙庖丁解牛时的细密的描写,还有其他的许多例,都足见庄子那小说家的手腕。至于书中各种各色的人格的研究,尤其值得注意,藐姑射山的神人、支离疏、庖丁、庚桑楚,都是极生动、极有个性的人物。

> 支离疏者,颐隐于脐,肩高于顶,会撮指天,五管在上,两髀为胁;挫针治繲,足以糊口,鼓筴播精,足以食十人。上征武士,则支离攘臂而游于其间;上有大役,则支离以有常疾不受功;上与病者粟,则受三钟与十束薪。

---

① 近人胡远浚曰:"庄子自别其言有寓重卮三者,其实重言皆卮言也,亦即寓言也。"按:所见甚是。

② 按:此下疑有脱文。

文中之支离疏、画中的达摩，是中国艺术里最具特色的两个产品。正如达摩是画中有诗，文中也常有一种"清丑入图画，视之如古铜古玉"①的人物，都代表中国艺术中极高古极纯粹的境界；而文学中这种境界的开创者，则推庄子。诚然《易经》的"载鬼一车"，《诗经》的"牂羊坟首"早已开创了一种荒怪丑恶的趣味，但没有庄子用得多而且精。这种以丑为美的兴趣，多到庄子那程度，或许近于病态；可是谁知道，文学不根本便犯着那嫌疑呢！并且庄子也有健全的时候。

藐姑射之山，有神人居焉，肌肤若冰雪，淖约若处子，不食五谷，吸风饮露，乘云气，御飞龙，而游乎四海之外，其神凝，使物不疵疠，而年欲熟。……之人也，物莫之伤，大浸稽天而不溺，大旱金石流，土山焦而不热。

讲健全有能超过这样的吗？单着"肌肤若冰雪"一句，我们现在对于最高超也是最健全的美的观念，何尝不也是两千年前庄子给定下的标准？其实我们所谓健全不是庄子的健全，我们讲的是形骸，他注重的是精神。叔山无趾"犹有尊足者存"②，王骀"且不知耳目之反宜，而游心于德之和，物视其所一，而不见其所丧，视丧其足，犹遗土也"。庄子自有他所谓的健全，似乎比我们的眼光更高一等。即令退一百步讲，认定精神不能离开形骸而单独存在；那么，你又应注意，庄子的病态中是带着几分诙谐的，因此可以称为病态，却不好算作堕落。

1929 年 11 月 10 日

---

① 语见龚自珍《书金伶》。
② 宣颖释曰："有尊于足者，不在形骸。"

龙　凤

前些时接到一个新兴刊物负责人一封征稿的信,最使我发生兴味的是那刊物的新颖命名——"龙凤",虽则照那篇《缘起》看,聪明的主编者自己似乎并未了解这两字中丰富而深邃的含义。无疑的他是被这两个字的奇异的光艳所吸引,他迷惑于那蛇皮的夺目的色彩,却没理会蛇齿中埋伏着的毒素,他全然不知道在玩弄色彩时,自己是在与毒素同谋。

就最早的意义说,龙与凤代表着我们古代民族中最基本的两个单元——夏民族与殷民族,因为在"鲧死……化为黄龙,是用出禹"和"天命玄鸟(即凤),降而生商"两个神话中,我们依稀看出,龙是原始夏人的图腾,凤是原始殷人的图腾(我说原始夏人和原始殷人,因为历史上夏殷两个朝代,已经离开图腾文化时期很远,而所谓图腾者,乃是远在夏代和殷代以前的夏人和殷人的一种制度兼信仰),因之把龙凤当做我们民族发祥和文化肇端的象征,可说是再恰当没有了。若有人愿意专就这点着眼,而想借"龙凤"二字来提高民族意识和情绪,那倒无可厚非。可惜这层历史社会学的意义在一般中国人心目中并不存在,而"龙凤"给一般人所引起的联想则分明是另一种东西。

图腾式的民族社会早已变成了国家，而封建王国又早已变成了大一统的帝国，这时一个图腾生物已经不是全体族员的共同祖先，而只是最高统治者一姓的祖先，所以我们记忆中的龙凤，只是帝王与后妃的符瑞，和他们及她们宫室舆服的装饰"母题"，一言以蔽之，它们只是"帝德"与"天威"的标记。有了一姓，便对应地产生了百姓，一姓的尊荣，便天然地决定了百姓的苦难。你记得复辟与龙旗的不可分离性，你便会原谅我看见"龙凤"二字而不禁怵目惊心的苦衷了。我是不同意于"天王圣明，臣罪当诛"的。

《缘起》中也提到过"龙凤"二字在文化思想方面的象征意义，他指出了文献中以龙比老子的故事，却忘了一副天生巧对的下联，那便是以凤比孔子的故事。可巧故事都见于《庄子》一书。《天运篇》说孔子见过老聃后，发呆了三天说不出话，弟子们问他给"老聃"讲了些什么，他说："吾乃今于是乎见龙——龙合而成体，散而成章，乘云气而养（翔）乎阴阳，予口张而不能嗋，舌举而不能讯①，予又何规老聃哉！"这是常用的典故（也就是许多姓李的楹联中所谓"犹龙世泽"的来历）。至于以凤比孔子的典故，也近在眼前，不知为什么从未成为词章家"獭祭"的资料，孔子到了楚国，著名的疯子接舆所唱的那充满讽刺性的歌儿——

凤兮凤兮！何如（汝）德之衰也？来世不可待？往世不可追也！

不但见于《庄子》（《人间世》），还见于《论语》（《微子》）。是以前读死书的人不大认识字，不知道"如"是"汝"的假借，因而没弄清话中的意思吗？可是《汉石经》、《论语》"如"作"而"，"而"字本也训"汝"，那么歌词的喻意，至少汉人是懂得。另一个也许更有趣的以凤比孔子的出典，见于唐宋《类书》所引的一段《庄子》佚文：

老子见孔子从弟子五人，问曰："前为谁？"对曰："子路，勇且力。其次子贡为智，曾子为孝，颜回为仁，子张为武。"老子叹曰："吾闻南方有鸟，其名为凤……凤鸟之文，戴圣婴仁，右智左贤……"

---

① 以上六字从江南古藏本补。

这里以凤比孔子,似乎更明显。尤其有趣的是,那次孔子称老子为龙,这次是老子回敬孔子,比他做凤,龙凤是天生的一对,孔老也是天生的一对,而话又出自彼此的口中,典则同见于《庄子》。你说这天生巧对是庄子巧思的创造,意匠的游戏——又是他老先生的"谬悠之说,荒唐之言,无端崖之辞"吗?也不尽然。前面说过原始殷人是以凤为图腾的,而孔子是殷人之后,我们尤其熟悉。老子是楚人,向来无异词,楚是祝融六姓中芈姓季连之后,而祝融,据近人的说法,就是那"人面龙身而无足"的烛龙,然则原始楚人也当是一个龙图腾的族团。以老子为龙,孔子为凤,可能是庄子的寓言,但寓言的产生也该有着一种素地,民俗学的素地(这可以《庄子》书中许多其他的寓言为证)。其实凤是殷人的象征,孔子是殷人的后裔,呼孔子为凤,无异称他为殷人。龙是夏人的,也是楚人的象征,说老子是龙,等于说他是楚人,或夏人的本家。中国最古的民族单元不外夏殷,最典型中国式而最有支配势力的思想家莫如孔老,刊物命名为"龙凤",不仅象征了民族,也象征了最能代表民族气质的思想家,这从某种观点看,不能不说是中国有刊物以来最漂亮的名字了!

然而,还是庄子的道理,"腐臭复化为神奇,神奇复化为腐臭"——从另一种观点看,最漂亮的说不定也就是最丑恶的。我们在上文说过,图腾式的民族社会早已变成了国家,而封建的王国又早已变成了大一统的帝国,在我们今天的记忆中,龙凤只是"帝德"与"天威"的标记而已,现在从这角度来打量孔老,恕我只能看见一位"申申如也,夭夭如也"而谄上骄下的司寇,和一位以"大巧若拙"的手段"助纣为虐"的柱下吏(五千言本也是"君人南面之术")。有时两个身影叠成一个,便又幻出忽而"内老外儒",忽而"外老内儒",种种的奇形怪状。要晓得这条"见首不见尾"的阴谋家——龙,这只"戴圣婴仁"的伪君子——凤,或二者的混合体,和那象征着"帝德"、"天威"的龙凤,是不可须臾离的。有了主子,就用得着奴才,有了奴才,也必然会捧出一个主子,帝王与士大夫是相依为命的。主子的淫威和奴才的恶毒——暴发户与破落户双重势力的结合,压得人民半死不活。三千年惨痛的记忆,教我们面对这意味深长的"龙凤"二字,怎能不怵目惊心呢！

  事实上，生物界只有穷凶极恶而诡计多端的蛇，和受人豢养，替人帮闲，而终不免被人宰割的鸡，哪有什么龙和凤呢？科学来了，神话该退位了。办刊物的人也得当心，再不得要让"死的拉住活的"了！

  要不然，万一非给这民族选定一个象征性的生物不可，那就还是狮子罢，我说还是那能够怒吼的狮子罢，如果它不再太贪睡的话。

神 仙 考

一 神仙思想之发展

　　最大多数铜器铭文的最大共同点,除了一套表示虔敬态度的成语外,就是祈眉寿一类的嘏辞。典型的儒家道德观念的核心也是个"敬字",而《洪范》五福第一便是寿。这表明以"寿"为目的,以"敬"为手段,是古代人生观最大特色。这观念的背景是什么?原来"敬"、"惊"、"儆"最初只是一字,而"祈眉寿"归根无非是"救命"的呼声。在人类支配环境的技术尚未熟练时,一个人能不死于非命,便是大幸,所以嘏辞又曰"需冬",《诗》曰"令终",五福之五曰"考终命",皆以善终为福。曰"眉寿",曰"令终",可见那时的人只求缓死,求正死,不做任何非分之想。《诗》及嘏辞又曰"祈黄发","祈黄考"这又表明人为求缓死而准备接受缓死的条件。他说:既然死可缓而老不可却,那就宁老而勿速死。横竖人是迁就天的。大概当时一般中国人都这样想。唯独春秋时齐国及其邻近地带的人有些两样,而提出了《难老》的要求:

　　　　以旂眉寿,需命,难老。

　　　　　　　　——《齐盗盘》

用旂眉寿,霝命,难老。

——《齐叔夷镈》

用旂匄眉寿,其万年,令冬,难老。

——《及季良父壶》

永锡难老。

——《鲁颂·泮水》

然而曰"难老"而不曰"不老",措辞总算有些分寸,这样事实上也还相对的可能。若想到"不死",如:

齐侯(景公)至自田,晏子侍于遄台……饮酒乐,公曰:"古而无死,其乐若何?"

——昭公二十年《左传》

用旂寿老毋死。

——《齐鎛镈》

那就近乎荒唐了。景公酒酣耳热,一时失言,犹可原谅。鎛镈则是宗庙的祭器,何等严重,何以铭词中也载着这样的怪话?怪话何以又专出自齐人之口呢?学者必联想到战国时齐国的方士,以及一般人所深信的神仙说出于齐地的观念,因而断定这不死观念即神仙说之滥觞。至于神仙说何以产生在齐,则大家似乎已经默认了。是由于齐地滨海,海上岛屿及蜃气都是刺激幻想的对象。这两说都有相当的是处,但都不免把问题看得太简单了。实则春秋时的不死观念不曾直接产生战国时的神仙说,齐国(山东半岛)也并非神仙的发祥地,因之海与神仙亦无因果关系。齐之所以前有不死观念,后有神仙说,当于其种族来源中求解答。

齐姜姓,四岳之后,春秋有姜戎,自称亦四岳之后,看来齐与姜戎本是同种。同姓之国,或在诸夏,或在四夷,这种情形在春秋时太寻常了。但遇到这种情形时,有一问题不易回答,即此种氏族的共同祖先,本属诸夏集团呢,还是夷狄集团? 以姜姓为例,也许姜戎是夷化了的诸夏,也许齐、吕、申、许、向、纪、州、鄀、厉等是华化了的夷狄。按普通的想法,似乎倾向前说者居多。实际上后说的可能性一样大。周人所谓戎,本是诸异族的大名。以血族言，一部分西戎是羌族。姜羌一字，或从女，或从人，只性别不同。因之种名从人，姓氏从女，实质上也没有分别。周与羌族世为婚姻，弃母姜嫄，太王娶太姜，武王娶邑姜，皆羌族女。参与牧野之战的"西土之人"中的羌，大概就是武王的外家，而太公很可能就是他们的君长。太公以宗亲，兼伐纣有大功，受封于吕，这是这支羌人内徙与华化的开端，后来太公的儿子丁公，又以平蒲姑有功，领着一部分子姓就地受封，都于营邱，是为齐国。蒲姑是商世大国，东方文化的一个中心，丁公的子孙世居其地，华化的机会更多了。齐之内迁与华化，其事和他同姓的申同类。《周书·王会篇》有西申，次在氐羌之前，应该也是羌族，南阳的申国即其种人之内徙而华化者。《大荒北经》"有北齐之国，姜姓，使虎豹熊罴"，此齐人之留在夷狄者。齐有北齐，申有西申，可证其先皆自夷狄迁来，本不属于诸夏集团。至于姜戎之逼处华夏而迟迟未被华化，则又似与莱人同类。莱亦姜姓，大概是和丁公同搬到东方的一支羌族，不知为什么和丁公决裂了，被摒弃在海滨，许久未受诸夏同化。同一种姓，或同化，或不同化，这许多原因中，婚姻许是一个最重要的因子。齐、申皆周室的宗亲，故同化的时期早而程度深，莱、姜戎不与诸夏通婚，故终春秋之世未被同化。

由上观之，齐人本为西方的羌族，大致不成问题，现在我们就根据这点来探寻他们那不死观念的来源。

《墨子·节葬下篇》曰：

> 秦之西有仪渠之国者，其亲戚死，聚柴薪而焚之，熏上，谓之登遐。

仪渠即义渠，当是羌族，《吕氏春秋·义赏篇》曰：

> 氐、羌之民，其虏也，不忧其系累，而忧其死不焚也。

以上所说都是火葬，火葬的意义是灵魂因乘火上天而得永生，故古书所载火葬俗流行的地方，也是"不死"传说发生的地方。今甘肃新疆一带，正是古代羌族的居地，而传说中的不死民，不死之野，不死山，不死树,不死药等也都在这里。很可能齐人的不死观念是当初从西方带进来的。

但火葬所代表的不死,与不死民等传说的不死,大有分别。火葬是求灵魂不死。灵魂不死的先决条件,是"未来世界"的存在,一个远较这现实世界为圆满的第二世界,人死后,灵魂将在那里永恒地生存着,享乐着。又基于一种先决的事物对立观念,认为灵魂与肉体是相反相妨的。所以他们又想到非毁尽肉体,不足以解放灵魂,于是便产生了焚尸火葬的礼俗。《后汉书·西羌传》称其人"以战死为吉利,病终为不祥"。这也是很重要的材料。吉利大概即灵魂能升天之意。这可见他们因为急于要灵魂上天,甚至等不及老死,就要乘机教人杀死自己,好把躯体割断,让灵魂早早放出来。这与后来不死民等传说的灵肉合一,肉体不死即灵魂不死的观念相差太远了。但这种不死论,比起齐人的不死论,已经算玄虚的了。齐人所谓不死,当然是纯粹的肉体不死,灵魂的死不死,甚至灵魂的有无诸问题,他们似乎不曾注意。然而比较起那以殷民族为代表的东方诸土著民族来,这自西方移来的客籍齐人,又太嫌古怪了。依东方人说,人哪有不死的道理?齐人真是妄想。至于肉体可随着灵魂而不死,或肉体必须毁尽而后灵魂乃能永生一类观念,那更是不可思议了。土著东方人与齐人之间是一条鸿沟。齐人与其老家的西方人比较的是相近。同是奢望,是痴想,是浪漫的人性不甘屈服于现实的表示,西方人前后两种不死观,以及齐人的不死观只是程度深浅不同而已。非肉体死不足使灵魂生这种说法,本是违反人性的,其不能行通而卒变为肉体与灵魂同生,乃是必然的趋势。肉死灵生的极端派一旦让步而变为灵肉同生的中和派,便根本失了唯灵论的立场,唯灵论的立场即经失去,便不难再让一步而成为齐人的纯肉不死论。加上内徙后的齐人,受了土著东方人的同化,其放弃灵魂观念的可能自然更大了。

上文我们说明了齐人本是西方迁来的羌族,其不死观念也是从西方带来的。但西方所谓不死本专指灵魂,并主张肉体毁尽,灵魂才得永生。这观念后来又演变为肉体与灵魂并生。齐人将这观念带到东方以后,特别因为当地土著思想的影响,渐渐放弃了灵魂观念,于是又演变为纯粹的肉体不死。齐人内徙日久,受同化的程度当愈深,按理没有回到唯灵原则下的各种不死论的可能。然而事实上,战国初年燕齐一带突然出现了神仙传说,所谓神仙者,实即因灵魂不死观念逐渐具体化而产生出来的想象的或半想象的人物(解释详下)。这现象也很怪。灵魂不死论本产生在西方,难道这回神仙传说之出现于燕齐,也是从西方来的吗?对了,这回是西方思想第二度访问中国,神仙的老家是在西方,他的习惯都是西方的,这些在下文讨论神仙说及其理论与技术时,随时随地都是证据,现在我们只举一个最鲜明的例来做个引子。据后来汉武帝求神仙时屡见大人迹,及司马相如《大人赋》推之,秦始皇时因临洮见大人而铸的"金人十二",实在是十二位仙人的造像,难怪唐诗人李贺误秦皇的金人为汉武承露盘的仙人,而作《金铜仙人辞汉歌》。这十二位仙人,据《汉书·五行志》说"皆夷狄服",可见始皇时还知道真正老牌的仙人是西域籍。我们不但知道神来自西方,并且知道是从哪条道路来的。六国秦时传播神仙学说,及主持求仙运动的方士,据现在可考的,韩赵魏各一人,燕六人,齐二人,这不是分明指出了神仙说东渐的路线吗?

那时方士的先头部队刚到齐,大队人马则在燕,到汉武时全体都到达齐了,所以当时的方士几乎全是齐人。由此我们可以推想,在较早的时候,大队恐怕还在三晋,并且时代愈早,大队的行踪愈偏西。《晋语》九"赵简子叹曰:'雀人于海为蛤,雉人于淮为蜃,鼋鼍鱼鳖,莫不能化,唯人不能,哀夫!'窦犨侍曰:'臣闻之,君子哀无人,不哀无贿,哀无德,不哀无宠,哀名之不令,不哀年之不登。'"《注》:"登,高也。"至于神仙思想所以终于在齐地生根了,那自然为这里的不死思想与它原是一家人,所以它一来到便感着分外融洽,亲热,而乐于住下了。这与齐之地势滨海毫无关系。神仙并不特别好海。反之,他们最终的归宿是山——西方的昆仑山。他们后来与海发生关系,还是为了那海上的三山。其实连这也是偶然的,即使没有海上三山,他们还是要在这里住下的。总之,神仙思想是从西方来的,它只是流寓在齐地因而在那里长大的,并非生在齐地。

齐地的不死思想并没有直接产生神仙思想,虽则它是使神仙思想落籍在齐地的最大吸引力。因此,海与神仙并无因果关系,三山与神仙只是偶然的结合而已。

二 神仙说及其理论与技术

上文讲神仙是随灵魂不死观念逐渐具体化而产生的一种想象的或半想象的人物,这可从火葬得到证明。上引《墨子·节葬下篇》说义渠风俗"亲戚死,聚柴薪而焚之,熏上,谓之登遐","登遐"刘昼《新论·风俗篇》作"升霞",《太平广记》引《博物志》作"登霞"。据此,则遐当读为煆,本训火焰,因日旁赤光,或赤云之火者谓之霞,故又或借霞为之。登霞的本意是火化时灵魂乘火上升于天,这名词传到中国后,有两种用法。一是帝王死谓之登霞,二是仙人飞升谓登霞。帝王死后有升天的资格,是中国自古相传的观念,现在借用西方登霞的名词以称帝王之死,倒顶合适的。至于仙人飞升称登霞,则无所谓借用,因为飞升与火化本是一回事,仙人飞升是西方传来的故事,"登霞"当然也是用的西方的名词。《远游》曰:

载营魄而登霞兮,掩浮云而上征。

营魄即魂魄,既曰"载魂魄",又曰"登霞",与火葬的意义完全合。《列仙传》称啸父既传其"作火法"于梁母,"临上三亮山,与梁母别,列数十火而升",又师门"亦能使火",死后,"一旦风雨迎之,讫则山木皆焚"。这些仙人的故事,都暗示着火化的意味。又云赤松子:

能入火自烧,往往至昆仑山上……随风雨上下。

证以《远游》亦称赤松子"化去而不见",这其间火化的痕迹也颇鲜明。至于宁封子的传说,则几乎明白承认是火葬了:

宁封子者……世传为黄帝陶正,有[神]人过之,为其掌火,能出五色烟,久则以教封子。封子积火自烧,而随烟气上下。视其灰烬,犹有其骨,时人共葬于宁北山中,故谓之宁封子焉。

又《史记·封禅书》称燕人宋毋忌等——

为方僊道,形解销化,依于鬼神之事。

形解销化,据服虔说即"尸解",而《索隐》曰:"《白泽图》云'火之精曰宋毋忌',盖其人火仙也。"尸解而成火仙,大概也是火化的变相的说法。又张晏曰:"人老,如解去故骨,则变化也,今山中有龙骨,世人谓之龙解骨化去也。"如张说,则宋毋忌之"形解销化",是形化而骨留,与宁封子之烧后灰烬中有遗骨正合,无疑的这就是仙家尸解中之"火解法"的来源。尸解的另一种方法是"兵解"。上引《后汉书》称西羌人"以战死为吉利,病终为不祥",大概战死者躯体破碎,灵魂得以立时逃出而升天,所以吉利;病死者躯体完整,灵魂困在内,迟久不得自由,所以不祥。如此说来"兵解"乃是由战死吉利的观念蜕化来的一种飞升的手段。火解兵解,总共谓之"尸解",正是解开尸体,放出灵魂的意思,然则所谓"神仙"不过是升天了的灵魂而已。仙字本作僊,《说文》"䙴,升高也",䙴即僊字。僊字本是动词,先秦典籍中皆如此用。升去谓之僊,动词名化,则升去了的人亦谓之僊。西方人相信天就在他们那昆仑山上,升天也就是升山,所以僊字别体作仙,正是依照西方人的观念所造的字。人能升天,则与神一样,长生,万能,享尽一切快乐,所以仙又曰"神仙"。升天后既有那些好处,则活着不如死去,因以活着为手段,死去为目的,活着的肉体是暂时的,死去所余的灵魂是永久的,暂时是假的,永久是真的,故仙人又谓之"真人"。这样看来,神仙乃是一种宗教的理想。凡是肉体能毁的人,灵魂便能升天而成仙。仙在最初并不是一种特殊的人,只是人生活中的一个理想的阶段而已。既然人人皆可成仙,则神仙思想基本原则是平等。因此我们知道为什么春秋时代的齐国,虽有不死观念,而不能发展为神仙思想,只因封建阶级社会下,是不容平等思想存在的,到战国时封建制度渐渐崩溃,所以建筑在平等原则上的神仙思想可以乘机而入,以至逐渐繁盛起来。

上文已说过,登霞是由火化时灵魂乘烟霞上天而得来的观念,故《远游》曰:"载营魄而登霞兮。"(营与魂通)魂的特性是游动不定,故一曰游魂。《易·系辞上传》"游魂为变",韩康伯《注》曰:"游魂,言其游散也。"《白虎通·性情篇》曰:"魂犹伝伝也,行不休也。"行不休即游魂之义。仙人登霞,本是从灵魂上天而游行不休产生的观念,所以仙人飞升后最主要的活动是周流游览。游是愈远愈妙,《楚辞》所载著名的咏仙人的文章以"远游"名篇,固是很明显的例子,而最具体最有趣的莫如《淮南子·道应篇》所述卢敖的故事:

卢敖游乎北海,经乎太阴,入乎玄阙,至于蒙毂之上,见一士焉,深目而玄鬓,渠颈而鸢肩,丰上而杀下,轩轩然方迎风而舞,顾见卢敖,慢然下其臂,遁逃乎碑(崝)[下]。卢敖就而视之,方倦(蜷)龟壳而食蛤梨。卢敖与之语,曰:"唯!敖为背群离党,穷观于六合之外者,非敖而已乎?敖幼而好道,至长而不渝[解]懈,周行四极,唯北阴之未闻。今卒睹夫子于是,子殆可与敖为友乎?"若士蓄然而笑曰:"嘻!子中州之民,宁胄而远至此。此犹光乎日月而载列星,阴阳之所行,四时之所生,其比夫不名之地,犹窔奥也。若我南游乎冈㝫之野,北息乎沈墨之乡,西穷窅冥之党,东关(贯)鸿濛之光,此其下无地而上无天,听焉无闻,视焉则眴。此其外犹有汰沃之氾,其余一举而千万里,吾犹未之能在。今子游始于此,乃语穷观,岂不亦远哉?然子处矣!吾与汗漫期于九垓之上,吾不可以久。"若士举臂而竦身,遂入云中。卢敖仰而视之,弗见。乃止驾,[心]枑冶(不怡),悖若有丧也,曰:"吾比夫子,犹黄鹄与壤虫也,终日行不离咫尺,而自以为远,岂不悲哉?"

此外《庄子》书中每讲到至人,神人,真人,大人(皆仙人的别名)如何游于六合之外,无何有之乡,《淮南子》也是如此,并且说得更有声有色,汉以来关于仙人的辞赋诗歌,几乎全是讲他们漫游的生活,晋唐人咏仙人诗多称"游仙诗"。游必需舆驾,所游的地方是天空,所以,以龙为马,以云霓彗星之类为旌旗。有舆驾,还得有仪卫,这是由风雨雷电以及其他种种神灵鬼怪组成的,此之谓"役使鬼神"。

神仙思想之产生,本是人类几种基本欲望之无限度的伸张,所以仙家如果有什么戒条,那只是一种手段,暂时节制,以便成仙后得到更大的满足。在原始人生观中,酒食,音乐,女色,可谓人生最高的三种享乐。其中酒食一项,在神仙本无大需要,只少许琼浆玉液,或露珠霞片便可解决。其余两项,则似乎是他们那无穷而闲散的岁月中唯一的课业。试看几篇典型的描写仙人的文学作品,在他们那云游生活中。除了不重要的饮食外,实在只做了闻乐与求女两件具体的事。有时女与乐分为二事,如《惜誓》既:

载玉女于后车。

"以侍栖宿"(据王逸说),又:

……至少原之壄兮,赤松、王乔皆在旁,二子拥瑟而调均兮,余因称乎清商。

但往往是二者合为一事,如《远游》:

祝融戒而还衡兮,腾告鸾鸟迎宓妃,使湘灵鼓瑟兮,令海若舞冯夷。张《成池》奏《承云》兮,二女御《九韶歌》。玄螭虫象并出进兮,形缪虬而逶蛇,雌蜺便娟以增挠兮,鸾鸟轩翥而翔飞。音乐博衍无终极兮,焉乃逝以徘徊。

这便叫做"快活神仙"!

现实生活既只有暂时的,不得已的过渡作用,过渡的期程自然能愈缩短愈好,所以性急的人,不免要设法自动地解决这肉体的障碍,好叫灵魂马上得到自由。手段大概还是火解与兵解,方法却与以前不同。以前火解是死后尸体被人焚掉,兵解也是躯体被人砍断。现在则是自焚自砍,合共可以称为"自解"。有了这种实行自解的人以后,仙的含义便为之大变,从人人生活过程上的一个理想阶段的名称,变而为采取一种超绝的生活形态的人的名称。这新含义就是现在通用的仙字的意义。

不知何时,人们又改变了态度,不大喜欢那凭一场火一把剑送灵魂上升的办法了。他们大概对目前肉体的苦痛,渐渐感着真实起来,虽则对未来灵魂的快乐,并未减少信心,于是渐渐放弃了那自解的"顿"的办法,而采用了种种修炼的"渐"的办法。肉体是重浊的,灵魂是轻轻的。但未始不可以设法去浊存清以变重为轻,这样肉体不就改造成灵魂了吗?在这假定的原则之下,便产生了各种神仙的方术,从事于这些方术的人便谓之方士。

最低级的方术,是符咒祠醮一类的感召巫术,无疑的这些很早就被采用了。这可称为感召派。比感召高一等的是服食派。凡是药物,本都具有,或被想象为具有清洁作用。尤其植物(如菊,术等)的臭味,矿物(如玉,黄金,丹砂等)的色泽都极容易联想到清洁,而被赋予以消毒除秽诸功能。少见而难得与形状诡异的自然物品(如芝菌,石乳等),都具有神秘性,也往往被认为有同样效验。由于早就假定了浊与重为同一物质的两种德性,因之除秽便等于轻身,所以这些东西都成为仙药了。加之这些东西多生于深山中,山据说为神灵之所在,这些说不定就是神的食品,人吃了,自然也能乘空而游,与神一样了。最初是于日常饮食之外,加服方药。后来许是有人追究过肉体所以浊重的原因,而归咎于肉体所赖以长成的谷类,恰巧被排泄出来谷类的渣滓,分明足以为其本质浊秽的证验,于是这人便提倡只食药,不食谷的办法,即所谓"避谷法"。

但是最好的轻身剂恐怕还是气——本质轻浮的气。并且据说万物皆待气以生存,如果药物可以使人身轻,与其食药物,何如食药物所待以生存的气,岂不更为直接,更为精要?所以在神仙方术中,行气派实是服食派进一步的发展。观他们屡言"食气",可见气在他们心目中,本是食粮的代替品,甚至即食粮本身。气的含义在古时甚广,除了今语所谓空气之外,还包括比空气具体些的几种物质。以前本有六气的说法——阴,阳,风,雨,晦,明,现在他们又加以整齐化,神秘化,而排列为这样的方式:

> 春食朝霞,朝霞者,日始欲出赤黄气也。秋食沦阴,沦阴者,日没以后赤黄气也。冬饮沆瀣,沆瀣者,北方夜半气也。夏食正阳,正

阳者,南方日中气也。并天地玄黄之气,是为六气也。

——《楚辞·远游》注引《陵阳子明经》

玄与黄是近天与近地的空气,正阳即日光,依他们的说法可称光气,沆瀣即露水,可称水气,朝霞沧漠即早晚的云霞,是水气与光气的混合物。先秦人对于气是否有这样整齐的分类,虽是疑问,但他们所食的气,总不外这几种。

食气的方法,就是在如上面所指定的时刻,对着太阳或天空行深呼吸,以"吐故纳新",同时身体做着"熊经鸟伸,凫浴蝯躩,鸱视虎顾"等等姿态的活动以助呼吸的运用。用术语说,这种呼吸谓之"行气",活动谓之"导引"。行气后来又称"胎息",实是一种特殊的呼吸方法的名称。导引不但是辅导气流的运转,还可以训练肢体,使之轻灵趫捷,以便于迎风自举。这后一种目的,大概后来又产生了一种专门技术,谓之"乘蹻"。胎息与乘蹻发展(毋宁是堕落)到某种神秘阶段,都变成了魔术,于是又和原始的巫术合流了。以上是导引派及其流变。

新气既经纳入,还要设法固守,不使它泄散。《玉秘铭》曾发挥过这派守气的理论:

行氖(气)罙(深)则適,適则神,神则下,下则定,定则固,固则明,明则眯,眯则遏(优),遏则天,天丌(其)杳才(在)上,墬丌(其)杳才(在)下,巡顺则生,逆则死。

大约是在守气论成立以后,行气派又演出一条最畸形的支流。上文说过气有水汽,水可称气,则人之精液也是气了,这样儿戏式的推论下来,便产生了房中派的"还精补脑"的方术。原来由行气到房中,正如由服食到行气一般,是一贯的发展,所以葛洪说:

服药虽为长生之本,若能兼行气者,其益甚速……然又宜知房中之术,所以尔者,不知阴阳之术,屡为劳损,则行气难为力也。

——《抱朴子·至理篇》

这里虽只说长生,但最终目的还是飞升,下文有详细的说明。

神仙的目的是飞升,而飞升的第一要图是轻身。照上面那些方案行来,相对的轻身的效果是可以担保的,尤其避谷而兼食气,如果严格实行起来,其成效可想而知,所以司马相如说"列仙之传,居山泽间,形容甚臞"。形容臞瘦,自然体重减轻了。然而要体重减轻到能飞的程度,还是不可能,除非在某种心理状态之下,你一意坚持着要飞,主观的也就不难果真飞上去了。在生理状态过度失常时——如胃脏中过度的空乏,或服进某种仙后,过度的饱厌,等等情况之下,这种惬意的幻觉境界并不难达到。上述那催眠的法术,他们呼作"存想"。

无论各种方术,历经试验后,功效有限,即令有效,对于高贵阶级的人们,尤其那日理万机的人主,太不方便。最好还是有种"顿"的手段,一经使用,便立时飞去。大概是为供应这类人的需求,那一服便仙的神丹大药,才开始试造的。

歌 与 诗①

一

想象原始人最初因情感的激荡而发出有如"啊"、"哦"、"唉"或"呜呼"、"噫嘻"一类的声音,那便是音乐的萌芽,也是孕而未化的语言。声音可以拉得很长,在声调上也有相当的变化,所以是音乐的萌芽。那不是一个词句,甚至不是一个字,然而代表一种颇复杂的含义,所以是孕而未化的语言。这样界乎音乐与语言之间的一声"啊……"便是歌的起源。不错。"歌"就是"啊",二者皆从可陪声②,古音大概是没有分别的。在后世的歌词中有时又写作"猗"。

> 断断猗无他技!
> ——《书·秦誓》

> 河水清且涟猗!
> ——《诗·伐檀》

---

① 这是计划中的一部《中国上古文学史讲稿》的一章。
② "歌从哥声,哥又从可声,啊从阿声,阿从可声",这般说法,我嫌它太啰嗦了,所以杜撰了这个名词,可是歌与啊的陪声,中间隔着了哥与阿,犹之乎大夫对天子称陪臣,中间隔着了诸侯。

而已反其真而我犹为人猗!

——《庄子·大宗师篇》载孟子反子琴张相和歌

候人兮猗!(《吕氏春秋·音初篇》载涂山氏妾歌)或作"我",有酒湑我!无酒酤我!坎坎鼓我!蹲蹲舞我!

——《诗·伐木》

乌生八九子,端座秦氏桂树间。唶我①!秦氏有游遨荡子,工用睢阳强(弓),苏合弹,左手持强(弓)弹两丸,出入乌东西。唶我!一丸即发中乌身,乌死魂魄飞扬上天……

——《乐府古辞·乌生》

什九则作"兮",古书往往用"猗"或"我"代替兮字,可知三字声音原来相同,其实只是啊的若干不同的写法而已。至于由啊又辗转变为其他较远的语音,又可写作各样不同的字体,这里不能,也不必一一举例。总之,严格的讲,只有带这类感叹虚字的句子,及由同样的句子组成的篇章,才合乎最原始的歌的性质,因为,按句法发展的程序说,带感叹字的句子,应当是由那感叹字滋长出来的。借最习见的兮字句为例,在纯粹理论上,我们必须说最初是一个感叹字"兮",然后在前面加上实字,由加一字如《诗经》"子兮子兮","蓁兮蓁",递增至大概最多不过十字,如《说苑》所载柳下惠妻《诔柳下惠辞》"夫子之信成而与人无害兮"(感叹字在句首或句中者,可以类推)。为什么我们必须这样说呢?因为实字之增加是歌者对于情绪的自觉之表现。感叹字是情绪的发泄,实字是情绪的形容、分析与解释。前者是冲动的,后者是理智的。由冲动的发泄情绪,到理智的形容、分析、解释情绪,歌者是由主观转入了客观的地位。辨明了感叹字与实字主客的地位,二者的产生谁先谁后,便不言而喻了。在感叹字上加实字,歌者等于替自己当翻译,译辞当然不能在原辞之前。

---

① 旧读唶字绝句,而以我字属下读,细玩各句的文义,是讲不通的。

感叹字本只有声而无字,所以是音乐的,实字则是已成形的语言,因此我们又可以说,感叹字是伯牙的琴声,实字乃钟子期讲的"志在高山","志在流水"。自然伯牙不鼓琴,钟子期也就没有这两句话了。感叹字必须发生在实字之前,如此的明显,后人乃称歌中最主要的感叹字"兮"为语助、语尾,真是车子放在马前面了。

但后人这种误会,也不是没有理由的。在后世歌辞里,感叹字确乎失去了它固有的重要性,而变成仅仅一个虚字而已。人究竟是个社会动物,发泄情绪的目的,至少一半是要给人知道,以图兑换一点同情。这一来,歌中的实字便不可少了,因为情绪全靠它传递给对方。实字用得愈多,愈精巧,情绪的传递愈有效,原来那声"啊……"便显着不重要,而渐渐退居附庸地位(如后世一般歌中的"兮"字),甚至用文字写定时,还可以完全省去。《九歌·山鬼》,据《宋书·乐志》所载当时乐工的底本,便把兮字都删去了。《史记·乐书》所载《天马歌》二章皆有兮字,《汉书·礼乐志》便没有了。这些都是具体的例证。然而兮字的省去,究竟是一个损失。

> 若有人兮山之阿,初薜荔兮带女萝。

试把兮字省去,再读读看,还是味儿吗?对了,损失了的正是歌的意味儿。你说那不过是声调的关系,意义并未变更。但是你要知道,特别是在歌里,"意味"比"意义"要紧得多,而意味正是寄托在声调里的。最有趣的例是梁鸿的《五噫》:

> 陟彼北芒兮,噫!顾瞻帝京兮,噫!宫阙崔嵬兮,噫!人之劬劳兮,噫!辽辽未央兮,噫!

作者本意是要这些兮字重新担起那原始时期的重要职责,无奈在当时的习惯中,兮字已无这能力了,不得已,这才在"兮"下又补上一个"噫"以为之辅佐,使它在沾染作用中,更能充分地发挥它固有的力量。因此,为体贴作者这番用意,我们不妨把"兮噫"二字索性捆紧些当做一个单元,而以如下的方式读这首歌:

> 陟彼北芒(兮……噫……)顾瞻帝京(兮……噫……)……

记住"兮"即"啊"的后身,那么"兮噫"的音值便可拟作"O……O……"了。这一来,歌的面目便十足地显露出来了。此刻若再把"兮噫"去掉,让它成了一首四言诗,那与原来的意味相差该多么远!

以上我们反复地说明了感叹字确乎是歌的核心与原动力,而感叹字本身则是情绪的发泄,那么歌的本质是抒情的,也就是必然的结论了。

二

至于"诗"字最初在古人的观念中,却离现在的意义太远了。汉朝人每训诗为志:

> 诗之为言志也。
> ——《诗谱序》疏引《春秋说题词》

> 诗之言志也。
> ——《洪范·五行传》郑《注》

> 诗志也。
> ——《吕氏春秋·慎大览》高《注》《楚辞·悲回风》王《注》《说文》

从下文种种方面,我们可以证明志与诗原来是一个字。志有三个意义:一记忆,二记录,三怀抱。这三个意义正代表诗的发展途径上三个主要阶段。

志字从䇂卜辞作䇂,从止下一,像人足停止在地上,所以本训停止。卜辞"其雨庚"犹言"将雨,至庚日而止"。志从䇂从心,本义是停止在心上。停在心上亦可说是藏在心里,故《荀子·解蔽篇》曰"志也者臧(藏)也",《注》曰"在心为志",正谓藏在心,《诗序》疏曰"蕴藏在心谓之为志",最为确诂。

藏在心即记忆,故志又训记。《礼记·哀公问篇》"子志之心也",犹言记在心上,《国语·楚语》上"闻一二之言,必诵志而纳之,以训导我",谓背诵之记忆之以纳于我也。《楚语》以"诵志"二字连言尤可注意,因为诗字训志最初正指记诵而言。诗之产生本在有文字以前,当时专凭记忆以口耳相传。诗之有韵及整齐的句法,不都是为着便于记诵吗①？所以诗有时又称诵②。这样说来,最古的诗实相当于后世的歌诀,如《百家姓》、《四言杂字》之类。就"三百篇"论,《七月》(一篇韵语的《夏小正》或《月令》)大致还可以代表这阶段,虽则它的产生决不能早到一个太辽远的时期。

无文字时专凭记忆,文字产生以后,则用文字记载以代记忆,故记忆之记又孳乳为记载之记。记忆谓之志,记载亦谓之志。古时几乎一切文字记载皆曰志。

  1.《左传·文二年》:"《周志》有之,'勇则害上,不登于明堂。'"《注》:"《周志》,《周书》也。"案二语见《逸周书·大匡》篇。

  2.《襄二十五年》:"志有之,'言以足志,文以足言'。"《注》:"志,古书也。"

  3.《襄三十年》:"《仲虺之志》云:'乱者取之,亡者侮之。'"案即《仲虺之诰》,此真古文《尚书》的佚文。

  4.《国语·晋语》四:"礼志有之曰:'将有请于人,必先有人焉。'"

  5. 同上:"夫先王之法志,德义之府也。"《注》:"志,记也。"案《左传·僖二十七年》作"《诗》、《书》,义之府也",是所谓法志者即《诗》、《书》。

---

① 诗必记诵,瞎子的记忆力尤发达,故古代为人君诵诗的专官曰矇,曰瞍,曰瞽。
② 《诗·节南山》"家父作诵",《崧高》及《烝民》"吉甫作诵",皆谓诵诗,至《崧高》于"吉甫作诵"下曰"其诗孔硕,其风肆好",此诗则谓辞(诗词古音同),风谓声调。《卷阿》"矢诗不多,维以遂歌"即陈词不多,可证。

6.《晋语》六:"夫成子导前志以左先君,导法而卒以政,可不谓文乎?"《注》:"志,记也。"

7.《晋语》九:"志有之曰:'高山峻原,不生草木,松柏之地,其土不肥。'"《注》同。

8.《楚语》上:"教之故志,使知废兴者而戒惧焉。"《注》:"故志谓所记前世成败之书。"

9.《周礼·小吏》:"掌邦国之志。"司农《注》:"志谓记也,《春秋》所谓《周志》,《国语》所谓《郑书》之属也。"

10. 同上《外史》:"掌四方之志。"郑《注》:"志,记也,谓若鲁之《春秋》,晋之《乘》,楚之《梼杌》。"

11.《孟子·滕文公上篇》:"且志曰:'丧祭从先祖。'"赵《注》:"志,记也。"

12. 又《下篇》:"且志曰:'枉尺而直寻,宜若可为也。'"《注》同。

13.《荀子·大略篇》:"《聘礼志》曰:'币厚则伤德,财侈则殄礼。'"

14.《吕氏春秋·贵当篇》:"志曰:'骄惑之事,不亡奚待?'"《注》:"志,古记也。"

一切记载既皆谓之志,而韵文产生又必早于散文,那么最初的志(记载)就没有不是诗(韵语)的了。上揭第1和第14二例所引的"志"正是韵语,而现在的先秦古籍中韵语的成分还不少,这些都保存着记载的较古的状态。承认初期的记载必须是韵语的,便承认了诗训志的第二个古义必须是"记载"。《管子·山权数篇》"诗所以记物也",正谓记载事物,《贾子·道德说篇》"诗者志德之理而明其指,令人缘之以自戒也",志德之理亦即记德之理。前者说记物,后者说记理,所记之对象虽不同,但说诗的任务是记载却是相同的,可见诗字较古的含义,直至汉初还未被忘掉。

上文我们说过"歌"的本质是抒情的,现在我们说"诗"的本质是记事的,诗与歌根本不同之点,这来就完全明白了。再进一步的揭露二者之间的对垒性,我们还可以这样说:古代歌所据有的是后世所谓诗的范围,而古代诗所管领的乃是后世史的疆域。要测验上面这看法的正确性,我们只将上揭各古书称志的例子分析一下就思过半了。除一部分性质未详外,那些例子可依《六经》的类目分为(一)《书》类,1、3、5、6、8属之;(二)《礼》类,4、10、13属之;(三)《春秋》类,9、10属之。有《书》、有《春秋》、有《礼》,三者皆称志,岂不与后世史部的书称志正合?然而古书又有称《诗》为志的。《左传·昭十六年》载郑六卿饯宣子于郊,子齹赋《野有蔓草》,子产赋《郑》之《羔裘》,子大叔赋《褰裳》,子游赋《风雨》,子旗赋《有女同车》,子柳赋《萚兮》。宣子喜曰:"郑其庶乎!二三君子以君命贶起,赋不出《郑志》,皆昵燕好也。"六卿所赋皆《郑风》,而宣子说是"赋不出《郑志》",可知《郑志》即《郑诗》。属于史类的《书》(古代史)、《春秋》(当代史)、《礼》(礼俗史)称志,《诗》亦称志,这是什么缘故?原来《诗》本是记事的,也是一种史。在散文产生之后,它与那三种仅在体裁上有有韵与无韵之分,在散文未产生之前,连这点分别也没有。诗即史,所以孟子说:

> 王者之迹熄而《诗》亡,《诗》亡然后《春秋》作。晋之《乘》、楚之《梼杌》、鲁之《春秋》,一也,其事则齐桓晋文,其文则史。
>
> ——《离娄·下篇》

《春秋》何以能代《诗》而兴?因为《诗》也是一种《春秋》。他又说:

> 诵其诗,读其书,不知其人,可乎?是以论其世也。
>
> ——《万章·下篇》

一壁以诗书并称,一壁又说必须知人论世,孟子对于诗的观念是雪亮的。在这点上,《诗大序》与孟子的话同等重要:

> 至于王道衰,礼义废,政教失,国异政,家殊俗,而《变风》、《变雅》作矣。国史明乎得失之迹,伤人伦之废,哀刑政之苛,吟咏性情,以风其上,达于事变,而怀其旧俗者也。

诗即史,当然史官也就是"诗人"。但《序》意以为《风》、《雅》是史官所作,则不尽然。初期的雅,尤其是《大雅》中如《绵》、《皇矣》、《生民》、《公刘》等是史官的手笔,是无疑问的,《风》则仍当出自民间。不过《序》指出了诗与国史这层关系,不能不说是很重要的一段文献。如今再回去看《诗序》好牵合《春秋》时的史迹来解释《国风》,其说虽什九不可信,但那种以史读诗的观点,确乎是有着一段历史背景的。最后从史学的一分较冷僻的训诂中,也可以窥出诗与史的渊源来。

> 文胜质则史。
> ——《论语·雍也篇》

> 辞多则史。
> ——《义礼·聘礼记》

> 捷敏辩给,繁于文采,则见以为史。
> ——《韩非子·难言篇》

> 米盐博辩,则以为多而史之①。
> ——同上《说难篇》

"繁于文采",正是诗的荣誉,这里却算作史的罪名,这又分明坐实了诗史之间不可分离的关系。

---

① 《史记·天官书》"凌杂米盐",《正义》:"米盐,细碎也。"《汉书·循吏黄霸传》"米盐靡密",《注》:"米盐,言杂而且细。"《酷吏咸宣传》"其次米盐事小大皆关其手",《注》:"米盐,细杂也。"

三

　　社会日趋复杂，为配合新的环境，人们在许多使用文字的途径上，不得不舍弃以往那"繁于文采"的诗的形式而力求经济，于是散文应运而生。史的记载不见得是首先放弃那旧日的奢侈固习的，但它终于放弃了。大概就在这时，志诗二字的用途才分家。一方面有旧式的韵文史，一方面又有新兴的散文史，名称随形式的繁衍而分化，习惯便派定韵文史为"诗"，散文史为"志"了。此后，二字混用通用的现象不是没有，但那只算得暂时的权变和意外的出轨。

　　你满以为散文进一步，韵文便退一步，直至有如今日的局面，"记事"几乎完全是散文一家独有的山河，韵文（如一切歌诀式的韵语）则蜷伏在一个不重要的角落里，苟延着残喘，于是你惊讶前者的强大，而惋惜后者的式微。你这兴衰之感是不必要的。韵文并非式微，它是迁移到另一地带去了。它与歌有一段宿诺。在记事的课题上，他打头就不感真实兴趣，所以时盼着散文的来到，以便卸下这份责任，去与歌合作，现在正好如愿以偿了。所以《孟子》"《诗》亡然后《春秋》作"之亡，若解作逃亡之亡，或许与事实更相符合点。

　　诗与歌合流真是一件大事，它的结果乃是"三百篇"的诞生。一部最脍炙人口的《国风》与《小雅》，也是"三百篇"的最精彩部分，便是诗歌合作中最美满的成绩。一种如《氓》、《谷风》等，以一个故事为蓝本，叙述也多少保存着故事的时间连续性，可说是史传的手法，一种如《斯干》、《小戎》、《大田》、《无羊》等，平面式的纪物，与《顾命》、《考工记》、《内则》等性质相近，这些都是"诗"从它老家（史）带来的贡献。然而很明显的上述各诗并非史传或史志，因为其中的"事"是经过"情"的泡制然后再写下来的。这情的部分便是"歌"的贡献。由《击鼓》、《绿衣》以至《蒹葭》、《月出》，是"事"的色彩由显而隐，"情"的韵味由短而长，那正象征着歌的成分在比例上的递增。再进一步,"情"的成分愈加膨胀,而"事"则暗淡到不合再称为"事",只可称为"境",那便到达"十九首"以后的阶段,而不足以代表"三百篇"了。同样,在相反的方向,《孔雀东南飞》也与"三百篇"不同,因为这里只忙着讲故事,是又回到前面诗的第二阶段去了,全不像"三百篇"主要作品之"事""情"配合得恰到好处。总之,歌诗的平等合作,"情""事"的平均发展是诗第三阶段的进展,也正是"三百篇"的特质。

诗与歌合流之后,诗的内容又变了一次,于是诗训志的第三种解释便可以应用了。上文说志的本义是"停止在心上",也可说是"蕴藏在心里",记忆一义便是由这里生出的。但是情思、感想、怀念、欲慕等等心理状态,何尝不是"停在心上"或"藏在心里"?这些在名词上五花八门,实际并无确定界限的心理状态,现在看来,似乎应该统名之为陆机《文赋》所谓"诗缘情而绮靡"之情,古人则名之为意。《书·尧典》"诗言志"、《史记·五帝本纪》志作意,《汉书·司马迁传》引董仲舒曰"诗以达意"。郑康成注《尧典》"诗言志,歌永言",亦曰"诗所以言人之志意也,永长也,歌又所以长言诗之意"。诗训志,志又训意,故《广雅·释言》曰"诗,意也"。"诗言志"的定义,无论以志为意或为情,这观念只有歌与诗合流才能产生。

但是这样一个观点究竟失之偏宕,至少是欠完备。因为这里所谓诗当然指"三百篇",而"三百篇"时代的诗,依上文的分析,是志(情)事并重的,所以定义必须是"于记事中言志"或"记事以言志"方才算得完整。看《庄子·天下篇》"《诗》以道志,《书》以道事"及《荀子·儒效篇》"《诗》言是其志也,《书》言是其事也",都把事完全排出诗外,可知他们所谓志确是与"事"脱节了的志。诗后来专在"十九首"式的"羌无故实"空空洞洞的抒情诗道上发展,而叙事诗几乎完全绝迹了,这定义恐怕不能不负一部分责任。

在上文我们大体上是凭着一两字的训诂,试测了一次"三百篇"以前诗歌发展的大势,我们知道"三百篇"有两个源头,一是歌,一是诗,而当时所谓诗在本质上乃是史。最后这一点特别值得注意。知道诗当初即是史,那恼人的问题"我们原来是否也有史诗"也许就有解决的希望。这是很好的消息,我们下次就该讨论这问题了。

1939年6月1日

说　舞

一场原始的罗曼司

　　假想我们是在参加着澳洲风行的一种科罗泼利（Corro Borry）舞。灌木林中一块清理过的地面上，中间烧着野火，在满月的清辉下吐着熊熊的赤焰。现在人们还隐身在黑暗的丛林中从事化装。野火的那边，聚集着一群充当乐队的妇女。忽然林中发出一种坼裂声，紧跟着一阵沙沙的摩擦声——舞人们上场了。闯入火光圈里来的是三十个男子，一个个脸上涂着白垩，两眼描着圈环，身上和四肢画着些长的条纹。此外，脚踝上还系着成束的树叶，腰间团着兽皮裙。这时那些妇女已经面对面排成一个马蹄形，她们完全是裸着的。每人在两膝间绷着一块整齐的鼩鼠皮。舞师呢，他站在女人们和野火之间，穿的是通常的鼩鼠皮围裙，两手各执一棒。观众或立或坐的围成一个圆圈。

　　舞师把舞人们巡视过一遭之后，就回身走向那些妇女们。突然他的棒子一拍，舞人们就闪电般地排成一行，走上前来。他再视察一番，停了停等行列完全就绪了，就发出信号来，跟着他的木棒的拍子，舞人们的脚步移动了，妇女们也敲着鼩鼠皮唱起歌来。这样，一场科罗泼利便开始了。

拍子愈打愈紧,舞人的动作也愈敏捷,愈活泼,时时扭动全身,纵得很高,最后一齐发出一种尖锐的叫声,突然隐入灌木林中去了。场上空了一会儿。等舞师重新发出信号,舞人们又再度出现了。这次除舞队排成弧形外,一切和从前一样。妇女们出来时,一面打着拍子,一面更大声地唱,唱到几乎嗓子都要裂了,于是声音又低下来,低到几乎听不见声音。歌舞的尾声和第一折相仿佛,第三、四、五折又大同小异地表演过了。但有一次舞队是分成四行的,第一行退到一边,让后面儿行向前迈进,到达妇人们面前,变作一个由身体四肢交锁成的不可解的结,可是各人手中的棒子依然在飞舞着。你直害怕他们会打破彼此的头。但是你放心,他们的动作无一不遵守着严格的规律,决不会出什么岔子的。这时情绪真紧张到极点,舞人们在自己的噪呼声中,不要命地顿着脚跳跃,妇女们也发狂似的打着拍子引吭高歌。响应着他们的热狂的,是那高烛云空的火光,急雨点似的劈啪地喷射着火光。最后舞师两臂高举,一阵震耳的掌声,舞人们退场了,妇女和观众也都一哄而散,抛下一片清冷的月光,照着野火的余烬渐渐熄灭了。

这就是一场澳洲的科罗泼利舞,但也可以代表各地域各时代任何性质的原始舞,因为它们的目的总不外乎下列这四点:(一)以综合性的形态动员生命,(二)以律动性的本质表现生命,(三)以实用性的意义强调生命,(四)以社会性的功能保障生命。

综合性的形态

舞是生命情调最直接、最实质、最强烈、最尖锐、最单纯,而又最充足的表现。生命的机能是动,而舞便是节奏的动,或更准确点,有节奏的移易地点的动,所以它直是生命机能的表演。但只有在原始舞里才看得出舞的真面目,因为它是真正全体生命机能的总动员,它是一切艺术中最大综合性的艺术。它包有乐与诗歌,那是不用说的。它还有造型艺术,舞人的身体是活动的雕刻,身上的文饰是图案,这也都显而易见。所当注意的是,画家所想尽方法而不能圆满解决的光的效果,这里借野火的照明,却轻轻地抓住了。而野火不但给了舞光,还给了它热,这触觉的刺激更超出了任何其他艺术部门的性能。最后,原始人在舞的艺术中最奇特的创造,是那月夜丛林的背景对于舞场的一种镜框作用。由于框外的静与暗,和框内的动与明,发生着对照作用,使框内一团声音光色的活动情绪更为集中,效果更为强烈,借以刺激他们自己对于时间(动静)和空间(明暗)的警觉性,也便加强了自己生命的实在性。原始舞看来简单,唯其简单,所以能包含无限的复杂。

律动性的本质

上文说舞是节奏的动,实则节奏与动,并非二事。世间决没有动而不成节奏的,如果没有节奏,我们便无从判明那是动。通常所谓"节奏"是一种节度整齐的动,节度不整齐的,我们只称之为"动",或乱动,因此动与节奏的差别,实际只是动时节奏性强弱的程度上的差别。而并非两种性质根本不同的东西。上文已说过,生命的机能是动,而舞是有节奏的移易地点的动,所以也就是生命机能的表演。现在我们更可以明白,所谓表演与非表演,其间也只有程度的差别而已。一方面生命情绪的过度紧张、过度兴奋,以致成为一种压迫,我们需要一种更强烈、更集中的动,来宣泄它、和缓它。一方面紧张兴奋的情绪,是一种压迫,也是一种愉快,所以我们也需要在更强烈、更集中的动中来享受它。常常有人讲,节奏的作用是在减少动的疲乏。诚然。但须知那减少疲乏的动机,是积极而非消极的,而节奏的作用是调整而非限制。因为由紧张的情绪发出的动是快乐,是可珍惜的,所以要用节奏来调整它,使它延长,而不致在乱动中轻轻浪费掉。甚至这看法还是文明人的主观,态度还不够积极。节奏是为减轻疲乏的吗？如果疲乏是讨厌的,要不得的,不如干脆放弃它。放弃疲乏并不是难事,在那月夜,如果怕疲乏,躺在草地上对月亮发愣,不就完了吗？如果原始人真怕疲乏,就干脆没有舞那一套,因为无论怎样加以调整,最后疲乏总归是要来到的,不,他们的目的是在追求疲乏,而舞(节奏的动)是达到那目的最好的通路。一位著者形容新南威尔斯土人的舞说："……鼓声渐渐紧了,动作也渐渐快了。直至达到一种如闪电的速度。有时全体一跳跳到半空,当他们脚尖再触到地面时,那分开着的两腿上的肉腓,颤动得直使那白垩的条纹,看去好像蠕动的长蛇,同时一阵强烈的嘶……声充满空中(那是他们的喘息声)。"非洲布须曼人的摩科马舞(Mokoma)更是我们不能想象的。"舞者跳到十分疲劳,浑身淌着大汗,口里还发出千万种叫声,身体做着各种困难的动作,以至一个一个地,跌倒在地上,浴在源源而出的鼻血泊中。因此他们便叫这种舞做'摩科马',意即血的舞。"总之,原始舞是一种剧烈的、紧张的、疲劳性的动,因为只有这样他们才体会到最高限度的生命情调。

实用性的意义

西方学者每分舞为模拟式的与操练式的二种,这又是文明人的主观看法。二者在形式上既无明确的界线,在意义上尤其相同。所谓模拟舞者,其目的,并不如一般人猜想的,在模拟的技巧本身,而是在模拟中所得的那逼真的情绪。他们甚至不是在不得已的心情下以假代真,或在客观的真不可能时,乃以主观的真权当客观的真。他们所求的只是那能加强他们的生命感的一种提炼的集中的生活经验——一杯能使他们陶醉的醇醴而酷烈的酒。只要能陶醉,那酒是真是假,倒不必计较,何况真与假,或主观与客观,对他们本没有多大区别呢!他们不因舞中的"假"而从事于舞,正如他们不以巫术中的"假"而从事巫术。反之,正因他们相信那是真,才肯那样做,那样认真地做(儿童的游戏亦复如此)。既然因日常生活经验不够提炼与集中,才要借艺术中的生活经验——舞来获得一醉,那么模拟日常生活经验,就模拟了它的不提炼与集中,模拟得愈像,便愈不提炼,愈不集中,所以最彻底的方法,是连模拟也放弃了,而仅剩下一种抽象的节奏的动,这种舞与其称为操练舞,不如称为"纯舞",也许还比较接近原始心理的真相。一方面,在高度的律动中,舞者自身得到一种生命的真实感(一种觉得自己是活着的感觉),那是一种满足。另一方面,观者从感染作用,也得到同样的生命的真实感,那也是一种满足,舞的实用意义便在这里。

社会性的功能

或由本身的直接经验(舞者),或者感染式的间接经验(观者),因而得到一种觉着自己是活着的感觉,这虽是一种满足,但还不算满足的极致。最高的满足,是感到自己和大家一同活着,各人以彼此的"活"互相印证、互相支持,使各人自己的"活"更加真实、更加稳固,这样满足才是完整的、绝对的。这群体生活的大和谐的意义,便是舞的社会功能的最高意义,由和谐的意识而发生一种团结与秩序的作用,便是舞的社会功能的次一等的意义。关于这点,高罗斯(Ernest Groose)讲得最好:"在跳舞的白热中,许多参与者都混成一体,好像是被一种感情所激动而动作的单一体。在跳舞期间,他们是在完全统一的社会态度之下,舞群的感觉和动作正像一个单一的有机体。原始跳舞的社会意义全在乎统一社会的感应力。他们领导并训练一群人,使他们在一种动机,一种感情之下,为一种目的而活动(在他们组织散漫和不安定的生活状态中,他们的行为常被各个不同的需要和欲望所驱使)。它至少乘机介绍了秩序和团结给这狩猎民族的散漫无定的生活中。除战争外,恐怕跳舞对于原始部落的人,是唯一的使他们觉着休戚相关的时机。它也是对于战争最好的准备之一,因为操练式的跳舞有许多地方相当于我们的军事训练。在人类文化发展上,过分估计原始跳舞的重要性,是一件困难的事。一切高级文化,是以各个社会成分的一致有秩序的合作为基础的,而原始人类却以跳舞训练这种合作。"舞的第三种社会功能更为实际。上文说过,主观的真与客观的真,在原始人类意识中没有明确的分野。在感情极度紧张时,二者尤易混淆,所以原始舞往往弄假成真,因而发生不少的暴行。正因假的能发生真的后果,所以他们常常因假的作为勾引真的媒介。许多关于原始人类战争的记载,都说是以跳舞开场的,而在我国古代,武王伐纣前夕的歌舞,即所谓"武宿夜"者,也是一个例证。

类书与诗

检讨的范围是唐代开国后约略五十年,从高祖受禅(618年)起,到高宗武后交割政权(660年)止。靠近那五十年的尾上,上官仪伏诛,算是强制的把"江左余风"收束了,同时新时代的先驱"四杰"及杜审言,刚刚走进创作的年华,沈、宋与陈子昂也先后诞生了,唐代文学这才扯开六朝的罩纱,露出自家的面目。所以我们要谈的这五十年,说是唐的头倒不如说是六朝的尾。

寻常我们提起六朝,只记得它的文学,不知道那时期对于学术的兴趣更加浓厚。唐初五十年所以像六朝,也正在这一点。这时期如果在文学史上占有任何位置,不是因为它在文学本身上有多少价值,而是因为它对于文学的研究特别热心,一方面把文学当做学术来研究,同时又用一种偏向于文学的观点来研究其余的学术。给前一方面举个例,便是曹宪、李善等的"选学"(这回文学的研究真是在学术中正式的分占了一席)。后一方面的例,最好举史学。许是因为他们有种特殊的文学观念(即《文选》所代表的文学观念),唐初的人们对于《汉书》的爱好,远在爱好《史记》之上,在研究汉书时,他们的对象不仅是历史,而且是记载历史的文字。便拿李善来讲,他是注过《文选》的,也选过一部《汉书辨惑》;《文选》与《汉书》在李善眼里,恐怕真是同样性质,具有同样功用的物件,都是给文学家供驱使的材料。他这态度可以代表那整个时代。这种现象在修史上也不是例外。只把姚思廉除开,当时修史的人们谁不是借作史书的机会来叫卖他们的文藻——尤其是《晋书》的著者!至于音韵学与文学的姻缘,更是显著,不用多讲了。

当时的著述物中,还有一个可以称为第三种性质的东西,那便是类书,它既不全是文学,又不全是学术,而是介乎二者之间的一种东西,或是说兼有二者的混合体。这种畸形的产物,最足以代表唐初的那种太像文学的学术,和太像学术的文学了。所以我们若要明白唐初五十年的文学,最好的方法也是拿文学和类书排在一起打量。

现存的类书,如《北堂书钞》和《艺文类聚》,在当时所制造的这类出品中,只占极小部分。此外,太宗时编的,还有一千卷的《文思博要》,后来从龙朔到开元,中间又有官修的《累壁》六百三十卷、《瑶山玉彩》五百卷、《三教珠英》一千三百卷(《增文皇览》及《文思博要》)、《芳树要览》三百卷、《事类》一百三十卷、《初学记》三十卷、《文府》二十卷、私撰的《碧玉芳林》四百五十卷、《玉藻琼林》一百卷、《笔海》十卷。这里除《初学记》之外,如今都不存在。内中是否有分类的总集,像《文馆词林》似的,我们不知道。但是《文馆词林》的性质,离《北堂书钞》虽较远,离《艺文类聚》却接近些了。欧阳询在《艺文类聚》序里说是嫌"《流别》、《文选》,专取其文,《皇览》、《遍略》,直书其事"的办法不妥,他们(《艺文类聚》的编者不只他一人)才采取了"事居其前,文列于后"的体例。这可见《艺文类聚》是兼有总集(《流别》、《文选》)与类书(《皇览》、《遍略》)的性质,也可见他们看待总集与看待类书的态度差不多。《文馆词林》是和《流别》、《文选》一类的书,在他们眼里,当然也和《皇览》、《遍略》差不多了。再退一步讲,《文馆词林》的性质与《艺文类聚》一半相同,后者既是类书,前者起码也有一半类书的资格。

上面所举的书名,不过是就新旧《唐书》和《唐会要》等书中随便摘下来的,也许还有遗漏。但只看这里所列的,已足令人惊诧了。特别是官修的占大多数，真令人不解。如果它们是《通典》一类的，或《大英百科全书》一类的性质，也许我们还会嫌它们的数量太小。但它们不过是"兔园册子"的后身，充其量也不过是规模较大品质较高的"兔园册子"。一个国家的政府从百忙中抽调出许多第一流人才来编了那许多的"兔园册子"（太宗时，房玄龄、魏征、岑文本、许敬宗等都参与过这种工作），这用现代人的眼光看来，岂不滑稽？不，这正是唐太宗提倡文学的方法，而他所谓的文学，用这样的方法提倡，也是很对的。沈思翰谓之文的主张，由来已久，加之六朝以来有文学嗜好的帝王特别多，文学要求其与帝王们的身份相称，自然觉得沈思翰的主义最适合他们的条件了。文学由太宗来提倡，更不能不出于这一途。本来这种专在词藻的量上逞能的作风，需用学力比需用性灵的机会多，这实在已经是文学的实际化了。南朝的文学既已经在实际化的过程中，隋统一后，又和北方的极端实际的学术正面接触了，于是依照"水流湿，火就燥"的物理的原则，已经实际化了的文学便不能不愈加实际化，以至到了唐初，再经太宗的怂恿，便终于被学术同化了。

　　文学被学术同化的结果，可分三方面来说。一方面是章句的研究，可以李善为代表。另一方面是类书的编纂，可以号称博学的《兔园册子》与《北堂书钞》的编者虞世南为代表。第三方面便是文学本身的堆砌性，这方面很难推出一个代表来，因为当时一般文学者的体干似乎是一样高矮，挑不出一个特别魁梧的例子来。没有办法，我们只好举唐太宗。并不是说太宗堆砌的成绩比别人精，或是他堆砌得比别人更甚，不过以一个帝王的地位，他的影响定不是一般人所能比的，而且他也曾经很明白地为这种文体张目过（这证据我们不久就要提出）。我们现在且把章句的研究，类书的纂辑，与夫文学本身的堆砌性三方面的关系谈一谈。

　　李善绰号"书簏"，因为，据史书说，他是一个"淹贯古今，不能属辞"的人。史书又说他始初注《文选》，"释事而忘意"，经他儿子李邕补益一次，才做到"附事以见义"的地步。李善这种只顾"事"，不顾"意"的态度，其实是与类书家一样的。章句家是书簏，类书家也是书簏，章句家是"释事而忘意",类书家便是"采事而忘意"了。我这种说法并不苛刻。只消举出《群书治要》来和《北堂书钞》或《艺文类聚》比一比,你便明白。同是抄书,同是一个时代的产物,但拿来和"治要"的"主意"的质素一比,"书钞"、"类聚"、"主事"的质素便显着格外分明了。章句家与类书家的态度,根本相同,创作家又何尝两样?假如选出五种书,把它们排成下面这样的次第:《文选注》、《北堂书钞》、《艺文类聚》、《初学记》、初唐某家的诗集。

我们便看出一首初唐诗在构成程序中的几个阶段。劈头是"书簏",收尾是一首唐初五十年间的诗,中间是从较散漫,较零星的"事"逐渐的整齐化与分化。五种书同是"事"(文家称为词藻)的征集与排比,同是一种机械的工作,其间只有工作精粗的程度差别,没有性质的悬殊。这里《初学记》虽是开元间的产物,但实足以代表较早的一个时期的态度。在我们讨论的范围内,这部书的体裁,看来最有趣。每一项题目下,最初是"叙事",其次"事对",最后便是成篇的诗赋或文。其实这三项中减去"事对"就等于《艺文类聚》,再减去诗赋文便等于《北堂书钞》。所以我们由"书钞"看到《初学记》,便看出了一部类书的进化史,而在这类书的进化中,一首初唐诗的构成程序也就完全暴露出来了。你想,一首诗作到有了"事对"的程度,岂不是已经成功了一半吗?余剩的工作,无非是将"事对"装潢成五个字一幅的更完整的对联,拼上韵脚,再安上一头一尾罢了(五言律是当时最风行的体裁,但这里,我没有把调平仄算进去,因为当时的诗,平仄多半是不调的)。这样看来,若说唐初五十年间的类书是较粗糙的诗,他们的诗是较精密的类书,许不算强词夺理吧?

《旧唐书·文苑传》里所收的作家,虽有着不少的诗人,但除了崔信明的一句"枫落吴江冷"是类书的范围所容纳不下的,其余作家的产品不干脆就是变相的类书吗?唐太宗之不如隋炀帝,不仅在没有作过一篇《饮马长城窟行》而已,便拿那"南化"了的隋炀帝,和"南化"了的唐太宗打比,像前者的——

> 暮江平不动,春花满正开;
> 流波将月去,潮水带星来。

甚至——

> 鸟击初移树,鱼寒不隐苔。①

又何尝是后者有过的?不但如此,据说炀帝为妒嫉"空梁落燕泥"和"庭草无人随意绿"两句诗,曾经谋害过两条性命。"枫落吴江冷"比起前面那两句名句如何?不知道崔信明之所以能保天年,是因为太宗的度量比炀帝大呢,还是他的眼力比炀帝低?这不是说笑话。假如我们能回答这问题,那么太宗统治下的诗作的品质之高低,便可以判定了。归真的讲,崔信明这人,恐怕太宗根本就不知道,所以他没有留给我们那样测验他的度量或眼力的机会。但这更足以证明太宗对于好诗的认识力很差。假如他是有眼力的话,恐怕当日撑持诗坛的台面的,是崔信明、王绩,甚至王梵志,而不是虞世南、李百药一流人了。

讲到这里,我们许要想到前面所引时人批评李善"释事而忘意"和我批评类书家"采事而忘意"两句话。现在我若给那些作家也加上一句"用事而忘意"的案语,我想读者们必不以为过分。拿虞世南、李百药来和崔信明、王绩、王梵志比,不简直是"事"与"意"的比照吗?我们因此想到魏征的《述怀》,颇被人认作这时期中的一首了不得的诗,《述怀》在唐代开国时的诗中所占的地位,据说有如魏征本人在那时期政治上的地位一般的优越,这意见未免有点可笑,而替唐诗设想,居然留下生这意见的余地,也就太可怜了。平心说,《述怀》是一首平庸的诗,只因这作者不像一般的作者,他还不曾忘记那"诗言志"的古训,所以结果虽平庸而仍不失为"诗"。选家们搜出魏征来代表初唐诗,足见那一个时代的贫乏。太宗和虞世南、李百药,以及当时成群的词臣,作了几十年的诗,到头还要靠

---

① 《隋遗录》所载炀帝诸诗皆明秀可诵,然系唐人伪托。《铁围山丛话》引佚句"寒鸦飞数点,流水绕孤村",亦伪。

这诗坛的局外人魏征,来维持一点较清醒的诗的意识,这简直是他们的耻辱!

不怕太宗和他率领下的人们为诗干的多热闹,究竟他们所热闹的,与其说是诗,毋宁说是学术。关于"修辞立诚"四个字,即算他们做到了修辞(但这仍然是疑问),那立诚的观念,在他们的诗里可说整个不存在。唐初人的诗,离诗的真谛是这样远,所以,我若说唐初是个大规模征集词藻的时期。我所谓征集词藻者,实在不但指类书的纂辑,连诗的制造也是应属于那个范围里的。

上述的情形,太宗当然要负大部分的责任。我们曾经说到太宗为堆砌式的文体张目过,不错,看他亲撰的《晋书·陆机传论》便知道。

> 观夫陆机、陆云,实荆、衡之杞梓,挺珪璋于秀实,驰英华于早年。风鉴澄爽,神情俊迈。文藻宏丽,独步当时,言论慷慨,冠乎终古。高词迥映,如朗月之悬光,叠意回舒,若重岩之积秀,千条析理,则电折霜开;一绪连文,则珠流璧合。其词则深而雅,其义则博而显。故足远超枚、马,高蹑王、刘,百代文宗,一人而已。

因为他崇拜的陆机,是"文藻宏丽",与夫"叠意回舒,若重岩之积秀","一绪连文,则珠流璧合"的陆机,所以太宗于他的群臣中就最钦佩虞世南。褚亮在《十八学士赞》中,是这样赞虞世南的:

> 笃行扬声,雕文绝世,网罗百家,并包六艺。

两《唐书·虞世南传》都说,他与兄世基同入长安,时人比作晋之二陆,新传又品评这两弟兄说:

> 世基辞章清劲过世南,而赡博不及也。

这样的虞世南,难怪太宗要认为是"与我犹一体",并且在世南死后,还有"钟子期死,伯牙不复鼓琴"之叹。这虞世南,我们要记住,便是《兔园册子》和《北堂书钞》的著者。这一点极其重要。这不啻明白的告诉我们,太宗所鼓励的诗,是"类书家"的诗,也便是"类书式"的诗,总之,太宗毕竟是一个重实际的事业中人;诗的真谛,他并没有,恐怕也不能参透。

他对于诗的了解,毕竟是个实际的人的了解。他所追求的只是文藻,是浮华,不,是一种文辞上的浮肿,也就是文学的一种皮肤病。这种病症,到了上官仪的"六对"、"八对",便严重到极点,几乎有危害到诗的生命的可能,于是因察觉了险象而愤激的少年"四杰",便不得不大声疾呼,抢上来施以针砭了。

宫体诗的自赎

宫体诗就是宫廷的,或以宫廷为中心的艳情诗,它是个有历史性的名词,所以严格的讲,宫体诗又当指以梁简文帝为太子时的东宫及陈后主、隋炀帝、唐太宗等几个宫廷为中心的艳情诗。我们该记得从梁简文帝当太子到唐太宗晏驾中间一段时期,正是谢朓已死、陈子昂未生之间一段时期。这期间没有出过一个第一流的诗人。那是一个以声律的发明与批评的勃兴为人所推重,但论到诗的本身,则为人所诟病的时期。没有第一流诗人,甚至没有任何诗人,不是一桩罪过。那只是一个消极的缺憾。但这时期却犯了一桩积极的罪。它不是一个空白,而是一个污点,就因为他们制造了些有如下面这样的宫体诗。

> 长筵广未同,上客娇难逼,
> 还杯了不顾,回身正颜色。
> ——高爽《咏酌酒人》

> 众中俱不笑,座上莫相撩。
> ——邓铿《奉和夜听妓声》

这里所反映的上客们的态度,便代表他们那整个宫廷内外的气氛。人人眼角里是淫荡。

上客徒留目,不见正横陈。

　　　　　　——鲍泉《敬酬刘长史咏名士悦倾城》

人人心中怀着鬼胎。

　　春风别有意,密处也寻香。

　　　　　　——李义府《堂词》

　　对姬妾娼妓如此,对自己的结发妻亦然(刘孝威《都县寓见人织率尔赠妇》便是一例)。于是发妻也就成了倡家。徐悱写得出《对房前桃树咏佳期赠内》那样一首诗,他的夫人刘令娴为什么不可以写一首《光宅寺》来赛过他?索性大家都揭开了。

　　知君亦荡子,贱妾自倡家。

　　　　　　——吴均《鼓瑟曲有所思》

因为也许她明白她自己的秘诀是什么。

　　自知心所爱,出入仕秦宫,
　　谁言连尹屈,更是莫敖通?

　　　　　　——简文帝《艳歌篇·十八韵》

　　简文帝对此并不诧异,说不定这对他,正是件称心的消息。<u>堕落是没有止境的</u>。从一种变态到另一种变态往往是个极短的距离,所以现在像简文帝《娈童》、吴均《咏少年》、刘孝绰《咏小儿采莲》、刘遵《繁华应令》,以及陆厥《中山王孺子妾歌》一类作品,也不足令人惊奇了。变态的又一类型是以物代人为求满足的对象。于是绣、领、袙腹、履、枕、席、卧具……全有了生命,而成为被玷污者。推而广之,以至灯烛、玉阶、梁尘,也莫不踊跃的助他们集中意念到那个荒唐的焦点,不用说,有机生物如花草莺蝶等更都是可人的同情者。

　　罗荐已擘鸳鸯被,绮衣复有葡萄带,
　　残红艳粉映帘中,戏蝶流莺聚窗外。

　　　　　　——上官仪《八咏应制》

看看以上的情形,我们真要疑心,那是作诗,还是在一种伪装下的无耻中求满足。在那种情形之下,你怎能希望有好诗!所以常常是那套褪色的陈词滥调,诗的本身并不能比题目给人以更深的印象。实在有时他们真不像是在作诗,而只是制题。这都是惨淡经营的结果:《咏人聘妾仍逐琴心》(伏知道),《为寒床妇赠夫》(王胄)。特别是后一例,仅有"闺情"、"秋思"、"寄远"一类的题面可用,然而作者偏要标出这样六个字来,不知是何居心。如果初期作者常用的"古意"、"拟古"一类暧昧的题面,是一种遮羞的手法,那么现在这些人是根本没有羞耻了!这由意识到文词,由文词到标题,逐步的鲜明化,是否可算作一种文字的裸裎狂,我不知道,反正赞叹事实的"诗"变成了标明事类的"题"之附庸,这趋势去《游仙窟》一流作品,以记事文为主,以诗副之的形式,已很近了。形式很近,内容又何当远?《游仙窟》正是宫体诗必然的下场。

我还得补充一下宫体诗在它那中途丢掉的一个自新的机会。这专以在昏淫的沉迷中作践文字为务的宫体诗,本是衰老的,贫血的南朝宫廷生活的产物,只有北方那些新兴民族的热与力才能拯救它。因此我们不能不庆幸庾信等之人周与被留,因为只有这样,宫体诗只能更稳固的移植在北方,而得到它所需要的营养。果然被留后的庾信的《乌夜啼》、《春别诗》等篇,比从前在老家作的同类作品,气色强多了。移植后的第二三代本应不成问题。谁知那些北人骨子里和南人一样,也是脆弱的,禁不起南方那美丽的毒素的引诱,他们马上又屈服了。除薛道衡《昔昔盐》、《人日思归》,隋炀帝《春江花月夜》三两首诗外,他们没有表现过一点抵抗力。炀帝晚年可算热忱的效忠于南方文化了,文艺的唐太宗,出人意料之外,比炀帝还要热忱。于是庾信的北渡完全白费了。宫体诗在唐初,依然是简文帝时那没筋骨、没心肝的宫体诗。不同的只是现在词藻来得更细致,声调更流利,整个的外表显得更乖巧,更酥软罢了。说唐初宫体诗的内容和简文帝时完全一样,也不对。因为除了搬出那僵尸"横陈"二字外,他们在诗里也并没有讲出什么。这又教人疑心这辈子人已失去了积极犯罪的心情。恐怕只是词藻和声调的试验给他们羁縻着一点作这种诗的兴趣（词藻声调与宫体有着先天与历史的联系）。宫体诗在当时可说是一种不自主的、虚伪的存在。原来从虞世南到上官仪是连堕落的诚意都没有了。此真所谓"萎靡不振"！

但是堕落毕竟到了尽头，转机也来了。

在窒息的阴霾中，四面是细弱的虫吟，虚空而疲倦，忽然一声霹雳，接着的是狂风暴雨！虫吟听不见了，这样便是卢照邻《长安古意》的出现。这首诗在当时的成功不是偶然的。放开了粗豪而圆润的嗓子，他这样开始：

> 长安大道连狭斜，青牛白马七香车，
> 玉辇纵横过主第，金鞭络绎向侯家！
> 龙衔宝盖承朝日，凤吐流酥带晚霞，
> 百丈游丝争绕树，一群娇鸟共啼花。
> ⋯⋯⋯⋯⋯

这生龙活虎般腾踔的节奏，首先已够教人们如大梦初醒而心花怒放了。然后如云的车骑，载着长安中各色人物，Panorama 式的一幕幕出现，通过"五剧三条"的"弱柳青槐"来"共宿娼家桃李蹊"。诚然这不是一场美丽的热闹。但癫狂中有战栗，堕落中有灵性。

> 得成比目何辞死，愿作鸳鸯不羡仙。

比起以前那光是病态的无耻：

> 相看气息望君怜，谁能含羞不肯前！
> ——简文帝《乌栖曲》

如今这是什么气魄！对于时人那虚弱的感情，这真有起死回生的力量。最后：

> 节物风光不相待，桑田碧海须臾改，
> 昔时金阶白玉堂，即今唯见青松在！

似有"劝百讽一"之嫌。对了,讽刺,宫体诗中讲讽刺,多么生疏的一个消息!我几乎要问《长安古意》究竟能否算宫体诗。从前我们所知道的宫体诗,自萧氏君臣以下都是作者自身下意识的口供,那些作者只在诗里,这回卢照邻却是在诗里,又在诗外,因此他能让人人以一个清醒的旁观的自我,来给另一自我一声警告。这两种态度相差多远!

寂寂寥寥杨子居,年年岁岁一床书,
独有南山桂花发,飞来飞去袭人裾。

这篇末四句有点突兀,在诗的结构上既嫌蛇足,而且这样说话,也不免暴露了自己态度的褊狭,因而在本篇里似乎有些反作用之嫌。可是对于人性的清醒方面,这四句究不失为一个保障与安慰。一点点艺术的失败,并不妨碍《长安古意》在思想上的成功。他是宫体诗中一个破天荒的大转变。一手挽住衰老了的颓废,教给他如何回到健全的欲望;一手又指给他欲望的幻灭。这诗中善与恶都是积极的,所以二者似相反而相成。我敢说《长安古意》的恶的方面比善的方面还有用。不要问卢照邻如何成功,只看庾信是如何失败的,欲望本身不是什么坏东西。如果它走入了歧途,只有疏导一法可以挽救,壅塞是无效的。庾信对于宫体诗的态度,是一味的矫正,他仿佛是要以非宫体代宫体。反之,卢照邻只要以更有力的宫体诗救宫体诗,他所争的是有力没有力,不是宫体不宫体。甚至你说他的方法是以毒攻毒也行,反正他是胜利了。有效的方法不就是对的方法吗?

矛盾就是人性,诗人本不必对自己的行为负责。原来《长安古意》的"年年岁岁一床书",只是一句诗而已,即令作诗时事实如此,大概不久以后,情形就完全变了,骆宾王的《艳情代郭氏答卢照邻》便是铁证。故事是这样的:照邻在蜀中有一个情妇郭氏,正当她有孕时,照邻因事要回洛阳去,临行相约不久回来正式成婚。谁知他一去两年不返,而且在三川有了新人。这时她望他的音信既望不到,孩子也丢了。"悲鸣五里无人问,肠断三声谁为续!"除了骆宾王给寄首诗去替她申一回冤,这悲剧又能有什么更适合的收场呢?一个生成哀艳的传奇故事,可惜骆宾王没赶上蒋防、李公佐的时代。我的意思是：故事最适宜于小说，而作者手头却只有一个诗的形式可供采用。这试验也未尝不可作，然而他偏偏又忘记了《孔雀东南飞》的典型。凭一支作判词的笔锋（这是他的当行），他只草就了一封韵语的书札而已。然而是试验，就值得钦佩。骆宾王的失败，不比李百药的成功有价值吗？他至少也替《秦妇吟》垫过路。

这以"一抔之土未干，六尺之孤何托"教历史上第一位英威的女性破胆的文士，天生一副侠骨，专喜欢管闲事，打抱不平、杀人报仇、革命、帮痴心女子打负心汉，都是他干的。《代女道士王灵妃赠道士李荣》里没讲出具体的故事来，但我们猜得到一半，还不是卢、郭公案那一类的纠葛？李荣是个有才名道士（见《旧唐书·儒学·罗道琮传》，卢照邻也有过诗给他）。故事还是发生在蜀中，李荣往长安去了，也是许久不回来，王灵妃急了，又该骆宾王给去信促驾了。不过这回的信却写得像首诗。其所以然，倒不在"梅花如雪柳如丝，年去年来不自持，初言别在寒偏在，何悟春来春更思"一类响亮句子，而是那一气到底又缠绵往复的旋律之中，有着欣欣向荣的情绪。《代女道士王灵妃赠道士李荣》的成功，仅次于《长安古意》。

和卢照邻一样，骆宾王的成功，有不少成分是仗着他那篇幅的。上文所举过的二人的作品，都是宫体诗中的云冈造像，而宾王尤其好大成癖（这可以他那以赋为诗的《帝京篇》、《畴昔篇》为证）。从五言四句的《自君之出矣》，扩充到卢、骆二人洋洋洒洒的巨篇，这也是宫体诗的一个剧变。仅仅篇幅大，没有什么，要紧的是背面有厚积的力量撑持着。这力量，前人谓之"气势"，其实就是感情。有真实感情，所以卢、骆的来到，能使人们麻痹了百余年的心灵复活。有感情，所以卢、骆的作品，正如杜甫所预言的，"不废江河万古流"。

从来没有暴风雨能够持久的。果然持久了，我们也吃不消，所以我们要它适可而止。因为，它究竟只是一个手段，打破郁闷烦躁的手段，也只是一个过程——达到雨过天晴的过程。手段的作用是有时效的，过程的时间也不宜太长,所以在宫体诗的园地上,我们很侥幸的碰见了卢、骆,可也很愿意能早点离开他们——为的是好和刘希夷会面。

> 古来容光人所美,况复今日遥相见?
> 愿作轻罗著细腰,愿为明镜分娇面。
> ——《公子行》

这不是什么十分华贵的修辞,在刘希夷也不算最高的造诣。但在宫体诗里,我们还没听见过这类的痴情话。我们也知道他的来源是《同声诗》和《闲情赋》。但我们要记得,这类越过齐梁,直向汉晋人借贷灵感,在将近百年以来的宫体诗里也很少人干过呢!

> 与君相向转相亲,与君双栖共一身,
> 愿作贞松千岁古,谁论芳槿一朝新!
> 百年同谢西山日,千秋万古北邙尘。
> ——《公子行》

这连同它的前身——杨方《合欢诗》,也不过是常态的、健康的爱情中,极平凡、极自然的思念,谁知道在宫体诗中也成为了不得的稀世珍宝。回返常态确乎是刘希夷的一个主要特质,孙翌编《正声集》时把刘希夷列在卷首,便已看出这一点来了。

看他即便哀艳到如:

> 自怜妖艳资,妆成独见时,
> 愁心伴杨柳;春尽乱如丝。
> ——《春女行》

> 携笼长叹息,逶迤恋春色,
> 看花若有情,倚树疑无力,
> 薄暮思悠悠,使君南陌头,
> 相逢不相识,归去梦青楼。
> ——《采桑》

也从没有不归于正的时候。感情返到正常状态是宫体诗的又一重大阶段。唯其如此,所以烦躁与紧张都消失了,只剩下一片晶莹的宁静。就在此刻,恋人才变成诗人,憬悟到万象的和谐,与那一水一石一草一木的神秘的不可抵抗的美,而不禁受创似的哀叫出来:

可怜杨柳伤心树!可怜桃李断肠花!
——《公子行》

但正当他们叫着"伤心树"、"断肠花"时,他已从美的暂促性中认识了那玄学家所谓的"永恒"——一个最缥缈又最实在、令人惊喜又令人震怖的存在,在它面前一切都变渺小了,一切都没有了。自然认识了那无上的智慧,就在那彻悟的一刹那间,恋人也就是变成哲人了:

洛阳城东桃李花,飞来飞去落谁家?
洛阳女儿好颜色,坐见落花长叹息——
今年花落颜色改,明年花开复谁在!
…………
古人无复洛城东,今人还对落花风,
年年岁岁花相似,岁岁年年人不同
——《代白头翁》

相传刘希夷吟到"今年花落……"二句时,吃一惊,吟到"年年岁岁……"二句,又吃了一惊。后来诗被宋之问看到,硬要让给他,诗人不肯,就生生的被宋之问给用土壤压死了。于是诗谶就算验了。编故事的人的意思,自然是说,刘希夷泄露了天机,论理该遭天谴。这是中国式的文艺批评,隽永而正确,我们在千载之下,不能,也不必改动它半点。不过我们可以用现代语替它诠释一遍,所谓泄露天机者,便是悟到宇宙意识之谓。从蜣螂转丸式的宫体诗一跃而到庄严的宇宙意识,这可太远了,太惊人了!这时的刘希夷实已跨近了张若虚半步,而离绝顶不远了。

如果刘希夷是卢、骆的狂风暴雨后宁静爽朗的黄昏,张若虚便是风雨后更宁静、更爽朗的月夜。《春江花月夜》本用不着介绍,但我们还是忍不住要谈谈。就宫体诗发展的观点看，这首诗，尤有大谈的必要。

> 春江潮水连海平，海上明月共潮生，
> 滟滟随波千万里，何处春江无月明！
> 江流宛转绕芳甸，月照花林皆似霰，
> 空里流霜不觉飞，汀上白沙看不见。

在这种诗面前，一切的赞叹是饶舌，几乎是渎亵。它超过了一切的宫体诗有多少路程的距离，读者们自己也知道。我认为用得着一点诠明的倒是下面这几句：

> 江畔何人初见月？江月何年初照人？
> 人生代代无穷已，江月年年只相似，
> 不知江月待何人，但见长江送流水！

更夐绝的宇宙意识！一个更深沉、更寥廓、更宁静的境界！在神奇的永恒前面，作者只有错愕、只有憧憬，没有悲伤。从前卢照邻指点出"昔时金阶白玉堂，即今唯见青松在"时，或另一个初唐诗人寒山子更尖酸的吟着"未必长如此，芙蓉不耐寒"时，那都是站在本体旁边凌视现实。那态度我以为太冷酷、太傲慢，或者如果你愿意，也可以带点狐假虎威的神气。在相反的方向，刘希夷又一味凝视着"以有涯随无涯"的徒劳，而徒劳的为它哀毁着，那又未免太萎靡、太怯懦了。只张若虚这态度不亢不卑，冲融和易才是最纯正的，"有限"与"无限"，"有情"与"无情"——诗人与"永恒"猝然相遇，一见如故，于是谈开了——"江畔何人初见月？江月何年初照人？……江月年年只相似，不知江月待何人？"对每一问题，他得到的仿佛是一个更神秘的、更渊默的微笑，他更迷惘了，然而也满足了。于是他又把自己的秘密倾吐给那缄默的对方：

> 白云一片去悠悠，青枫浦上不胜愁。

因为他想到她了，那"妆镜台"边的"离人"。他分明听见她的叹喟：

> 此时相望不相闻，愿逐月华流照君！

他说自己很懊悔,这飘荡的生涯究竟到几时为止!

  昨夜闲潭梦落花,可怜春半不还家,
  江水流春去欲尽,江潭落月复西斜!

他在怅惘中,忽然记起飘荡的也许不只他一人,对此情景,大概旁人,也只得徒唤奈何罢!

  斜月沉沉藏海雾,碣石潇湘无限路,
  不知乘月几人归,落月摇情满江树!

这里一番神秘而又亲切的,如梦境的晤谈,有的是强烈的宇宙意识,被宇宙意识升华过的纯洁的爱情,又由爱情辐射出来的同情心,这是诗中的诗,顶峰上的顶峰。从这边回头一望,连刘希夷都是过程了,不用说卢照邻和他的配角骆宾王,更是过程的过程。至于那一百年间梁陈隋唐四代宫廷所遗下的那份最黑暗的罪孽,有了《春江花月夜》这样一首宫体诗,不也就洗净了吗?向前替宫体诗赎清了百年的罪,因此,向后也就和另一个顶峰陈子昂分工合作,清除了盛唐的路——张若虚的功绩是无从估计的。

1941 年 8 月 22 日

端节的历史教育

端午那天孩子们问起粽子的起源,我当时虽乘机大讲了一顿屈原,心里却在暗笑,恐怕是帮同古人撒谎罢。不知道是为了谎的教育价值,还是自己图省事和藏拙,反正谎是撒过了,并且相当成功,因为看来孩子们的好奇心确乎得到了相当的满足。可是,孩子们好奇心的终点,便是自己好奇心的起点。自从那天起,心里常常转着一个念头:如果不相信谎,真又是什么呢?端午真正的起源,究竟有没有法子知道呢?最后我居然得到了线索,就在那谎里。

> 屈原五月五日投汨罗而死,楚人哀之,每至此日,以竹筒贮米投水祭之。汉建武中,长沙欧回白日忽见一人,自称三闾大夫,谓曰:"君常见祭,甚善。但常所遗,苦为蛟龙所窃。今若有惠,可以楝树叶塞其上,仍以五彩丝约缚之。此二物,蛟龙所惮也。"回依其言。世人做粽,并带五彩丝及楝叶。皆汨罗之遗风也。
>
> ——《续齐谐记》

这传说是如何产生的,下文再谈,总之是不可信。倒是"常所遗(粽子),苦为蛟龙所窃"这句话,对于我的疑窦,不失为一个宝贵的消息。端午节最主要的两个节目,无疑是竞渡和吃粽子。这里你就该注意,竞渡用的龙舟,粽子投到水里常为蛟龙所窃,两个主要节目都与龙有关,假如不是偶合的话,恐怕整个端午节中心的意义,就该向龙的故事里去探寻罢。这是第一点。据另一传说,竞渡的风俗起于越王勾践,那也不可靠,不过吴越号称水国,说竞渡本是吴越一带的土风,总该离事实不远。这是第二点。一方面端午的两个主要节目都与龙有关,一方面至少两个节目之一,与吴越的关系特别深,如果我们再能在吴越与龙之间找出联系来,我们的问题不就解决了吗?

吴越与龙究竟有没有联系呢?古代吴越人"断发文身",是我们熟知的事实。这习俗的意义,据当时一位越国人自己的解释,是"处海垂之际……而蛟龙又与我争焉,是以剪发文身,烂然成章,以像龙子者,将以避水神也"(《说苑·奉使篇》记诸发语),所谓"水神"便是蛟龙。原来吴越都曾经自认为蛟龙的儿子(龙子),在那个大前提下,他们想,蛟龙是害人的东西,不错,但决不会残杀自己的"骨肉"。所以万一出了岔子,责任不该由蛟龙负,因为,他们相信,假若人们样子也长得和蛟龙一样,让蛟龙一眼就认识是自己的族类,哪会有岔子出呢?这样盘算的结果,他们便把头发剪短了,浑身刺着花纹,尽量使自己真像一个"龙子",这一来他们心里便踏实了,觉得安全真有保障。这便是吴越人"断发文身"的全部理论。这种十足的图腾主义式的心理,我在别处还有更详细的分析与说明。现在应该注意的是,我们在上文所希望的吴越与龙的联系,事实上确乎存在。根据这联系推下去,我想谁都会得到这样一个结论:端午本是吴越民族举行图腾祭的节日,而赛龙舟便是这祭仪中半宗教、半社会性的娱乐节目。至于将粽子投到水中,本意是给蛟龙享受的,那就不用讲了。总之,端午是个龙的节日,它的起源远在屈原以前——不知道多远呢!

据《风俗通》和《荆楚岁时》记,五月五日,古代还有以彩丝系臂,名曰"长命缕"的风俗。我们疑心彩丝系臂便是文身的变相。一则《国策》有"祝发文身错臂,瓯越之民也"的话(《赵策》二),可见文身术应用的主要部分之一是两臂。二则文身的目的,上文已讲过,是给生命的安全做保障。彩丝系臂,在形式上既与错臂的文身术有类似的效果,而"长命缕"

这名称又证明了它也具有保障生命的功能,所以我们说彩丝系臂是古代吴越人文身俗的遗留,也是不会有大错的。于是我又恍然大悟,如今小孩们身上挂着五彩丝线缠的,或彩色绸子扎的,或染色麦草编的,种种光怪陆离的小玩意儿,原来也都是文身的替代品。文身是"以像龙子"的。竞渡与吃粽子,上文已说过,都与龙有关,现在我们又发现彩丝系臂的背景也是龙,这不又给端午是龙的节日添了一条证据么?我看为名副其实,这节日干脆叫"龙子节"得了。

我在上文好像揭穿了一个谎。但在那揭谎的工作中,我并不但没有怀着几分惋惜的心情。我早已提到谎有它的教育价值,其实不等到谎被揭穿之后,我还不觉得谎的美丽。如果明年孩子们再谈起粽子的起源,我想,我的话题还是少不了这个谎,不,我将在讲完了真之后,再告诉他们谎中的真。我将这样说——

吃粽子这风俗真古得很啊!它的起源恐怕至少在四五千年前,那时人们的文化程度很低。他们浑身刺绣着花纹,满脸的狞恶相,但在内心里他们实在是很可怜的。他们在自然势力威胁之下,常疑心某种生物或无生物有着不可思议的超自然力量,因此他们就认定那东西为他们的祖先兼保护神,这便是现代术语所谓"图腾"。凡属于某一图腾族的分子,必在自己身体上和日常用具上,刻画着该图腾的形状,以图强化自己和图腾间的联系,而便于获得图腾的保护。古代吴越民族是以龙为图腾的,为表示他们"龙子"的身份,借以巩固本身的被保护权,所以有那断发文身的风俗。一年一度,就在今天,他们要举行一次盛大的图腾祭,将各种食物,装在竹筒,或裹在树叶里,一面往水里扔,献给图腾神吃,一面也自己吃。完了,还在急鼓声中(那时许没有锣)划着那刻画成龙形的独木舟,在水上做竞渡的游戏,给图腾神,也给自己取乐。这一切,表面上虽很热闹,骨子里却只是在一副战栗的心情下,吁求着生命的保障,所以从冷眼旁观者看来,实在是很悲的。这便是最古端午节的意义。

一两千年的时间过去了,由于不断的暗中摸索,人们稍稍学会些控制自然的有效方法,自己也渐渐有点自信心,于是对他们的图腾神,态度渐渐由献媚的、拉拢的，变为恫吓的、抗拒的（人究竟是个狡猾的东西）。最后他居然从幼稚的、草昧的图腾文化中挣扎出来了，以至几乎忘掉有过那么回事。好了，他现在立住脚跟了，进步相当的快。人们这时赛龙舟、吃粽子，心情虽还有些紧张，但紧张中却带着点胜利的欢乐意味。他们如今是文明人啊！我们所熟悉的春秋时代的吴越，便是在这个文化阶段中。

但是，莫忙乐观！刚刚对于克服自然有点把握，人又发现了第二个仇敌——他自己。以前人的困难是怎样求生，现在生大概不成问题，问题在怎样生得光荣。光荣感是个良心问题，然而要晓得良心是随罪恶而生的。时代一入战国，人们造下的罪孽想是太多了，屈原的良心担负不起，于是不能生得光荣，便毋宁死，于是屈原便投了汨罗！是呀，仅仅求生的时代早过去了，端午这节日也早失去了意义。从越国到今天，应该是怎样求生得光荣的时代，如果我们还要让这节日存在，就得给它装进一个我们时代所需要的意义。

但为这意义着想，哪有比屈原的死更适当的象征？是谁首先撒的谎，说端午节起于纪念屈原，我佩服他那无上的智慧！端午，以求生始，以争取生得光荣的死终，这谎中有无限的真！

准备给孩子们讲的话，不妨到此为止。纵然这番意思，孩子还不大懂，但迟早是应当让他们懂得的，是不是？

屈原问题

——敬质孙次舟先生

一

不久以前,在成都,因孙次舟先生闯了一个祸,久不听见的文学史问题争论战又热闹过一阵。在昆明不大能见到那边的报纸和刊物,所以很少知道那回事的。但孙先生提出的,确乎是个重要问题,它不但属于文学史,也属于社会发展史的范围,如果不是在战时,我想它定能吸引更广大的,甚而全国性的热烈的注意。然而即使是战时,在适当的角度下,问题还是值得注目的。

孙先生说屈原是个"文学弄臣",为读者的方便,我现在把他的四项论证,叙述如下。

(一)《史记》不可靠。司马迁作《屈原传》,只凭传说,并没有"史源",所以那里所载的屈原事迹,都不可靠(论证从略)。

(二)战国末年纯文艺家没有地位。孙先生认为文人起于春秋战国间,那时政论家已经取得独立的社会地位,纯文艺家则没有。这情形到战国末年——屈宋时代,还是一样,就是西汉时也还没有多大改变,所以东方朔、郭舍人、枚皋一流人都"见视如倡",司马相如虽有点政治才能,仍靠辞赋为晋身之阶(一多案:也得仰仗狗监推荐),甚至连司马迁都叹道"固主上所戏弄,倡优蓄之"。孙先生又说,经过西汉末扬雄、桓谭、冯衍等的争取,文人的地位,这才渐见提高,到东汉,史书里才出现了《文苑传》。

(三)以宋玉的职业来证屈原的身份。从《高唐》、《神女》、《登徒子好色》三赋里,孙先生证明了宋玉不过是陪着君王说说笑笑,玩玩耍耍的一个"面目佼好,服饰华丽的小伙子",态度并且很不庄重。而司马迁明说宋玉是"祖屈原之从容辞令"的,那么,屈原当日和怀王在一起的生活情形,也便可想而知了。

(四)《离骚》内证。孙先生发现战国时代有崇尚男性姿容和男性的姿态服饰以模拟女性为美的风气,他举墨子《尚贤篇》"王公大人,有所爱其色而使","今王公大人,其所富,其所贵,皆王公大人骨肉之亲,无故富贵,面目好美者也"和荀子《非相篇》"今世俗之乱君,乡曲之儇子,莫不美丽妖冶,奇衣妇饰,血气态度,拟于女子"等语为证。他说,作为文学弄臣的男性,正属于这类,而屈原即其一例。《离骚》中每以美人自拟,以芳草相比,说"昭质未亏",说"孰求美而释女",又好矜夸服饰,这都代表着那一时的风气。《离骚》据孙先生看,当作于怀王入秦以前,是这位文学弄臣,因与同列(靳尚之流)争宠,遭受谗言,使气出走,而年淹日久,又不见召回,以致绝望而自杀时的一封绝命书。他分析其内容,认为那里"充满了富有脂粉气息的美男子的失恋泪痕":

众女嫉余之蛾眉兮,谣诼谓余以善淫。
(后宫弄臣姬妾争风吃醋。)

初既与余成言兮,后悔遁而有他。
(男女情人相责的口吻。)

余既不难夫离别兮,伤灵修之数化。
(眷恋旧情,依依不舍。)

汨余若将不及兮,恐年岁之不吾与。……唯草木之零落兮,恐美人之迟暮。……老冉冉其将至兮,恐修名之不立。……及年岁之未晏兮,时亦犹其未央。

(顾惜青春,唯恐色衰。)

心犹豫而狐疑兮,欲自适而不可。

(旁人劝他自动回宫,他依然负气,不肯服软。)

苟中情其好修兮,又何必用夫行媒?

(自想请人疏通,恐怕也是枉然。)

曾歔欷余郁邑兮,哀朕时之不当,揽茹蕙以掩涕兮,沾余襟之浪浪。

(但知自伤命薄,做出一副女儿相。)

闺中既已邃远兮,哲王又不寤,怀朕情而不发兮,余焉能忍与此终古!

(终以热情难制,决定自杀。)

至于篇中所以称述古代的圣主贤臣,孙先生以为,那还是影射怀王对他宠信不终,听信谗言,乃至和他疏远那一连串事实的。"因为屈原和怀王有一种超乎寻常君臣的关系。"他说,"所以在《离骚》中多有暧昧不清的可做两面解释的词句。"但他确是一个"天质忠良"、"心地纯正"而且"情感浓烈"的人,不像别人,只一意地引导着君王欢乐无度,不顾"皇舆之败绩",他——屈原,是要让怀王欢乐而不妨国政,以期"及前王之踵武"的。然而他究竟是一个"富有娘儿们气息的文人"。孙先生还申斥道:"'无能的'把事情闹糟,即使能够知耻的以死谢国人,那也逃不了孔子'自经于沟渎'是'匹夫匹妇之谅也'的严正批评的。"总之,他"是文人发展史上一个被时代牺牲了的人物"(因为男色的风习,在古代中国并不认为是不道德的）。但我们也不应因此就"剥夺他那《离骚》在文学史上的地位"。

二

述完了孙先生的话，我还要讲讲关于他如何提出这问题，和我个人如何对它发生兴趣的一些小故事。本年9月间，朱佩弦先生从成都给我一封信，内附孙次舟先生的一篇文章，题作《屈原是"文学弄臣"的发疑——兼答屈原崇拜者》，是从成都《中央日报》的《中央副刊》剪下的。信上说，在本年成都的"诗人节"纪念会上，孙先生提出了这问题，立时当地文艺界为之大哗，接着就向他发动围攻，直到最近，孙先生才开始公开抵抗，那便是这篇文章的来由。佩弦先生还说到他自己同情孙先生的意思。后来他回到昆明，我们见着便谈起这事，我问他还记不记得十几年前，我和他谈到孙先生类似的意见，他只摇摇头。（十几年是一个太长的时间，我想。）这里让我打一个岔。就在本年暑假中，我接到某官方出版机关一封信，约我写一本《屈原传》一类的小书，我婉词谢绝了，读者此刻可以明白我当时的苦衷吧！好了，前几天，佩弦先生又给我送来孙先生的第二篇文章，在这篇《屈原讨论的最后申辩》的附白中，孙先生转录了李长之兄给他通信里这样一段话："昔闻一多先生亦有类似之说，以屈原与梅兰芳相比。"本来我看到孙先生第一篇文章时，并没有打算对这问题参加讨论，虽则心里也会发生过一点疑问：让孙先生这样一个人挨打，道义上是否说得过去呢？如今长之兄既把我的底细揭穿了，而孙先生也那样客气地说道："闻一多先生大作如写成，定胜拙文远甚。"（这仿佛是硬拖人下水的样子，假如不是我神经过敏的话。）这来，我的处境便更尴尬了，我当时想，如果再守口如瓶，岂不成了临阵脱逃吗？于是我便决定动笔了。

然而我虽同情孙先生，却不打算以同盟军的姿态出马，我是想来冒险做个调人的。老实说，这回的事件并不那样严重，冲突的发生只由于一点误会。孙先生以屈原为弄臣，是完全正确地指出了一桩历史事实，不幸的是，他没有将这事实在历史发展过程中所代表的意义，充分地予以说明，这便是误会之所由发生吧！我以为，事实诚然有些讨厌，然而不先把意义问个水落石出，便一窝蜂地拥上来要捣毁事实，以图泄愤，这是文艺界朋友们太性急点，至于这时不赶紧宣布意义，让意义去保护事实，却只顾在事实的圈子里招架，也不能不说是孙先生的失策。其实事实讨厌，意义不一定讨厌。话说穿了，屈原在文学史上的地位，不唯不能被剥夺，说不定更要稳固，到那时，我相信我们的文艺界还要欢迎孙先生所指出的事实，岂止不拒绝它？

三

除一部分尚未达到奴隶社会阶段的原始民族外，全人类的历史便是一部奴隶解放史。在我们的历史上，最下层的离开贵族（奴隶领主）最远的农业奴隶，大概最先被解放。次之是工商业奴隶。在古代自足式的社会里，庶民的衣食器用都不必假手于人，所以在民间，工商是不成其为独立职业的。只养尊处优的贵族们，才需要并且能够豢养一群工商奴隶，给他们制造精巧的器具，采办珍奇的货物。商处于市井，是在贵族都邑的城圈内的。工处于官府，简直在贵族家里了。这两种奴隶被解放的时期的先后，便依他们所在地离开贵族的远近而定，但比起农人来，可都晚得多了。

但解放得最晚的，还是贴紧的围绕着主人身边，给主人充厮役、听差遣、供玩弄和当清客——总而言之，在内廷帮闲的奴隶集团。这其间所包括的人物，依后世的说法，便有最狎昵的姬妾幸臣，最卑贱的宫娥太监,较高等的乐工舞女和各色技艺人才,以及扈从游宴的"文学侍从之臣"等等。论出身,他们有的本是贵族,或以本族人而获罪,降为皂隶,或以异族人而丧师亡国,被俘为奴,或以出国为"质",不能返国,而沦为臣妾,此外自然也有奴隶的子孙世袭为奴隶的。若就男性来讲,因为本是贵族子弟,所以往往眉清目秀,举止娴雅,而知识水准也相当高。从此我们可以明白,像这样的家内奴隶(包括孙先生所谓"文学弄臣"在内),身份虽低,本质却不坏,职事虽为公卿大夫们所不齿,才智却不必在他们之下。他们确乎是时代的牺牲者,当别的奴隶阶层(农、工、商)早已获得解放,他们这群狐狸、兔子、鹦鹉、山鸡和金鱼,却还在金丝笼和玻璃缸里度着无愁的岁月,一来是主人需要他们的姿色和聪明,舍不下他们;二来是他们也需要主人的饲养和鉴赏,不愿也不能舍弃主人。他们不幸和主人太贴近了,主人的恩泽淹灭了他们的记忆,他们失去自由太久了,便也失去了对自由的欲望。他们是被时代牺牲了,然而也被时代玉成了。玲珑细致的职业,加以悠闲的岁月、深厚的传统,给他们的天才以最理想的发育机会,于是奴隶制度的粪土中,便培养出文学艺术的花朵来了。没有弄臣的屈原,哪有文学家的屈原?历史原是在这样的迂回中长成的。

四

更重要的是奴隶制度不仅产生了文学艺术,还产生了"人"。本来上帝没有创造过主人和奴隶,他只创造了"人",在血液中,屈原和怀王尤其没有两样(他们同姓),只是人为的制度,把他们安排成那可耻的关系。可是这里"人定"并没有"胜天",反之,倒是人的罪孽助成了天的意志。被谗、失宠和流落,诱导了屈原的反抗性,在出走和自沉中,我们看见了奴隶的脆弱,也看见了"人"的尊严。先天的屈原不是一个奴隶,后天的屈原也不完全是一个奴隶。他之不能完全不是一个奴隶,我们应该同情

（那是时代束缚了他）。他之能不完全是一个奴隶，我们尤其应该钦佩（那是他在挣脱时代的束缚）。要了解屈原的人格，最好比较比较《离骚》和《九辩》。

伏（服）清白以死直兮，固前圣之所厚。虽体解吾犹未变兮，岂余心之可惩？不量凿以正枘兮，固前修以菹醢。

《九辩》里何曾发过这样的脾气！尤其那两篇的结尾——一边是：

已矣哉！国无人莫我知兮，又何怀乎故都？既莫足与为美政兮，吾将从彭咸之所居！

一边是：

愿皇天之厚德兮，还及君之无恙！

那坚强的决裂，和这"临去秋波那一转"，是多么有讽刺性的对照！我同意孙先生从宋玉的身份里看屈原的身份，但我不相信从宋玉的人格里找寻到屈原的人格，因此我不同意孙先生的"以情推度"，说"若《高唐赋》、《神女赋》这类的作品屈原当也写了不少"。

我也不十分同意孙先生只称许一个"无质忠良"、"心地纯正"和"忠款与热情"的屈原。这些也许都是实情，但我觉得屈原最突出的品性，毋宁是孤高与激烈。这正是从《卜居》、《渔父》的作者到西汉人对屈原的认识。到东汉，班固的批评还是"露才扬己，怨怼沉江"和什么"不合经义"，这里语气虽有些不满，认识依然是正确的。大概从王逸替他和儒家的经术拉拢，这才有了一个纯粹的"忠君爱国"的屈原，再经过宋人的吹嘘，到今天，居然成了牢不可破的观念。可是这中间，我记得，至少还有两个人了解屈原，一个是那教人"痛饮酒，熟读《离骚》，便可称名士"的王孝伯；一个是在《资治通鉴》里连屈原的名字都不屑一提的司马光，前者一个同情的名士，后者一个敌意的腐儒，都不失为屈原的知己，一个孤高激烈的奴隶，决不是一个好的奴隶，所以名士爱他，腐儒恨他。可是一个不好的奴隶，正是一个好的"人"。我在孙先生的第二篇文章里领教过他的"火气"哲学，十分钦佩。如今孙先生察觉了屈原的"脂粉气"而没有察觉他的"火气",这对屈原是不大公平的。

五

孙先生承认"陪着楚王玩耍或歌舞的人物,有时要诙笑嫚戏,有时也要出入宫廷,传达命令"。既然常传达命令,则日子久了,干预政治,是必然之势。既有机会干预政治,就可能对政治发生真实的兴趣。"天质忠良","心地纯正"的屈原,为什么对当时的政治,不是真心想"竭忠尽智"呢?孙先生说屈原的"上称帝喾,下道齐桓,中述汤武",与孔孟之称道古帝王不同,"他的着重点都只在怀王对他宠信不终,而听信谗言,疏远了他这一种为自己身上的打算上"。我只知道圣人也是"三月无君,则皇皇如也"的,为什么孔孟的称道古帝王是完全为别人打算,屈原的称道就完全为自己呢?并且什么古代圣主贤臣,风云际会,打得火热的那一套,也不过是当时的老生常谈而已,除老庄外,先秦诸子哪一家不会讲?何只孔孟?

孙先生大概认定弄臣只是弄臣,其余一切,尤其国家大事,便与他们无干,所以不相信《史记》里那些关于屈原政治生活的记载。《史记·屈原传》未必全部可靠,正如《史记》的其他部分一样,但那不能不说是"事出有因"。孙先生说它没有"史源",许是对的。但说是"史源"便可靠,是"传说"便全无价值,却不尽然。依我看来,倒是官方或半官方式的"史源"可靠的少,而民间道听途说式的"传说",十有八九是真话。你不能专从字面上读历史,《史记·屈原传》尽管是一笔糊涂账,可是往往是最糊涂的账中泄露了最高度的真实。从来"内廷"和"外延"的界线就分不清楚,屈原是个文学弄臣,并不妨碍他是个政治家。从"赘婿"出身的淳于髡,不正是个"滑稽多辩"的文学弄臣吗?如果孙先生不又抹杀"传说"的话，淳于髡不也曾带着"黄金千镒，白璧十双，车马百驷"，为齐使赵，而得到成功吗？因此，我们又明白了，"滑稽多辩"是弄臣必需的条件，也是使臣必需的条件，正如作为辞赋起源的辞令，也就是那人臣们"使于四方"用以"专对"的辞令，"登高能赋"是古代"为大夫"的资格，也合了后世为弄臣、为使臣的资格，弄臣使臣，职务虽然两样，人物往往不妨只有一个。也许正因屈原是一个"博闻强志……娴于辞令"的漂亮弄臣，才符合了那"出则接遇宾客，应对诸侯"的漂亮外交家的资格。战国时代本不是一个在传统意义下讲资格、讲地位的时代，而是一个一切价值在重新估定的时代，那年头谁有活动的能力，便不愁没有活动的机会。讲到身份，苏秦、张仪也够卑贱的，然而不妨碍他们致身卿相，然则在另一属性上身份也是卑贱的屈原，何以不能做三闾大夫和左徒呢？在屈原看来，从来倒是"肉食者鄙"，而你看，奴隶群中却不断站起了辉煌的人物：

  说操筑于傅严兮，武丁用而不疑，吕望之鼓刀兮，遭周文而得举，宁戚之讴歌兮，齐桓闻以该辅。

屈原，自己一个文化奴隶，站起来又被人挤倒，他这段话真是有慨乎言之啊！一个文化奴隶（孙先生叫他做"文学弄臣"）要变做一个政治家，到头虽然失败，毕竟也算翻了一次身，这是文化发展的迂回性的另一方面。

六

中国文学有两个截然不同的传统，一个是《诗经》，一个是《楚辞》，历来总喜欢把它们连成一串，真是痴人说梦。《诗经》不属本文的范围，姑且不去管它。关于《楚辞》这传统的来源，从来没有人认真追究过，对于它的价值，也很少有正确的估计。我以为在传统来源问题的探究上，从前廖季平先生的《离骚》即秦博士的《仙真人诗》的说法，是真正着上了一点边儿,此外便要数孙先生这次的"发疑"贡献最大。像孙先生这样的看法,正如上文说过的,我从前也想到了。但我以为光是这样的看法,并不能解决《离骚》全部的问题,质言之,依孙先生的看法,只可以解释这里面男人为什么要说女人话,还不能解释人为什么要说鬼话(或神话)。自"驷玉虬以乘鹥兮,溘埃风余上征"以下一大段,中间讲到羲和、望舒、飞廉、雷师,讲到虙妃、有娀有虞二姚,整个离开了这个现实世界,像这类的话,似乎非《仙真人诗》不足以解释。(当然不是秦博士的《仙真人诗》,屈大夫为什么不也可以作这样的诗呢!)关于这点的详细论证,此地不能陈述。总之,我不相信《离骚》是什么绝命书,我每逢读到这篇奇文,总仿佛看见一个粉墨登场的神采奕奕,潇洒出尘的美男子,扮演着一个什么名正则,字灵均的"神仙中人"说话(毋宁是唱歌)。但说着说着,优令丢掉了他剧中人的身份,说出自己的心事来,于是个人的身世、国家的命运,变成哀怨和愤怒,火浆似的喷向听众,炙灼着,燃烧着千百人的心——这时大概他自己也不知道是在演戏,还是骂街吧!从来艺术就是教育,但艺术效果之高,教育意义之大,在中国历史上,这还是破天荒第一次。

　　《诗经》时代是一个朴质的农业时代,"三百篇"的艺术效果虽低,但那里艺术与教育是合一的。到了战国,商业资本起来了,艺术遂随着贵族生活的骄奢淫逸,而与教育脱节,变成了少数人纵欲的工具,因之艺术工作者也就变成了为少数人制造这种工具的工具。这现象在《诗经》时代是没有的。屈原的功绩,就是在战国时代进步的艺术效果之基础上,恢复了《诗经》时代的教育意义,那就是说,恢复了《诗经》时代艺术的健康性,而减免了它的朴质性。从奴隶制度的粪土中不但茁生了文学艺术,而且这文学艺术里面还包含着了作为一切伟大文学艺术真实内容的教育意义,因此,奴隶不但重新站起来做了"人",而且做了"人"的导师。《离骚》之堪"与日月争光",真能如孙先生所说,是"汉以还人误解"了吗?

七

综上所述,我们可以知道孙先生的误会,是把事实看倒了头,那便是说,事实本是先有弄臣,而后变成文人(而且不是一个寻常的文人),孙先生却把它看成先有文人,而后变成弄臣。这一来,真是"失之毫厘,谬以千里"了!依我们的看法,是反抗的奴隶居然挣脱枷锁,变成了人;依孙先生的看法,是好好的人偏要跳入火坑,变了奴隶,二者之间,何啻天渊之隔!没有人愿做奴隶,没有人愿看着好好的人变成奴隶,更没有人愿看见他自己的偶像变成奴隶,所以依照孙先生指出的事实,加上他的看法,文艺界对他群起而攻之,是极自然的现象;反之,假如他们不这样做,那倒可怪哩!

我曾经深思过,以孙先生的博学和卓识,何以居然把事实看倒了头呢?恕我不敬,我的解答是下面这一连串东西:士大夫的顽固的道德教条主义——统治阶级、剥削阶级的优越感——封建生产关系的狭隘性的残余意识,因为上述的这些毒素,因为压迫者对于被压迫者的本能的嫌恶,孙先生一发现屈原的那种身份,便冒火。他是"嫉恶如仇"的,所以要"除恶务尽",他的正义感使他不问青红皂白,看见奴隶就拳打脚踢,因此他虽没有把一切于屈原有利的都否认了,他确乎把一切于他有损的都夸大了。"缺少屈原也没来头……即使我真是'信口开河'……也不应得什么罪过。"他还说。先生,这就是罪过!对奴隶,我们只当同情,对有反抗性的奴隶,尤当尊敬,不是吗?然而摧残屈原的动机是嫌恶奴隶,救护屈原的动机也是嫌恶奴隶啊!文艺界也是见奴隶就冒火的,所以听人说屈原是奴隶就冒火。为了嫌恶奴隶,他们与孙先生是同样的勇敢,因为在这社会制度下,对于被压迫者,人人都是迫害狂的病患者啊!

我们当怎样估计过去的每一个伟大的艺术家呢?高尔基指示我们说,应该从两方面来着眼,一方面是作为"他自己的时代之子",一方面就是作为"一个为争取人类解放而具有全世界历史意义的斗争的参加者"。我们要注意,在思想上,存在着两个屈原,一个是"竭忠尽智,以事其君"

的集体精神的屈原,一个是"露才扬己,怨怼沉江"的个人精神的屈原。在前一方面,屈原是"他自己的时代之子",在后一方面,他是"一个为争取人类解放……的斗争的参加者"。他的时代不允许他除了个人搏斗的形式外任何斗争的形式,而在这种斗争形式的最后阶段中,除了怀沙自沉,他也不可能有更凶猛的武器,然而他确乎斗争过了,他是"一个为争取人类解放而具有全世界历史意义的斗争的参加者"。如果我也是个"屈原崇拜者",我是特别从这一方面上着眼来崇拜他的。

1944 年 12 月

道教的精神

自东汉以来，中国历史上一直流行着一种实质是巫术的宗教，但它却有极卓越的、精深的老庄一派的思想做理论的根据，并奉老子为其祖师，所以能自称为道教。后人爱护老庄的，便说道教与道家实质上全无关系，道教生生的拉着道家思想来做自己的护身符，那是道教的卑劣手段，不足以伤道家的清白。另一派守着儒家的立场而隐隐以道家为异端的人，直认道教便是堕落了的道家。这两派论者，前一派是有意袒护道家，但没有完全把握着道家思想的真谛；后一派，虽对道家多少怀有恶意，却比较了解道家，但仍然不免于"皮相"。这种人可说是缺少了点历史眼光。一个东西由一个较高的阶段退化到较低的，固然是常见的现象，但那较高的阶段是否也得有个来历呢？较高的阶段没有达到以前，似乎不能没有一个较低的阶段，我常疑心这哲学或玄学的道家思想必有一个前身，而这个前身可能是某种富有神秘思想的原始宗教，或更具体点讲，一种巫教。这种宗教，在基本性质上恐怕与后来的道教无大差别，虽则在形式上与组织上尽可截然不同。这个不知名的古代宗教，我们可暂称为古道教，因之自东汉以来道教即可称之为新道教。我以为如其说新道教是堕落了的道家，不如说它是古道教的复活。不，古道教也许本来就没有死过,新道教是古道教正常的、自然的组织而已。这里我们应把宗教和哲学分开,作为两笔账来清算。从古道教到新道教是一个系统的发展,所以应排在一条线上。哲学中的道家是从古道教中分泌出来的一种质素。精华既已分泌出来了,那所遗下的渣滓,不管它起什么发酵作用,精华是不能负责的。古道教经过一个时期的酝酿,后来发酵成天师道一类的形态,这是宗教自己的事,与那已经和宗教脱了关系的道家思想何干?道家不但对新道教堕落了的行为可告无罪,它并且对古道教还有替它提炼出一些精华来的功绩。道教只有应该感谢道家的。但道家是出身于道教,恐怕是千真万确的事实,它若嫌这出身微贱,而想避讳或抵赖,那是不应当的。

我所谓古道教究竟是什么样的东西呢?详细的说明,不是本文篇幅所许的,我现在只能挈要提出几点来谈谈。

后世的新道教虽奉老子为祖师,但真正接近道教的宗教精神的还是庄子。《庄子》书里实在充满了神秘的思想,这种思想很明显的是一种古宗教的反影。《老子》书中虽也带着很浓的神秘色彩,但比起《庄子》似乎还淡得多。从这方面看,我们也不能不同意多数近代学者的看法,以为至少《老子》这部书的时代,当在《庄子》后,像下录这些庄子书中的片段,不是一向被"得意忘言"的读者们认为庄子的"寓言"甚或行文的词藻一类的东西吗?

> 藐姑射之山有神人居焉,肌肤若冰雪,绰约若处子,不食五谷,吸风饮露,乘云气,御飞龙,而游乎四海之外;其神凝,使物不疵疠,而年谷熟悉。……之人也,物莫之伤,大浸稽天而不溺,大旱金石流,土山焦而不熟悉。

——《逍遥游》

> 夫道有情有信,无为无形,可传而不可受,可得而不可见,自本自根,未有天地,自古以固存,神鬼神帝,天生天地,在太极之先而不为高,在六极之下而不为深,先天地而不为久,长于上古而不为老。

狶韦得之以挈天地，伏羲氏得之以袭气母，维斗得之终古不忒，日月得之终古不息，堪坏得之以袭昆仑，冯夷得之以游大川，肩吾得之以处大山。黄帝得之以登天云，颛顼得之以处玄宫，禺强得之立乎北极，西王母得之坐乎少广，莫知其始，莫知其终，彭祖得之上及有虞，下及五伯，傅说得之以相武丁，奄有天下，乘车维，骑箕尾，而比于列星。

——《大宗师》

至人神矣，大泽焚而不能热，河汉冱而不能寒，疾雷破山，飘风振海而不能惊。若然者，乘云气，骑日月，而游乎四海之外，死生无变于己。

——《齐物论》

以上只是从《内篇》中抽出的数例，其余《外杂篇》中类似的话还不少。这些决不能说是寓言（庄子所谓"寓言"有它特殊的含义，这里暂不讨论）。即是寓言，作者自己必先对于其中的可能性及真实性毫不怀疑，然后才肯信任它有阐明或证实一个真理的效用。你是决不会用"假"以证明"真"或用"不可能"以证明"可能"的，庄子想也不会采用这样的辩证法。其实庄子所谓"神人"、"真人"之类，在他自己是真心相信确有其"人"的。他并且相信本然的"人"就是那样具有超越性，现在的人之所以不能那样，乃是被后天的道德仁义之类所斫丧的结果。他称这本然的"人"为"真人"或"神人"或"天"，理由便在于此。

我们只要记得灵魂不死的信念，是宗教的一个最基本的出发点，对庄子这套思想，便不觉得离奇了。他所谓"神人"或"真人"，实即人格化了的灵魂。所谓"道"或"天"实即"灵魂"的代替字。灵魂是不生不灭的，是生命的本体，所以是真的，因之，反过来这肉体的存在便是假的。真的是"天"，假的是"人"。全套的庄子思想可以说从这点出发。其他多多少少与庄子接近的，以贵己重生为宗旨的道家中各支派，又可说是从庄子推衍下来的情绪。把这些支派次第的排列下来，我们可以发现神秘色彩愈浅，愈切近实际，陈义也愈低，低到一个极端，便是神仙家、房中家（此依《汉志》分类）等低级的、变态的养形技术了。冯芝生先生曾经说，杨朱一派的贵生重己说仅仅是不伤生之道,而对于应付他人伤我的办法只有一避字诀。然人事万变无穷,害尽有不能避者。老子之学,乃发现宇宙间事物变化之通则,知之者能应用之,则可希望"没身不殆"。庄子之《人间世》亦研究在人世中,吾人如何可入其中而不受其害。然此等方法,皆不能保吾人以万全。盖人事万变无穷,其中不可见之因素太多故也。于是老学乃打穿后壁之言曰:

  吾所以有大患者,为吾有身。及吾无身,吾有何患?

  此真大彻大悟之言。庄学继此而讲"齐死生,同人我"。不以害为害,于是害乃真不能伤。由上面的分析,冯先生下了一个结论:"老子之学,盖就杨朱之学更进一层;庄子之学,则更进二层也。"冯先生就哲学思想的立场,把杨老庄三家所陈之义,排列成如上的由粗而精的次第,是对的。我们现在也可就宗教思想的立场,说庄子的神秘色彩最重,与宗教最接近,老子次之,杨朱最切近现实,离宗教也最远。由杨朱进一步,变为神仙房中诸养形的方技,再进一步,连用"渐"的方式来"养"形都不肯干,最好有种一服而"顿"即"变"形的方药,那便到了秦皇汉武辈派人求"不死药"的勾当了。庄和老是养神,杨朱可谓养生,神仙家中一派是养形,另一派是变形——这样由求灵魂不死变到求肉体不死,其手段由内功变到外功,外功中又由渐以至顿——这便包括了战国秦汉间大部分的道术和方技,而溯其最初的根源,却是一种宗教的信仰。

  除道家神仙家外,当时还有两派"显学",便是阴阳与墨家了。这两家与宗教的关系,早已被学者们注意到了,这里无需申论。我们现在应攻击的,是两家所与发生关系的是种什么样的宗教——即上文所谓古道教,还是另一种或数种宗教。关于这一点,我们首先可以回答,他们是不属于儒家的宗教。由古代民族复杂的情形看去,古代的宗教应当不只一种。儒家虽不甘以宗教自命,其实也是从宗教衍化或解脱出来的,而这宗教和各古道教截然是两回事。什么是儒家的宗教呢?胡适之先生列举过古代宗教迷信的三个要点:

  一、一个有意志知觉,能赏善罚恶的天帝;

二、崇拜自然界种种质力的迷信如祭天地日月山川之类；

三、鬼神的迷信，以为人死有知，能做祸福，故必须祭祀供养他们。

胡先生认为这三种迷信"可算得是古中国的国教，这个国教的教主是'天子'"，并说"天子之名，乃是古时有此国教的见证"。胡先生以这三点为古中国"国教"的中心信仰是对的，但他所谓"古中国"似乎是包括西起秦陇，东至齐鲁的整个黄河流域的古代北方民族，这一点似有斟酌的余地。傅孟真先生曾将中国古代民族分为东西两大系，是一个很重要的观察（不过所谓东西当指他们远古时的原住地而言，后来东西互相迁徙，情形则较为复杂）。我以为胡先生所谓"国教"，只可说是东方民族的宗教，也便是儒家思想的策源地。至于他所举的三点，其实只能算作一点，因为前两点可归并到第三点中去。所谓"以人死有知，能做祸福"的"鬼神迷信"确乎是宗教信仰的核心。其实说"鬼神迷信"不如单说"鬼的迷信"，因为在儒家的心目中，神只是较高级的鬼，二者只有程度的悬殊，而无种类的差异。所谓鬼者，即人死而又似未死，能饮食，能行动。他能作善作恶，所以必须以祭祀的手段去贿赂或报答他。总之事鬼及高级鬼——神之道，一如事人，因为他即生活在一种不同状态中的人，他和生人同样，是一种物质，不是一种幻想的存在。明白了这一层，再看胡先生所举的第一点。既然那作为教主的人是"天子"——天之子，则"天"即天子之父，天子是"人"，则天子之父按理也必须是"人"了。由那些古代帝王感天而生的传说，也可以推到同样的结论。我们从东方民族的即儒家的经典中所认识的天，是个人格的天，那是毫不足怪的。这个天神能歆飨饮食，能作威作福，原来他只是由人死去的鬼中之最高级者罢了，天神即鬼，则胡先生的第一点便归入第三点了。

《鲁语》载着一个故事，说吴伐越，凿开会稽山，得到一块其大无比的骨头，碰巧吴使聘鲁，顺便就在宴会席上请教孔子。孔子以为那便是从前一位防风氏的诸侯的遗骸。他说：

> 山川之灵石足以纪纲天下者，其守为神，社稷之守为公侯，皆属于者。

吴使又问:"防风所守的是什么?"他又答道:

> 汪芒氏之君也,守封嵎之山者也,为漆姓,在虞夏商周为汪芒氏,于周为长狄,今为大人。

这证明了古代东方民族所谓山川之神乃是从前死去了的管领那山川的人,而并非山川本身。依胡先生所说祭山川之类是"崇拜自然界种种质力的迷信",那便等于说儒家是有神论者了。其实他们的信仰中毫无这种意味。胡先生所举的第二点也可以归入第三点的。

儒家鬼神观念的真相弄明白了,我们现在可以转回去讨论道家了。上文我们已经说过道家的全部思想是从灵魂不死的观念推行出来的,以儒道二家对照了看,似乎儒家所谓死人不死,是形骸不死,道家则是灵魂不死。形骸不死,所以要厚葬,要长期甚至于永远的祭祀。所谓"祭如在,祭神如神在"之在,乃是物质的存在。唯怕其不能"如在",所以要设尸,以保证那"如在"的最高度的真实性。这态度可算执著到万分,实际到万分,也平庸到万分了。反之道家相信形骸可死而灵魂不死,而灵魂又是一种非物质的存在,所以他对于丧葬祭祀处处与儒家立于相反的地位。《庄子·列御寇》载有庄子自己反对厚葬的一段话,但陈义甚浅,无疑是出于庄子后学的手笔。倒是汉朝"学黄老之术"而主张"裸葬以反真"的杨王孙发了一篇理论,真能代表道家的观念。

> 且夫死者终身之化,而物之归者也。归者得至,化者得变,是物各反其真也。反真冥冥,亡声亡形,乃合道情。夫饰外以华众,厚葬以鬲真,使归者不得至,化者不得变,是使物各失其所也。且吾闻之:精神者天之有也,形骸者地之有也。精神离形,各归其真,故谓之鬼,鬼之言归也,其尸块然独处,岂有知哉?裹以币帛,鬲以棺椁,支体络束,口含玉石,欲化不得,郁为枯腊,千载之后,棺材腐朽,乃得归土,就其真宅,繇是言之,焉用久客?

这完全是形骸死去,灵魂永生的道理,灵魂既是一种"无形无声"超自然的存在,自然也用不着祭祀的供养了。所以儒家的重视祭祀,又因祭祀而重视礼文,在道家看来,真是太可笑了。总之儒家是重形骸的,以为死后,生命还继续存在于形骸,他们不承认脱离形骸后灵魂的独立存在。道家是重视灵魂的,以为活时生命暂寓于形骸中,一旦形骸死去,灵魂便被解放出来,而得到这种绝对自由的存在,那才是真的生命。这对于灵魂的承认与否,便是产生儒道两家思想的两个宗教的分水岭。因此两派哲学思想中的宇宙论、人生论,或知识论,以至于政治思想等无不随着这宗教信仰上先天的差别背道而驰了。

作为儒道二家的前身的宗教信仰既经判明了,我们现在可以回到阴阳家与墨家了。阴阳家的学说本身是一种宇宙论,就其性质讲,与儒家远而与道家近,是一望而知的。至于他们那天人相应的理论,则与庄子返人于天之说极相似,所以尽可以假定阴阳家与道家是同出于一个原始的宗教的,司马谈论道家曰:

其为精也,因阴阳之大顺,采儒墨之善,撮名法之要。

这里分明是以阴阳家思想为道家思想的主体或间架,而认儒墨名法等只有补充修正的附加作用。这也许要受阴阳家影响之后的道家的看法。然即此也可见阴阳家与道家的血缘,本来接近,所以他们的结合特别容易。钱宾四先生曾说"墨氏之称墨,由于薄葬",我以为称墨与薄葬的关系如何还难确定,薄葬为墨家思想的最基本的核心,却是可能的,若谓"薄葬"之义生于"节用",那未免把墨家看得太浅薄了。何况节用很多,墨子乃专在丧葬上大做文章,岂不可怪?我疑心节葬的理论是受了重灵魂、轻形骸的传统宗教思想的影响,把节葬与节用连起来讲,不如把它和墨家重义轻生的态度看作一贯的发展,斤斤于"身体发肤,受之父母,不敢毁伤"的儒家,虽也讲"杀身成仁",但那究竟是出于不得已。墨家本有轻形骸的宗教传统,所以他们蹈汤赴火的姿态是自然的,情绪是热烈的,与儒家真不可同日而语。墨家在其功利主义上虽与儒家极近,但这也可说是墨子住在东方,接受了儒家的影响,在骨子里墨与道要调和得多,宋钘、尹文不明明是这两派间的桥梁吗?我疑心墨家也是与道家出于那古道教的。《庄子·天下》的作者把墨翟、禽滑厘也算作曾经闻过古之道术者,与宋钘、尹文、彭蒙、田骈、慎到、关尹、老聃、庄周等一齐都算作知"本数"的,而认"邹鲁之士,搢绅先生"所谈的只是"末度",《天下》篇的作者显然认为墨家等都在道家的圈子里,只有儒家当除外。他又说"道术将为天下裂",然则百家(对儒而言)本是从一个共同的道分裂出来的,这个未分裂以前的"道"是什么?莫非就是所谓古道教吧!这古道教如果真正存在的话,我疑心它原是中国古代西方某民族的宗教,与那儒家所从导源的东方宗教比起来,这宗教实在超卓多了、伟大多了、美丽多了,姑无论它的流裔是如何没出息!

什么是儒家

——中国士大夫研究之一

"无论在任何国家。"伊里奇在他的《国家论》里说,"所有一切国家中所有人类社会数千年来发展的经过,都向我们表明出这种发展的一般规律,法则和次序:起初是无产阶级的社会,即始初的宗法的社会,原始的,没有什么贵族存在的社会,然后是以奴隶制为基础的社会,即奴隶主的社会。……奴隶主和奴隶的划分,是最初一次大规模的阶级划分。前一集团不仅占有一切生产资料,即土地以及虽然当时还很原始的工具等等,并且还占有人民。这个集团就叫做奴隶主,而从事劳动并把劳动果实交归他人的那些人则叫做奴隶。"① 中国社会自文明初发出曙光,即约当商盘庚时起,便进入了奴隶制度的阶段,这个制度渐次发展,在西周达到它的全盛期,到春秋中叶便成强弩之末了,所以我们可以概括的说,从盘庚到孔子,是我们历史上的奴隶制社会期。但就在孔子面前,历史已经在剧烈的变革着,转向到另一个时代,孔子一派人大声疾呼,企图阻止这一变革,然而无效。历史仍旧进行着,直到

---

① 这段引文依苏联外国文书籍出版局1949年莫斯科版列宁著《论国家》改。

秦汉统一，变革的过程完毕了，这才需要暂时休息一下。趁着这个当儿，孔子的后学们，董仲舒为代表，便将孔子的理想，略加修正，居然给实现了。在长时期变革过程的疲惫后，这是一帖理想的安眠药，因为这安眠药的魔力，中国社会便一觉睡了两千年，直到孙中山先生才醒转一次。孔子的理想既是恢复奴隶社会的秩序，而董仲舒是将这理想略加修正后，正式实现了，那么，中国社会，从董仲舒到中山先生这段悠长的期间，便无妨称为一个变相的奴隶社会。

董仲舒的安眠药何以有这么大的魔力呢？要回答这个问题，还得从头说起。相传殷周的兴亡是仁暴之差的结果，这所谓仁与暴分明代表着两种不同的奴隶管理政策。大概殷人对于奴隶榨取过度，以至奴隶们"离心离德"而造成"前途倒戈"的后果，反之，周人的榨取比较温和，所以能一方面赢得自己奴隶的"同心同德"，一方面又能给太公以施行"阴谋"的机会，教对方的奴隶叛变他们自己的主人，仁与暴漂亮的名词，实际只是管理奴隶的方法有的高明点，有的笨点罢了。周人还有个高明的地方，那便是让胜国的贵族管理胜国的奴隶。《左传》定公四年说："周公相王室，分鲁公以……殷民六族……使帅其宗氏，辑其分族，将其丑类：使之职事于鲁……分之土田陪敦（附庸，即仆庸），祝宗卜史，备物典策，官司彝器。……分康叔以……殷民七族。"这些殷民六族与七族便是胜国投降的贵族，那些"备物典策，官司彝器"的"祝宗卜史"，便是后来所谓"儒"——寄食于贵族的知识分子。让贵族和知识分子分掌政教，共同管理自己的奴隶"附庸"，这对奴隶们和奴隶占有者"周人"双方都有利的，因为以居间的方式他们可以缓和主奴间的矛盾，他们实在做了当时社会机构中的一种缓冲阶层。后来胜国贵族们渐趋没落，而儒士们因有特殊知识和技能，日渐发展成为一种宗教文化的行帮企业，兼理着下级行政干部的事务，于是缓冲阶层便为儒士们所独占了。当然也有一部分没落胜国贵族，改业为儒，加入行帮的。

明白这种历史背景，我们就可以明白儒家的中心思想。因为儒家是一个居于矛盾的两极之间的缓冲阶层的后备军，所以他们最忌矛盾的统一，矛盾统一了，没有主奴之分，便没有缓冲阶层存在的余地。他们也不能偏袒某一方面，偏袒了一方，使一方太强，有压倒对方的能力，缓冲者也无事可做。所谓"君子和而不同"，便是要使上下在势均力敌的局面中和平相处，而切忌"同"于某一方面，以致动摇均势，因动摇了均势，便动摇自己的地位啊！儒家之所以不能不讲中庸之道，正因他是站在中间的一种人。中庸之道，对上说，爱惜奴隶，便是爱惜自己的生产工具，也便是爱惜自己，所以是有利的，对下说，反正奴隶是做定了，苦也就吃定，只要能少吃点苦就是幸福，所以也是有利的。然而中庸之道，最有利的，恐怕还是那站在中间，两边玩弄，两边镇压，两边劝谕，做人又做鬼的人吧！孔子之所以宪章文武，尤其梦想周公，无非是初期统治阶级的奴隶管理政策，符合了缓冲阶层的利益，所谓道统者，还是有其社会经济意义的。

可是切莫误会，中庸决不是公平。公平是从是非观点出发的，而中庸只是在利害中打算盘。主奴之间还讲什么是非呢？如果是要追究是非，势必牵涉到奴隶制度的本身，如果这制度本身发生了问题，哪里还有什么缓冲阶层呢？显然的，是非问题是和儒家的社会地位根本相抵触的。他只能一面主张"成事不说，遂事不谏，既往不咎"，一面用正名（君君臣臣，父父子子）的理论，维持现有的秩序（既成事实），然后再苦口婆心的劝两面息事宁人，马马虎虎，得过且过。我疑心"中庸"之庸字也就是"附庸"之庸字，换言之，"中庸"便是中层或中间之佣。自身既也是一种佣役（奴隶），天下那有奴隶支配主人的道理，所以缓冲阶层的真正任务，也不过是恳求主子刀下留情，劝令奴才忍重负辱，"执中无权，尤执一也"，天平上的码子老是向重的一头移动着，其结果，"中庸"恰恰是"不中庸"。可不是吗？"爵禄可辞也，白刃可蹈也，中庸不可能也！"果然你辞了爵禄，蹈了白刃，那于主人更方便（因为把劝架人解决了，奴才失去了掩蔽，主人可以更自由的下毒手），何况爵禄并不容易辞，白刃更不容易蹈呢？实际上缓冲阶层还是做了帮凶，"季氏富于周公，而求也为之聚敛而附益之"，冉求的作风实在是缓冲阶层的唯一出路。孔子喝令"小子鸣鼓而攻之"是冤枉了冉求,因为孔子自己也是"三月无君则皇皇如也"的,冉求又怎能饿着肚子不吃饭呢!

但是,有了一个建筑在奴隶生产关系上的社会,季氏便必然要富于周公,冉求也必然要为之聚敛,这是历史发展的一定的法则。这法则的意义是什么呢?恰恰是奴隶社会的发展促成了奴隶社会的崩溃。缓冲阶层既依存于奴隶社会,那么冉求之辈的替主人聚敛,也就等于替缓冲阶层自掘坟墓。所以毕竟是孔子有远见,"留得青山在,不怕没柴烧",冉求是自己给自己毁坏青山啊!然而即令是孔子的远见也没有挽回历史。这是命运的作剧,做了缓冲阶层,其势不能不帮助上头聚敛,不聚敛,阶层的地位便无法保持,但是聚敛得来使整个奴隶社会的机构都要垮台,还谈得到什么缓冲阶层呢?所以孔子的呼吁如果有效,青山不过是晚坏一天,自己便多烧一天的柴,如果无效,青山便坏得更早点,自己烧柴的日子也就有限了,孔子的见地还是远点,但比起冉求。也不过是"以五十步笑百步"而已。结果,历史大概是沿着冉求的路线走的,连比较远见的路线都不曾蒙它采纳,于是春秋便以高速度的发展转入了战国,儒家的理想,非等到董仲舒不能死灰复燃的。

话又说回来了,儒家思想虽然必需等到另一时代,客观条件成熟才能复活,但它本身也得有其可能复活的主观条件,才能真正复活,否则便有千百个董仲舒,恐怕也是枉然。儒家思想,正如上文所说,是奴隶社会的产物,而它本身又是拥护奴隶社会的。我们都知道,奴隶社会是历史必须通过的阶段,它本身是社会进步的果,也是促使社会进步的因。既然必须通过,当然最好是能过得平稳点,舒服点。文武周公所安排的,孔子所发表的奴隶社会,因为有了那样缓和的榨取政策,和为执行这政策而设的缓冲阶层,它确乎是一比较舒服的社会,因为舒服,所以自从董仲舒把它恢复了,两千年的历史在它的怀抱中睡着了。

诚然,董仲舒的儒家不是孔子的儒家,而董仲舒以后的儒家也不是董仲舒的儒家,但其为儒家则一,换言之,他们的中心思想是一贯的。两千年来士大夫没有不读儒家经典的,在思想上,他们多多少少都是儒家,因此,我们了解了儒家,便了解了中国士大夫的意识观念。如上文所说,儒家思想是奴隶社会的产物,然则中国士大夫的意识观念是什么,也就值得深长思之了!

                 1945 年 1 月

时代声音

>>> 闻一多 历史动向>>>　历史动向>>>　历史动向

黄纸条告

万头攒动,接踵摩肩,挤在礼堂底赭色门前,好像庙会时候护国寺底香客们朝见佛爷似的;他们的馨香顶祝的热诚,即表现于那波涛澎湃的声潮里。"好极了!陡起来了!这个星期有好片子看了!"过路的人碰着这一团"触手可炙"的热气,他们的神经也被融化了,他们的身体不觉流入这人群里,越流越多,赭色门前底大道竟遭人涛泛滥,断绝交通了,于是站岗的听差未免小起恐慌。

什么神通广大的魔力竟能绊住许多视线,捣烂许多神经?

一张方不满尺的鹅黄纸上,斜撑着几条黄子久皴石法的赤痕:这算是什么东西底图形?是锻铁的锤子?哪里?你瞧那鲜血淋漓,便知道是一把杀人的斧子。都错了,不是什么稀奇的玩意儿,是你我都有的那只手——你我当工匠最宝贵的工具。

慢着,你我的手是这样的吗?你瞧那里大书特书着三个日本式的隶体字:"毒手盗。""毒",你我的手肯受这个头衔吗?你我的手肯替"盗"当经理吗?不!他是你我当工匠最宝贵的工具。

但是我们的手拒绝罪恶,我们的眼却欢迎它,眼把罪恶底图形进贡到脑宫里去,又使天心大悦,立刻喉、舌、唇收到圣旨,奏了这阕颂歌:"好极了!好片子呀!……"

好片子?怎么好法?《黑衣盗》、《毒手盗》,好盗,可敬可爱的盗,"飞弹走肉",杀人如同打鸟!

好片子,多谢你输入无量的新财宝到我们智囊里来了。若不是你的鸿赐,这些财宝,我们除非钻进地狱,哪能找得这样齐备?我们整星期囚在这"水木清华"的,但是平淡的世界里,多亏你常常饷以"五花十色,光怪陆离"的地狱底风光,我们的眼福不小。

不过我很怀疑假若你熟悉天堂底路,要领我们去那里游览,我们会不会一样地兴高采烈?

有人说不会。淫暴是我们兽族的鼻祖。遗风余韵,我们置身于古物陈列所里,谁不顾盼低徊,为之神往?所以喜入地狱是人情。但天堂是个新地方,我们没有去惯。

我说却不尽然。我引卜郎林(Browning)一句诗来申释我的意思:

Ah, but a man's reach should exceed his grasp, or what's a heaven for?

1920 年 11 月 12 日

悼 玮 德

这样一个不好炫耀,不肯盘剥自己的才力的青年作家,他的存在既没有十分被人注意,他的死亡在社会上谅也不算一件了不得的事。这现象谈不到什么公平不公平。

在作品的产出上既不曾以量胜人,在表现自己的种种手法上又不像操过一次心,结果,他受着社会的漠视,还不是应该的?玮德死了,寂寞的死了,在几个朋友的心上自然要永远留下一层寂寞的阴影,但除此以外,恐怕就没有什么了。历史上的定价是按成绩折算的。这人的成绩诚然已经可观了,但他前途的希望却远过于他的成绩。

"希望"在深知他的人看来,也许比成绩还可贵,但深知他又怎么着,你能凭这所谓"希望"者替他向未来争得一半个煊赫的地位吗?地位不地位,在玮德自己本是毫不介意的(一个人生前尚不汲汲于求之,难道死后还会变节),倒是我们从此永远看不到那希望形成灿烂的事实,我们自己的损失却大了。

玮德死了,我今天不以私交的情谊来哀悼他。在某种较广大的意义上,他的死更是我们的损失,更令我痛惜而沉思。

国家的躯体残毁到这样,国家的灵魂又在悠久的文化的末路中喘息着。一个孱弱如玮德的文人恐怕是担不起执干戈以卫社稷的责任的,而这责任也不见得是从事文艺的人们最适宜的任务。但是为绵续那残喘中的灵魂的工作设想,玮德无疑的是合格的一员。我初次看见玮德的时候,便想起唐人两句诗:"几度见诗诗尽好,及观标格过于诗。"玮德的标格,我无以名之,最好借用一个时髦的话语来称它为"中国本位文化"的风度。时贤所提出的"本位文化"这名词,我不知道能否应用到物质建设上,但谈到文学艺术,则无论新到什么程度,总不能没有一个民族的本位精神存在于其中。可惜在目前这西化的狂热中,大家正为着模仿某国或某派的作风而忙得不可开交,文艺作家似乎还没有对这问题深切的注意过。即令注意到了,恐怕因为素养的限制一时也无从解决它。因为我所指的不是掇拾一两个旧诗词的语句来装点门面便可了事的。事情没有那样的简单。我甚至于可以说这事与诗词一类的东西无大关系。要的是对本国历史与文化的普遍而深刻的认识,与由这种认识而生的一种热烈的追怀,拿前人的语句来说,便是"发思古之幽情"。一个作家非有这种情怀,决不足为他的文化的代言者,而一个人除非是他的文化的代言者,又不足称为一个作家。我们既不能老恃着 Pearl Buck 在小说里写我们的农村生活,或一二准 Pearl Buck 在戏剧里写我们的学校生活,那么,这比小说戏剧还要主观,还要严重的诗,更不能不要道地的本国人,并且彻底的了解,真诚的爱慕"本位文化"的人来写它了。技术无妨西化,甚至可以尽量的西化,但本质和精神却要自己的。我这主张也许有人要说便是"中学为体,西学为用"。对了,我承认我对新诗的主张是旧到和张之洞一般。唯其如此,我才能爱玮德的标格,才极其重视他的前途。我并不是说玮德这样年轻的人,在所谓"中学"者上有了如何精深的造诣,但他对这方面的态度是正确的,而向这方面努力的意向决是一天天的在加强。梦家有一次告诉我,说接到玮德从厦门来信,说是正在研究明史。

那是偶尔的兴趣的转移吗?但那转移是太巧了。和玮德一起作诗的朋友,如大纲原是治本国史的、毓棠是治西洋史的,近来兼致力于本国史,梦家现在也在从古文字中追求古史。何以大家都不约而同的走上一个方向？我期待着早晚新诗定要展开一个新局面,玮德和他这几位朋友便是这局面的开拓者。可是正当我在为新诗的远大的前途欣慰着的时候,玮德死了,这样早就摔下他的工作死了！我想到这损失的意义,更不能不痛惜而深思。

             1935年6月11日

关于儒·道·土匪

医生临症,常常有个观望期间,不到病势相当沉重,病象充分发作时,正式与有效的诊断似乎是不可能的。而且,在病人方面,往往愈是痼疾,愈要讳疾忌医,因此恐怕非等到病势沉重,病象发作,使他讳无可讳,忌无可忌时,他也不肯接受诊断。

事到如今,我想即使是最冥顽的讳疾忌医派,如钱穆教授之流,也不能不承认中国是生着病,而且病势的严重,病相的昭著,也许赛过了任何历史记录。唯其如此,为医生们下诊断,今天才是最成熟的时机。

向来是"旁观者清",无怪乎这回最卓越的断案来自一位英国人。这是韦尔斯先生观察所得:

> 在大部分中国人的灵魂里,斗争着一个儒家。一个道家。一个土匪。
>
> ——《人类的命运》

为了他的诊断的正确性,我们不但钦佩这位将近八十高龄的医生,而且感激他,感激他给我们查出了病源,也给我们至少保证了半个得救的希望,因为有了正确的诊断,才谈得到适当的治疗。

但我们对韦尔斯先生的拥护,不是完全没有保留的,我认为假如将"儒家,道家,土匪",改为"儒家,道家,墨家",或"偷儿,骗子,土匪",这不但没有损害韦氏的原意,而且也许加强了它,因为这样说话,可以使那些比韦氏更熟悉中国历史和文化的人,感着更顺理成章点,因此也更乐于接受点。

先讲偷儿和土匪,这两种人作风的不同,只有前者是巧取,后者是豪夺罢了。"巧取豪夺"这成语,不正好用韩非的名言"儒以文乱法,侠以武犯禁"来说明吗?而所谓侠者不又是堕落了的墨家吗?至于以"骗子"代表道家,起初我颇怀疑那徽号的适当性,但终于还是用了它。"无为而无不为"也就等于说:无所不取,无所不夺。而看去又像是一无所取,一无所夺,这不是骗子是什么?偷儿,骗子,土匪是代表三种不同行为的人物,儒家,道家,墨家是代表三种不同的行为理论的人物;尽管行为产生了理论,理论又产生了行为,如同鸡生蛋,蛋生鸡一样,但你既不能说鸡就是蛋,你也就不能将理论与行为混为一谈。所以韦尔斯先生叫儒家,道家和土匪站作一排,究竟是犯了混淆范畴的逻辑错误。这一点表过以后,韦尔斯先生的观察,在基本意义上,仍不失为真知灼见。

就历史发展的次序说,是儒,墨,道。要明白儒墨道之所以成为中国文化的病,我们得从三派思想如何产生讲起。

由于封建社会是人类物质文明成熟到某种阶段的结果,而它自身又确乎能维持相当安定的秩序,我们的文化便靠那种安定而得到迅速的进步,而思想也便开始产生了。但封建社会的组织本是家庭的扩大,而封建社会的秩序是那家庭中父权式的以上临下的强制性的秩序,它的基本原则至多也只是强权第一,公理第二。当然秩序是生活必要的条件,即便是强权的秩序,也比没有秩序好。尤其对于把握强权,制定秩序的上层阶级,那种秩序更是绝对的可宝。儒家思想便是以上层阶级的立场所给予那种秩序的理论的根据。然而父权下的强制性的秩序,毕竟有几分不自然,不自然的便不免虚伪,虚伪的秩序终久必会露出破绽来,墨家有见于此,想以慈母精神代替严父精神来维持秩序,无奈秩序已经动摇后,严父若不能维持,慈母更不能维持。儿子大了,父亲管不了,母亲更管不了,所以墨家之归于失败,是势所必然的。

墨家失败了，一气愤，自由行动起来，产生所谓游侠了，于是秩序便愈加解体了。秩序解体以后，有的分子根本怀疑家庭存在的必要，甚至咒诅家庭组织的本身，于是独自逃掉了，这种分子便是道家。

一个家庭的黄金时代，是在夫妇结婚不久以后，有了数目不太多的子女，而子女又都在未成年的期间。这时父亲如果能够保持着相当丰裕的收入，家中当然充满一片天伦之乐，即令不然，儿女人数不多，只要分配得平均，也还可以过得相当快乐，万一分配不太平均，反正儿女还小，也不至闹出大乱子来。但事实是一个庞大的家庭，儿女太多，又都成年了，利害互相冲突，加之分配本来就不平均，父亲年老力衰，甚至已经死了，家务由不很持平的大哥主持，其结果不会好，是可想而知了。儒家劝大哥一面用父亲在天之灵的大帽子实行高压政策，一面叫大家以黄金时代的回忆来策励各人的良心，说是那样，当年的秩序和秩序中的天伦之乐，自然会恢复。他不晓得当年的秩序，本就是一个暂时的假秩序，当时的相安无事，是沾了当时那特殊情形的光，于今情形变了，自然会露出马脚来，墨家的母性的慈爱精神不足以解决问题，原因也只在儿女大了，实际的利害冲突，不能专凭感情来解决，这一层前面已经提到。在这一点上，墨家犯的错误，和儒家一样，不过墨家确乎感觉到了那秩序中分配不平均的基本症结，这一点就是他后来走向自由行动的路的心理基础。墨家本意是要实现一个以平均为原则的秩序，结果走向自由行动的路，是破坏秩序。只看见破坏旧秩序，而没有看见建设新秩序的具体办法，这是人们所痛恶的，因为，正如前面所说的，秩序是生活的必要条件。尤其是中国人的心理，即令不公平的秩序，也比完全没有秩序强。

这里我们看出了墨家之所以失败，正是儒家之所以成功。至于道家因根本否认秩序而逃掉，这对于儒家，倒因为减少了一个掣肘的而更觉方便，所以道家的遁世实际是帮助了儒家的成功。因为道家消极的帮了儒家的忙，所以儒家之反对道家，只是口头的，表面的，不像他对于墨家那样的真心的深恶痛绝。因为儒家的得势，和他对于墨道两家态度的不同，所以在上层阶级的士大夫中,道家还能存在,而墨家却绝对不能存在。墨家不能存在于士大夫中,便一变为游侠,再变为土匪,愈沉愈下了。

捣乱分子墨家被打下去了,上面只剩了儒与道,他们本来不是绝对不相容的,现在更可以合作了。合作的方案很简单。这里恕我曲解一句古书,《易经》说"肥遯,无不利",我们不妨读肥为本字。而把"肥遯"解为肥了之后再遯,那便是说一个儒家做了几任"官",捞的肥肥的,然后撒开腿就跑,跑到一所别墅或山庄里,变成一个什么居士,便是道家了。——这当然是对己有利的办法了。甚至还用不着什么实际的"遯",只要心理上念头一转,就身在宦海中也还是遯,所谓"身在魏阙,心在江湖",和"大隐隐朝市"者,是儒道合作中更高一层的境界。在这种合作中,权利来了,他以儒的名分来承受,义务来了,他又以道的资格说,本来我是什么也不管的。儒道交融的妙用,真不是笔墨所能形容的,在这种情形之下,称他们为偷儿和骗子,能算冤屈吗?

"成则为王,败则为寇","窃钩者诛,窃国者侯",这些古语中所谓王侯如果也包括了"不事王侯,高尚其事"的道家,便更能代表中国的文化精神。事实上成语中没有骂到道家,正表示道家手段的高妙。讲起穷凶极恶的程度来,土匪不如偷儿,偷儿不如骗子,那便是说墨不如儒,儒不如道,韦尔斯先生列举三者时,不称墨而称土匪,也许因为外国人到中国来,喜欢在穷乡僻壤跑,吃土匪的亏的机会特别多,所以对他们特别深恶痛绝。在中国人看来,三者之中,其实土匪最老实,所以也最好防备。从历史上看来,土匪的前身墨家,动机也最光明。如今不但在国内,偷儿骗子在儒道的旗帜下,天天剿匪,连国外的人士也随声附和的口诛笔伐,这实在欠公允,但我知道这不是韦尔斯先生的本意,因为知道在他们本国,韦尔斯先生的同情一向是属于那一种人的。

话说回来,土匪究竟是中国文化的病,正如偷儿骗子也是中国文化的病。我们甚至应当感谢韦尔斯先生在下诊断时,没有忘记土匪以外的那两种病源——儒家和道家。韦尔斯先生用"春秋"的书法,将儒道和土匪并称,这是他的许多伟大贡献中的又一个贡献。

从宗教论中西风格

要说明中西风俗不同，可以从种种不同的方面着眼，从宗教着眼，无疑是一个比较扼要的看法。所谓宗教，有广义的，有狭义的，狭义的讲来，中国人没有宗教，因此我们若能知道这狭义宗教的本质是什么，便也知道了中西风格不同之点在那里。至于宗教造成了西洋人的性格，还是西洋人的性格产生了他们的宗教，那是一个鸡生蛋还是蛋生鸡的辩论，我们不去管它。目下我们要认清的一点，是宗教与西洋人的性格是不可分离的。

要确定宗教的本质是什么，最好是溯源到原始思想。生的意志大概是人类一切思想的根苗。人类生活愈接近原始时代，求生意志的强烈，与求生能力的薄弱，愈有形成反比例之势。但是能力愈薄弱，不但不能减少意志的强烈性，反而增加了它。在这能力与意志不能配合的难关中，人类乃以主观的"生的意识"来补偿客观的"生的事实"之不足，换言之，因一心欲生，而生偏偏是不完整，不绝对的，于是人类便以"死的否认"来保证"生的真实"。这是人类思想史的第一页，也实在是一个了不得的发明。我们今天都认为死是一个千真万确的事实，原始人并不这样想。对于他们，死不过是生命途程中的另一阶段，这只看他们对祭祀态度的认真，便可知道。我们也可以说，他们根本没有死的观念，他们求生之心如此迫切，以至忽略了死的事实，而不自觉的做到了庄子所谓"以死生为一体"的至高境界。我说不自觉的，因为那不是庄子那般通过理智的道路然后达到的境界，理智他们绝对没有，他们只是一团盲目的求生的热欲，在热欲的昏眩中，他们的意识便全为生的观念所占据，而不容许那与生相反的死的观念存在，诚然，由我们看来，这是自欺。但是，要晓得对原始人类，生存是那样艰难，那样没有保障，如果没有这点生的信念，人类如何活得下去呢？所以我们说这人类思想史的第一页，是一个不承认死的事实，那不死简直是肉体的不死，这还是可以由他们对祭祀的态度证明的，但是知识渐开，他们终于不得不承认死是一个事实。承认了死，是否便降低了生的信念呢？那却不然。他们承认的是肉体的死，至于灵魂他们依然坚持是不会死的。以承认肉体的死为代价，换来了灵魂不死的信念，在实利眼光的人看来，是让步，是更无聊的自欺，在原始人类看来，却是胜利，因为他们认为灵魂的存在比肉体的存在还有价值，因此，用肉体的死换来了灵魂的不死，是占了便宜。总之他们是不肯认输，反正一口咬定了不死，讲来讲去，还是不死，甚至客观的愈逼他们承认死是事实，主观的愈加强了他们对不死的信念。他们到底为什么要这样的倔强，这样执迷不悟？理智能力薄弱吗？但要记得这是理智能力进了一步，承认了肉体的死是事实以后的现象。看来理智的压力愈大，精神的信念跳得愈高。理智的发达并不妨碍生的意志，反而鼓励了它，使它创造出一个求生的灵魂。这是人类思想史的第二页，一个更荒唐，也更神妙的说明。

　　人类由自身的灵魂而推想到大自然的灵魂，本是思想发展过程中极自然的一步。想到这个大自然的灵魂实在说是人类自己的灵魂的一种投射作用，再想到投射出去的自己，比原来的自己几乎是无限倍数的伟大，并又想到在强化生的信念与促进生的努力中，人类如何利用这投射出去的自己来帮助自己——想到这些复杂而纡回的步骤，更令人惊讶人类的"其愚不可及"，也就是他的其智不可及。如今人毕竟承认了自己无能，因为他的理智又较前更发达了一些，他认清了更多的客观事实，但是他就此认输了吗？没有。人是无能,他却创造了万能的神。万能既出自无能,那么无能依然是万能。如今人是低头了,但只向自己低头,于是他愈低头,自己的地位也愈高。你反正不能屈服他,因为他有着一个铁的生命意志,而铁是愈锤炼愈坚韧的。这人类思想史的第三页,讲理论,是愈加牵强,愈加支离,讲实用,却不能不承认是不可思议的神奇。

如果是以贿赂式的祭祀为手段,来诱致神的福佑或杜绝神的灾祸,或有时还不惜用某种恫吓式的手段,来要挟神做些什么或不做些什么——对神的态度,如果是这样,那便把神的能力看得太小了。人小看了神的能力其实也就是小看自己的能力,严格的讲,可以恫吓与贿赂的手段来控制的对象,只能称之为妖灵或精物,而不是神,因之,这种信仰也只能算作迷信,而不是宗教。宗教崇拜的对象必须是一个至高无上的,神圣的,万能而慈爱的神,你向他只有无条件的依皈和虔诚的祈祷。你的神愈是全德与万能,愈见得你自己全德与万能,因为你的神就是你所投射出去的自身的影子。既然神就是像自己,所以他不妨是一个人格神,而且必然是一个人格神。神的形象愈像你自己,愈足以证明是你的创造。正如神的权力愈大,愈足以反映你自己权力之大。总之你的神不能太不像你自己,不像你自己,便与你自己无关,他又不能太像你自己,太像你自己便暴露了你的精神力量究竟有限。是一个不太像你,又不太不像你的全德与万能的人格神,不多不少,恰恰是这样一个信仰,才能算作宗教。

按照上述的宗教思想发展的程序和它的性质,我们很容易辨明中西人谁有宗教,谁没有宗教。第一,关于不死的问题,中国人最初分明只有肉体不死的观念,所以一方面那样着重祭祀与厚葬,一方面还有长生不老和白日飞昇的神仙观念。真正灵魂不死的观念,我们本没有,我们的灵魂观念是外来的,所以多少总有点模糊。第二,我们的神,在下层阶级里,不是些妖灵精物,便是人鬼的变相,因此都太像我们自己了,在上层阶级里,他又只是一个观念神而非人格神,因此太嫌不像我们自己了。既没有真正的灵魂观念,又没有一个全德与万能的人格神,所以说我们没有宗教,而我们的风格和西洋人根本不同之处恐怕也便在这里。我们说死就是死,他们说死还是生,我们说人就是人,我们对现实屈服了,认输了,他们不屈服,不认输,所以他们有宗教而我们没有。

我们在上文屡次提到生的意志,这是极重要的一点,也许就是问题的核心。往往有人说弱者才需要宗教,其实是强者才能制造宗教来扶助弱者,替他们提高生的情绪,加强生的意志。就个人看。似乎弱者更需要宗教,但就社会看,强者领着较弱的同类,有组织的向着一个完整而绝对的生命追求,不正表现那社会的健康吗?宗教本身尽有数不完的缺憾与流弊,产生宗教的动机无疑是健康的,有人说西洋人的爱国思想和恋爱哲学,甚至他们的科学精神,都是他们宗教的产物,他们把国家,爱人和科学的真理都"神化"了,这话并不过分。至少我们可以说,产生他们那宗教的动力,也就是产生那爱国思想,恋爱哲学和科学精神的动力。不是对付的,将就的,马马虎虎的,在饥饿与死亡的边缘上弥留着的活着,而是完整的,绝对的活着,热烈的活着——不是彼此都让步点的委曲求全,所谓"中庸之道"式的,实在是一种虚伪的活,而是一种不折不扣的,不是你死我活,便是我死你活的彻底的,认真的活——是一种失败在今生,成功在来世的永不认输,永不屈服的精神。这便是西洋人的性格。这性格在他们的宗教中表现得最明显,因此也在清教徒的美国人身上表现得最明显。

人生如果仅是吃饭睡觉,寒暄应酬,或囤积居奇,营私舞弊,那许用不着宗教,但人生也有些严重关头,小的严重关头叫你感着不舒服,大的简直要你的命,这些时候来到,你往往感着没有能力应付它,其实还是有能力应付,因为人人都有一副不可思议的潜能。问题只在用一套什么手法把它动员起来。一挺胸,一咬牙,一转念头,潜能起来了,你便能排山倒海,使一切不可能的变为可能了。那不是技术,而是一种魔术。那便是宗教。中国人的办法,似乎是防范严重关头,使它不要发生,藉以省却自己应付的麻烦。这在事实上是否可能,姑且不管,即使可能,在西洋人看来,多么泄气,多么没出息!他们甚至没有严重关头,还要设法制造它，为的是好从那应付的挣扎中得到乐趣。没事自己放火给自己扑灭，为的是救火的紧张太有趣了，如果救火不熄，自己反被烧死，那殉道者的光荣更是人生无上的满足——你说荒谬绝伦，简直是疯子！对了，你就是不会发疯，你生活里就缺少那点疯，所以你平庸，懦弱。人家在天上飞时，你在粪坑里爬！

中西风格的比较？你拿什么跟人家比？你配？尽管有你那一套美丽名词，还是掩不住那渺小，平庸，怯懦，虚伪，掩不住你的小算盘，你的偷偷摸摸，自私自利，和一切的丑态。你的孝悌忠信，礼义廉耻，和你古圣先贤的什么哲学只令人作呕，我都看透了！你没有灵魂，没有上帝的国度，你是没有国家观念的一盘散沙，一群不知什么是爱的天阉（因此也不知什么是恨），你没有同情，也没有真理观念。然而你有一点鬼聪明，你的繁殖力很大，因为聪明所以会鼠窃狗偷——营私舞弊，囤积居奇。因为繁殖力大，所以让你的同类成千成万的裹在清一色的破棉袄里，排全番号，吸完了他们的血，让他们饿死，病死……这是你的风格，你的仁义道德！你拿什么和人家比！

没有宗教的形式不要紧。只要有产生宗教的那股永不屈服，永远向上追求的精神，换言之，就是那铁的生命意志，有了这个，任凭你向宗教以外任何方向发展都好，怕的是你这点意志，早被瘪死了，因此除了你那庸俗主义的儒家哲学以外，不但宗教没有，旁的东西也没有。更可怕的是宗教到你手里，也变成了庸俗，虚伪，和鼠窃狗偷的工具。怕的是你的生命的前提是败北主义，和你那典型的口号"没有办法"！于是你只好嘲笑，说俏皮话。是啊，你有聪明，有繁殖力，所以你可以存在，"耗子苍蝇不也存在吗"？但你没有生活，因为我看透了你，你打头就承认了死是事实，那证明了你是怕死的。唯其怕死，所以你也怕生，你这没出息的"四万万五千万"！

1944 年 4 月 23 日

愈战愈强

回忆抗战初期，大家似乎不大讲到"胜利"，那时的心理与其说是胜败置之度外，还不如说是一心想着虽败犹荣。敌人是以"必定胜"的把握向我们侵略，我们是以"不怕败"的决心给他们抵抗。你无非是要我败，我偏偏不怕败，我不怕败，你便没有胜。那时人民的口号是"豁出去了"，"跟你拼了"！政府的策略是"破釜沉舟"，是"置之死地而后生"，人民和政府都不怕败，自然大家也不讳败，结果是我们愈败愈奋勇，而敌人真把我们没办法。

武汉撤退以后，渐渐听到"争取胜利"的呼声，然而也就透露了怕败的顾虑了。

开罗会议以后，胜利俨然到了手似的，而一般现象，则正好表示着一些人的工作，是在"争取失败"。事实昭彰，凡是有眼睛的都看到了，有良心的都指出了，这里无需我再说，我也不忍再说，于是愈是趋向失败，愈是讳言失败，自己讳言失败，同时也禁止旁人言失败。是否表面上"失败"绝迹了，暗地里便愈好制造失败呢？抗战到了这地步，大概也是一种"置之死地而后生"的办法罢？好了，那我以老百姓的资格，也就"豁出去了"，"跟你拼了"！

所以我今天想要算账！

算账是一件麻烦事,但不要紧,大的做大的算,小的做小的算,反正从今以后,我不打算有清闲日子了!

比如眼前在我们昆明,就有一笔不大不小的账值得算一算。

昨天早起出门找报看,第一家报纸给了我一个喜讯,它老老实实地告诉我,衡阳的仗咱们打好了一点,我当然很高兴。但是看到第二家报纸,却把我气昏了,就因为那标题中"我军愈战愈强"六个大字。

编辑先生!我是有名有姓的,我虽不知道你姓名,但你也必然是有名有姓,你若是好汉,就请出来跟我算清这笔账!你所谓"愈战愈强"者,如果就是今天另一家报纸标题所谓"愈战愈奋"的意思,那我就原谅你,我可怜你中国人不大会处理中国文字。如果你那"强"字是什么"四强之一"那类"强"的意思,那我就要控告你两大罪状:一、你侮辱了我们老百姓的人格。二、你出卖了你的祖国。

难道你就忘记了,卢沟桥的烽火一起,我们挺身应战,是为了我们有十二万分胜算的把握吗?老实告诉你,除了存心利用抗战来趁火打劫的败类之外,我们老百姓果真是怕败的话,就早已都投汪精卫去了。我相信在自由中国,每一个良善的中国人,当初既是抱了拼命的决心,胜也要打,败也要打,今天还是抱定这决心,胜也要打,败也要打,何况国际的客观环境已经好转,谁又是那样的傻子,情愿让它"功亏一篑"呢?所以你如果多多给我们报道些自身的缺点,那只会增加我们的戒惧心,刺激我们的努力。你以为我们真是那样"闻败则馁"的草包吗?你若那样想,便把我们看同汪精卫之流了,你晓得那是侮辱别人的人格吗?

闻败则馁的必也闻胜则骄,你既把我们当做闻败则馁的人,那你泄露了(杜撰罢?)许多乐观的消息,难道又不怕我们骄起来吗?明知骄是抗战的鸩毒,而偏要用"愈战愈强"来灌溉我们的骄,那你又是何居心?依据你自己的逻辑,你这就是汉奸行为,因此你是出卖了你的祖国,你又晓得吗?

我们倒不怕承认自身的"弱",愈知道自身弱在哪里,愈好在各人自己的岗位上来尽力加强它。你说我们"愈强",我倒要请你拿出事实来,好教我们更放心点。谁不愿意自己强呢！但信口开河是不负责任，存心欺骗更是无耻。六个字的标题，看来事小，它的意义却很重大。

　　用这字面的，本不只你一个人，但是，先生，恕我这回拶住你了！你气得一顿饭没吃好啊！然而如果在原则上你是受了谁的指示，那个指示你的人不也该是有名有姓的吗？如果他高兴，就请他出来说明也好。抗战是大家的抗战，国家是大家的国家，谁有权利来禁止我发问！

1944 年 7 月

在鲁迅逝世八周年纪念会的演讲

有些人死去，尽管闹得十分排场，过了没有几天，就悄悄地随着时间一道消逝了，很快被人遗忘了。有的人死去，尽管生前受到很不公平的待遇，但时间越过的久，形象却越加光辉，他的声名却越来越伟大。我想，我们大家都会同意，鲁迅是经受得住时间考验的一位光辉伟大的人物。因为他对中华民族的文化事业留下了宝贵的遗产。他是中国历史上最伟大的文学家。

鲁迅生前所处的环境异常危险，他是一个被"通缉"的"罪犯"！但是他无所畏惧，本着有一分热，发一分光的精神，他勇敢、坚决地做他自己认为应做的事，在文化战线上打着大旗冲锋陷阵，难怪有的人为什么那么恨他！

鲁迅在日本留学，住在十里洋场的上海，他和洋人，和大官打过不少交道。但他对帝国主义，对买办大亨，对当权人物，没有丝毫的奴颜媚骨，宁可流亡受苦，也不妥协。鲁迅之所以伟大，之所以能写出这么多伟大的作品，和他这种高尚的人格是分不开的，学习鲁迅，我想先得学习他这种高尚的人格。

有人不喜欢鲁迅，也不让别人喜欢，因为嫌他说话讨厌。所以不准提到鲁迅的名字。也有人不喜欢鲁迅，倒愿意常常提到鲁迅的名字,是为了骂骂鲁迅。因为,据说当时一旦鲁迅回骂就可以出名。现在,也可以对某些人表明自己的"忠诚"。前者可谓之反动,后者只好叫做无耻了。其实,反动和无耻本来就是分不开的。

除了这样两种人,也还有一种自命清高的人,就像我自己这样的一批人。从前我们住在北平,我们有一些自称"京派"的学者先生,看不起鲁迅,说他是"海派"。就是没有跟着骂的人,反正也是不把"海派"放在眼上的。现在我向鲁迅忏悔:鲁迅对,我们错了!当鲁迅受苦受害的时候,我们都正在享福,当时我们如果都有鲁迅那样的骨头,哪怕只有一点,中国也不至于这样了。

骂过鲁迅或者看不起鲁迅的人,应该好好想想,我们自命清高,实际上是做了帮闲帮凶!如今,把国家弄到这步田地,实在感到痛心!现在,不是又有人在说什么闻××在搞政治了,在和搞政治的人来往啦,以为这样就能把人吓住,不敢搞了,不敢来往了。可是时代不同了,我们有了鲁迅这样的好榜样,还怕什么?纪念鲁迅,我想应该正是这样。

1944 年 10 月 19 日

一个白日梦

林荫路旁侍立着一排像是没有尽头的漂亮的黄墙,墙上自然不缺少我们这"文字国"最典型的方块字的装饰,只因马车跑得太快,来不及念它,心想反正不是机关,便是学校,要不就是营房。忽然两座约摸两丈来高,影壁不像影壁,华表不像华表,极尽丑恶之能事的木质构造物闯入了视野,像黑夜里冷不防跳出一声充满杀气的"口令",那东西可把人吓一跳!那威风凛凛的稻草人式的构造物,和它上面更威风的蓝地白书的八个擘窠大字:

顶天立地,

继往开来。

也不知道是出自谁人的手笔,或哪部"经典",对子倒对得顶稳的。可是当时我并没有想到那些,我只觉得一阵头昏眼花,不是吓唬的(稻草人可吓得倒人),我的头昏眼花恰恰是像被某种气味熏得作呕时的那一种。我问我自己,这究竟是一种什么气味?怎么那样冲人?

我想起十字牌的政治商标,我明白了。不错,八个字的目的如果在推销一个个人的成功秘诀,那除了希特勒型的神经病患者,谁当得起?如果是标榜一个国家的立国精神,除了纳粹德国一类的世界里，又哪儿去找这样的梦？想不出我们炎黄子孙也变得这样伟大！果然如此，区区个人当然也"与有荣焉"——我的耳根发热了。

个人主义和由它放大的本位主义的肥皂水，居然吹起这种大而美丽的泡，看，它不但囊括了全部的空间"顶天立地"，还垄断了整个的时间"继往开来"！怕只怕一得意，吹得太使劲儿，泡炸了，到那时原形毕露，也不过那么小小一滴水而已。我真为它——也为我自己——捏一把汗。

个人之于社会等于身体的细胞，要一个人身体健全，不用说必需每个细胞都健全。但如果某个细胞太喜欢发达，以致超过它本分的限度而形成瘿瘤之类，那便是病了。健全的个人是必需的，个人发达到排他性的个人主义却万万要不得，如今个人主义还不只是瘿瘤，它简直是因毒菌败坏了一部分细胞而引起的一种恶性发炎的痈疽，浮肿的肌肉开着碗口大的花，那何尝不也是花花绿绿的绚缦的色彩，其实只是一块臭脓烂肉。唉！气味便是从那里发出的吧！

从排他性的个人主义到排他性的民族主义，是必然的发展。我是英雄，当然我的族类全是英雄。炎性是会得蔓延的，这不必细说。

极端的个人主义者必然也是个唯心主义者。心灵是个人行为的发号施令者，夸大了个人，便夸大了心灵。也许我只是历史上又一个环境的幸运儿，但我总以为我的成功，完全由于自己的意志或精神力量，只因为除了我个人，我什么也没看见。我只知道向自己身上去发现成功的因素，追得愈深，想得愈玄，于是便不能不堕入唯心论的迷魂阵中。

一切环境因素，一切有利的物质条件，一切收入的账簿被转到支出项下了，我惊讶于自身无尽的财富，而又找不出它的来源，我的结论只好是"天生德于予"了。于是我不但是英雄，而且是圣人了！

由不会失败的英雄，一变而为不会错误的圣人，我便与"真理"同体化了，因而"我"与"人"就变成"是"与"非"的同义语了。从此一切暴行只要是出于我的，便是美德，因为"我"就是"是"。到这时，可怜的个人主义便交了厄运，环境渐渐于我不利，我于是猜忌，疯狂，甚至迷信，我的个人主义终于到了恶性发炎的阶段，我的结局……天知道是什么！

五四运动的历史法则

大家都知道,近百年来,中国社会是处于一种半封建性半殖民地性的状态中。封建的主人地主官僚与殖民国的主人帝国主义,这两个势力之能够同时并存于我们这里,已经说明了它们之间的一种奇异的关系,一种相反而又相成,相克而又相生的矛盾关系。在剥削人民的共同目的上,它们利害相同,所以能够互相结合,互相维护,同时分赃不匀又使它们利害冲突而不能不互相龃龉。然而它们却不能决裂。因为,他们知道,假如帝国主义独占了中国,任凭它的武器如何锋利,民族的仇恨会梗塞着它的喉头,使它不能下咽,假如封建势力垄断了中国,那又只有加深它自己的崩溃,以致在人民革命势力之前,加速它自己的灭亡。总之,被压迫被榨取的,究竟是"人",而人是有反抗性的,反抗而团结起来,便是力量,不是民族的力量,便是民主的力量,这些对于帝国主义或封建势力,都是很讨厌的东西。于是他们想好分工合作,让地主官僚出面而执行榨取的任务,以缓和民族仇恨。(这是帝国主义借刀杀人!)让帝国主义一手把着枪炮,一手提着钱袋,站在背后保镖,以软化民主势力。(这是地主官僚狗仗人势!)它们是聪明的,因为,虽然它们的欲壑都有着垄断性与排他性,它们都愿意极力克制这些,彼此互相包容,互相照顾，互相妥协，而相安于一种近乎均势的状态中。果然，愈是这样，它们的寿命愈长，那就是说，唯其是半封建，半殖民地，中国人民的解放才愈难实现。

可是，帝国主义和封建势力的寿命偏是不能长，而中国人民毕竟非解放不可！基于资本主义国家间内在的矛盾，帝国主义对中国的威力大大的受了制约，矛盾尖锐化到某种程度，使它们自相火并起来，帝国主义就得暂时退出中国。帝国主义退出了中国，人民的对手便由两个变成一个，这便好办了，只要让人民和封建势力以一比一的力量来决斗，最后胜利定属于人民。我说最后胜利，因为一上来，封建势力凭了它那优势的据点和优势的武器，确乎来势汹汹，几乎有全盘胜利的把握。但它究竟是过了时的乏货，内部的腐化将逼得它最后必须将据点放弃，武器交出，而归于失败。五四运动及其前前后后，便是这个历史事实的具体说明。

1914年以前，活动于中国政治经济战场上的，是一种三角斗争，包括（一）各个字号的帝国主义，（二）以袁世凯为中心的封建残余势力，以及（三）代表人民力量的市民层民主革命的两股潜伏势力，（甲）国民党政治集团，（乙）北京大学文化集团。那时三个力量中，帝国主义势焰最大，封建势力仅次于帝国主义，政治上代表人民愿望的国民党几乎是在苟延残喘的状态中保持着一线生机，至于作为后来文化革命据点的北京大学，在政治意义上，更是无足轻重。但等1914年欧洲帝国主义国家内在的矛盾，尖锐化到不能不爆发为第一次世界大战，中国的情形便大变了。欧洲列强，不论是协约国或同盟国，为着忙于上前线进攻，或在后方防守，忽然都退出了，中国社会的本质，便立时由半封建半殖民地，变为约当于百分之九十的封建，百分之十的殖民地（这百分之十的主人，不用说，就是日本），于是袁世凯和他的集团忽然交了红运，可是袁世凯的红运实在短得可怜，而他的余孽北洋军阀的红运也不太长。真正走红运的倒是人民，你不记得仅仅距袁氏称帝后四年，督军解散国会和张勋复辟后两年，向封建势力突击的文化大进军，五四运动便出现了吗？从此中国土地上便不断的涌着波澜日益壮阔的民主怒潮，终于使国民革命军北伐成功,北洋军阀彻底崩溃。这时人民力量不但铲除了军阀,还给刚从欧洲抽身回来的帝国主义吃了不少眼前亏。请注意:帝国主义突然退出,封建势力马上抬头,跟着人民的力量就将它一把抓住,经过一番苦斗,终于将它打倒——这历史公式,特别在今天,是值得我们深深玩味的!

　　谁说历史不会重演?虽然在细节上,今天的"五四"不同于二十六年前的"五四",可是在主要成分上,两个时代几乎完全是一样的。第二次世界大战爆发,欧洲帝国主义退出,于是中国半殖民地的色彩取消了,半封建便一变而为全封建。(请在复古空气和某种隆重礼物的进献中注意筹安会的鬼,还有这群鬼群后的袁世凯的鬼!)现在封建势力正在嚣张的时候,可是,人民也没有闲着,代表人民愿望,发挥人民精神,唤醒人民力量的政治,文化种种集团也都不缺少,满天乌云,高耸的树梢上已在沙沙发响,近了,更近了,暴风雨已经来到,一场苦斗是不能避免的。至于最后的胜利,放心吧——有历史给你做保证。

　　历史重演,而又不完全重演。从二十六年前的"五四",到今天不同于二十六年前的"五四",恰是螺旋式的进展了一周。一切都进了步了。今天帝国主义的退出,除了实际活动力量与机构的撤退,还有不平等条约的取消,中国人卖身契的撕毁。这回帝国主义的退出是正式的,至少在法律上,名义上是绝对的,中国第一次,坐上了"列强"的交椅。帝国主义进一步的撤退,是促使或放纵封建势力进一步的伸张的因素,所以随着帝国主义的进步,封建势力也进步了。战争本应使一个国家更加坚强,中国却愈战愈腐化,这是什么缘故?原来腐化便是封建势力的同义语,不是战争,而是封建余毒腐化了中国。今天政治经济,社会,文化的腐化方面,比二十六年前更变本加厉,是公认的事实。时髦的招牌和近代化的技术,并不能掩饰这些事实。反之,都是加深腐化的有力工具,和保育毒菌的理想温度。然而封建势力的进步,必然带来人民力量的进步,这可分四方面讲。(一)西南大后方市民阶层的民主运动。这无论在认识上,组织上或进行方法上,比起"五四"时代都进步多了,详情此地不能讨论。(二)敌后的民主中国,这个民主的大本营,论成绩和实力,远非"五四"时代以来所能比拟,是人人都知道的。(三)封建势力内部的醒觉分子。这部分民主势力,现在还在潜伏期中,一旦爆发,它的作用必然很大。这是"五四"时代几乎完全没有过的一种势力,今天在昆明,它尤其被一般人所忽略。以上三种力量都是自觉的,另有一种不自觉的,但也许比前三者更强大的力量,那便是(四)大后方水深火热中的农民。虽然他们不懂什么是民主,但是谁逼得他们活不下去,他们是懂得的。"五四"时代,因帝国主义退出,中国民族工业得以暂时繁荣,一般说来,人民的生活是走上坡路的。今天的情形,不用说,和那时正相反。这情形是政治腐化的结果,而政治腐化的责任,正如上文所说,是不能推在抗战身上的。半个民主的中国不也在抗战吗?而且抗战得更多,人民却不饿饭(还不要忘记那本是中国最贫瘠的区域之一)。原来抗战在我们这大后方是被人利用了,当做少数人吸血的工具利用了。黑幕已经开始揭露,血债早晚是要还清的,到那时,你自会认识这股力量是如何的强大。

帝国主义的进步,封建势力的进步,结果都只为人民的进步造了机会,为人民的胜利造了机会。不管道路如何曲折,最后胜利永远是属于人民的,二十六年前如此,今天也如此。在"五四"的镜子里,我们看出了历史的法则。

1945 年 4 月 27 日

妇女解放问题

认清楚对象

争取妇女解放的对象该是整个社会而不是男性。一切问题都是这不合理的社会所产生，都该去找社会去算账。但社会是看不见的，在这里只能用个人的想象来把它看成一个集体的东西——房屋。我们在这房屋中间生活了几千年，每人都被安放在一个角落上，有的被放得好，放得正，生活过得舒服，有的被放得不正，生活不舒服，就想法改良反抗，于是推推挤挤拿旁人来出气，其实，旁人也没有办法，也不能负责的，这是整个社会结构的问题，就像一座房屋，盖得既不好，年代又久了，住得不舒服，修修补补是没有用处的，就只有小心地把房屋拆下，再重新按照新的设计图样来建筑。对于社会而言，这种根本的办法，就是"革命"。革命并非毁灭，只是小心地把原料拆下来，重新照新计划改造。所以计划得很好的革命，并不是太大的事情。

奴隶制度产生的因素有二：一是种族，二是两性

现在的社会是不合理的，因为这社会里有阶级，阶级的产生由于奴隶制度。奴隶制度产生的因素有两个：一是种族，二是两性。在两个种族打仗的时候，甲族的人被乙族的俘去了，作为生产工具，即是奴隶，原来平等的社会就开始分裂成主奴两个阶级。奴隶的数目愈来愈多的时候，这两个阶级的分别也愈为明显，倘没有另外的种族，那末一切不平等，阶级产生的可能性也可减少。其次，问到最初被俘的甲族人是男还是女的，回答说是女的。被俘来的不仅做奴隶，还可做妻子。因为在图腾社会中有一种很重要的制度叫"外婚制"，就是男子不能和他本族的女子结婚，一定得找外族的女子做配偶。在这制度下两族本可交换女子结婚，但因古代婚姻，不单是解决两性的问题，重要的还是经济的问题，大家都需要生产，劳动力，女子在未嫁前帮娘家做活，娘家当然不愿她出嫁而减少一个帮手，使自己受到损失，所以老把女儿留在家里。但另一边同样急切地需要她去生产孩子，在这争持的情形下，产生了抢婚的行为，她既是被抢来的生产工人，便怕她逃回家去，或被娘家的人抢回，才用绳子捆起，成为这族的奴隶，所以谈到奴隶制度时，两性的因素不可缺少，甚至"奴隶制"是"外婚制"的发展呢！

女，奴性和妓性

中国古人造字，"女"字是"𭛌"或"𡚸"，象征绳子把坐着的人捆住，而"女"字和"奴"字在古时不但声音一样，意义也相同，本来是一个字，只是有时多加一只手牵着（𡚽）而已，那时候，未出嫁的女儿叫"子"，出嫁后才叫"女"或"奴"，所以妇女的命运从历史的开始起，就这么惨了。

现在的社会里，奴隶已逐渐解放了，最先被解放的奴隶是距主人最

远的农业奴隶，主人住在城里，他们住在乡间。其次被解放的是贵族的工商职奴隶，主人住在内城，他们住在外城。再其次是在主人身边伺候主人的听差老妈子，而资格最老，历史最久的奴隶——妇女——却还没有得到解放，因为她们和她们的主子——丈夫——的距离太近，关系太密切了，而且生活过得也还可以，不觉得要解放。

从历史上看中国的女性，就是奴性的同义字，"三从四德"就是奴性的内容。再不客气地说一句，近代西洋女性的妓性比较起来也好不了多少，只是男女关系不固定些而已。奴则老是待在家里，不准外出，而且固定属于一个男子，妓则要自由得多，妓因有被迫去当的，但自动去当妓，多少带点反抗性，所以近代西洋的妓性比中国的奴性要好一点，因为已解放了一个，只是不彻底而已。

真女性应该从母性出发而不从妻性出发

彻底解放了的新女性应该是真女性，我们先设想在奴隶社会没开始时的那个没有阶级，没有主奴关系的社会，真女性就该以那社会中的天然的，本来的，真正的女性做标准。有人说女子总是女子，在生理上和男子不同，就进化来证明女子该进厨房，其实是不对的，根据人类学，在原始时的女性中心社会里的女子，长得和这时代的女子不同，胸部挺起，声量宽洪，性格刚强，而那时候的男子反因坐得久了，脂肪积储在下体，使臀部变大，同时又因须抚养儿女，性情温柔，声音细弱，所以除了女子能生育而产生母子关系而外，和男子并没有什么不同。真女性就应该从母性出发而不从妻性出发（从妻性出发，不成为奴，即成为妓），母亲对待儿子总是慈爱的，愿为儿子操劳，忍耐，甚至勇敢地牺牲，从母性出发的真女性是刚强的，具备一切美德，如仁慈，忍耐，勇敢，坚强，就是雌性的动物在哺乳的时候，总是比雄的还来得凶，来得可怕，俗语中的"母大虫"，"雌老虎"，古书上称猎得乳虎的做英雄，都是这个意思。女子彻底解放以后，将来的文化要由女子来领导。一切都以妇女为表率，为模范，为中心。

我们不反对女子中看又中用，但最要紧的还是中用

妇女的解放，并不是个人的努力所能成功的，必须从整个社会下手，拆下旧房屋，再按照新计划去盖造，使成为没有阶级，没有主奴关系的社会。历史照螺旋形发展，从当初开始有奴隶的社会到今天刚好绕了一圈，现在又要到没有奴隶的社会了，这不是进化，不过这得有理想，有魄力，才能改变到一个新社会。三千年来的历史全错了，要是有一点地方对的，也是偶然碰上了而已。我的这种想法也许有点大胆，有点浪漫；但在有些地方——譬如苏联，已经试验成功了。台维斯的《出使莫斯科记》里说："美国的女子中看不中用，苏联的女子中用不中看。"苏联女子就是从母性出发的真女性，是实际有用的，并不是供人看看的花瓶。当然我们不反对女子中看又中用，但最要紧的还是中用，倘以中看为标准而做去，充其量，只是表现出妓性。还有《延安一月》的作者告诉我们，延安的妇女已不像女性，也就是说延安的妇女是真正解放了，已不再是奴隶了。现在既有具体的，试验成功的榜样供大家学习，为什么还躲在这社会里呻吟而逃避呢？毕竟妇女解放问题被提出了，热烈地展开讨论了，表示妇女解放的条件已成熟，离真正解放的日子也不远了，一旦妇女真正解放，文化也就变成新的，文学艺术各部门都要以新姿态出现了！

1945年5月

"一二·一"运动始末记

自从民国三十三年双十节,昆明各界举行纪念大会,发表国是宣言,提出积极的政治主张。这里的学生,配合着文化界,妇女界,职业界的青年,便开始团结起来,展开热烈的民主运动,不断地喊出全国人民最迫切的要求,各大中学师生关于民主政治无数次的讲演,讨论和各种文艺活动的集会,各界人士许多次对国是的宣言,以及三十三年护国,三十四年"五四"纪念的两次大游行,这些活动,和其他后方各大城市的沉默恰形成一个鲜明的对照。但在这沉默中,谁知道他们对昆明,尤其昆明的学生,怀抱着多少欣羡,寄托着多少期望!

三十四年8月,日本还没投降,全国欢欣鼓舞,以为八年来重重的苦难,从此结束。但是不出两月,在10月3日,云南省政府突然的改组,驻军发生冲突,使无辜的市民饱受惊扰,而且遭遇到并不比一次敌机的空袭更少的死亡。昆明市民的喘息未定,接着全国各地便展开了大规模的内战,人人怀着一颗沉重的心,瞪视着这民族自杀的现象。昆明,被人家欣羡和期望的昆明,怎么办呢?是的,暴风雨是要来的,昆明再不能等了,于是11月25日晚,国立西南联合大学,国立云南大学,私立中法大学和云南省立英语专科学校等四校学生自治会,在西南联大新校舍草坪上,召开了反对内战,呼吁和平的座谈会,到会者五千余人。似乎反动者也不肯迟疑,在教授们的讲演声中,全场四周企图威胁到会群众和扰乱会场秩序的机关枪,冲锋枪,小钢炮一齐响了,散会之后,交通又被断绝,数千人在深夜的寒风中踯躅着,抖擞着。昆明愤怒了。

翌日全市各校学生,在市民普遍的同情与支持之下,相率罢课,表示抗议。并要求查办包围学校开枪的军队。当局对学生们这些要求的答复是什么呢?除种种造谣和企图破坏学校团结的所谓"反罢课委员会"的卑劣阴谋外,便是11月30日特务们的棍子,石头,手枪,刺刀,对全市学生罢课联合委员会宣传队的沿街追打。然而这只是他们进攻的序幕。12月1日,从上午9时到下午4时,大批特务和身着制服,佩戴符号的军人,携带武器,分批闯入云南大学,中法大学,联大工学院,师范学院,联大附中等五处,捣毁校具,劫掠财物,殴打师生。同时在联大新校舍门前,暴徒们于攻打校门之际,投掷手榴弹一枚,结果南菁中学教员于再先生中弹重伤,当晚10时20分在云大医院逝世。同时在联大师范学院,正当铁棍,石头飞舞之中,大批学生已经负伤倒地,又飞来三颗手榴弹,中弹重伤联大学生李鲁连君,仅只奄奄一息了,又在送往医院的途中,被暴徒拦住,惨遭毒打,遂至登时气绝。奋勇救护受伤同学的联大学生潘琰小姐已经胸部被手榴弹炸伤,手指被弹片削掉,倒地后,胸部又被猛戳三刀,便于当日下午5时半在云大医院的病榻上,喊着"同学们团结呀"与世长辞了。昆华工校学生张华昌君,闻变赶来救援联大同学,头部被弹片炸破,左耳满盛着血浆,血红的鲜血上浮着白色的脑浆,这个仅只十七岁的生命,绵延到当日下午5时在甘美医院也结束了。此外联大学生缪祥烈君,左腿骨炸断,后来医治无效,只好割去,变成残废。总计各校学生重伤者十一人,轻伤者十四人,联大教授也有多人痛遭殴辱。各处暴徒从肇事逞凶时起,到"任务"完成后,高呼口号,扬长过市时止,始终未受到任何军警的干涉。

这就是昆明学生的民主运动,和它的最高潮"一二·一"惨案的概略。

"一二•一"是中华民国建国以来最黑暗的一天,也就在这一天,死难四烈士的血给中华民族打开了一条生路。从这一天起,在整整一个月中,作为四烈士灵堂的联大图书馆,几乎每日都挤满了成千成万,扶老携幼的致敬的市民,有的甚至从近郊几十里外赶来朝拜烈士的遗骸。从这天起,全国各地,乃至海外,通过物质的或精神的种种不同的形式,不断地寄来了人间最深厚的同情和最崇高的敬礼。在这些日子里,昆明成了全国民主运动的心脏,从这里吸收着也输送着愤怒的热血的狂潮。从此全国的反内战,争民主的运动,更加热烈的展开,终于在南北各地一连串的血案当中,促成了停止内战,协商团结的新局面。

愿四烈士的血是给新中国历史写下了最新的一页,愿它已经给民主的中国奠定了永久的基石!如果愿望不能立即实现的话,那么,就让未死的战士们踏着四烈士的血迹,再继续前进,并且不惜汇成更巨大的血流,直至在它面前,每一个糊涂的人都清醒起来,每一个怯懦的人都勇敢起来,每一个疲乏的人都振作起来,而每一个反动者战栗的倒下去!

四烈士的血不会是白流的。

1946年2月

文艺与爱国
——纪念三月十八

铁狮子胡同大流血之后《诗刊》就诞生了,本是碰巧的事,但是谁能说《诗刊》与流血——文艺与爱国运动之间没有密切的关系?

"爱国精神在文学里",我让德林克瓦特讲,"可以说是与四季之无穷感兴,与美的逝灭,与死的逼近,与对妇人的爱,是一种同等重要的题目"。爱国精神之表现于中外文学里已经是层出不穷,数不胜数。爱国运动能够和文学复兴互为因果,我只举最近的一个榜样——爱尔兰,便是明确的证据。

我们的爱国运动和新文学运动何尝不是同时发轫的?他们原来是一种精神的两种表现。在表现上两种运动一向是分道扬镳的。我们也可以说正因为他们没有携手,所以爱国运动的收效既不大,新文学运动的成绩也就有限了。

爱尔兰的前例和我们自己的事实已经告诉我们了:这两种运动合起来便能够互收效益,分开来定要两败俱伤。所以《诗刊》的诞生刚刚在铁狮子胡同大流血之后,本是碰巧的;我却希望大家当它不是碰巧的。我希望爱自由,爱正义,爱理想的热血要流在天安门,流在铁狮子胡同,但是也要流在笔尖,流在纸上。

同是一个热烈的情怀，犀利的感觉，见了一片红叶掉下地来，便要百感交集，"泪浪滔滔"，见了十三龄童的赤血在地下踩成泥浆子，反而漠然无动于衷。这是不是不近人情？我并不要诗人替人道主义同一切的什么主义捧场。因为讲到主义便是成见了。理性铸成的成见是艺术的致命伤；诗人应该能超脱这一点。诗人应该是一张留声机的片子。钢针一碰着他就响。他自己不能决定什么时候响，什么时候不响。他完全是被动的。他是不能自主，不能自救的。诗人做到了这个地步，便包罗万有，与宇宙契合了。换句话说，就是所谓伟大的同情心——艺术的真源。

并且同情心发达到极点，刺激来得强，反动也来得强，也许有时仅仅一点文字上的表现还不够，那便非现身说法不可了。所以陆游一个七十衰翁要"泪洒龙床请北征"，拜伦要战死在疆场上了。所以拜伦最完美，最伟大的一首诗，也便是这一死。所以我们觉得诸志士们3月18日的死难不仅是爱国，而且是伟大的诗，我们若得着死难者的热情的一部分，便可以在文艺上大成功；若得着死难者的热情的全部，便可以追他们的踪迹，杀身成仁了。

因此我们就将《诗刊》开幕的一日最虔诚的献给这次死难的志士们了！

1946年4月1日

八年的回忆与感想

说到联大的历史和演变,我们应追溯到长沙临时大学的一段生活。最初师生们陆续由北平跑出,到长沙集齐,住在圣经学校里,大家的情绪只是兴奋而已。记得教授们每天晚上吃完饭,大家聚在一间房子里,一边吃着茶,抽着烟,一边看着报纸,研究着地图,谈论着战事和各种问题。有时一个同事新从北方来到,大家更是兴奋的听他的逃难的故事和沿途的消息。大体上说,那时教授们和一般人一样只有着战争刚爆发时的紧张和愤慨,没有人想到战争是否可以胜利。既然我们被迫得不能不打,只好打了再说。人们对于保卫某据点的时间的久暂,意见有些出入,然而即使是最悲观的也没有考虑到战事如何结局的问题。那时我们甚至今天还不知道明天要做什么事。因为学校虽然天天在筹备开学,我们自己多数人心里却怀着另外一个幻想。我们脑子里装满了欧美现代国家的观念,以为这样的战争一发生,全国都应该动员起来,自然我们自己也不是例外。于是我们有的等着政府的指示:或上前方参加工作,或在后方从事战时的生产,至少也可以在士兵或民众教育上尽点力。事实证明这个幻想终于只是幻想,于是我们的心理便渐渐回到自己岗位上的工作,我们依然得准备教书,教我们过去所教的书。

因为长沙圣经学校校舍的限制,我们文学院是指定在南岳上课的。在这里我们住的房子也是属于圣经学校的。这些房子是在山腰上,前面在我们脚下是南岳镇,后面往山里走,便是那探索不完的名胜。

在南岳的生活,现在想起来,真有"恍如隔世"之感。那时物价还没有开始跳涨,只是在微微的波动着罢了。记得大前门纸烟涨到两毛钱一包的时候,大家曾考虑到戒烟的办法。南岳是个偏僻地方,报纸要两三天以后才能看到,世界注意不到我们,我们也就渐渐不大注意世界了,于是在有规则性的上课与逛山的日程中,大家的生活又慢慢安定下来。半辈子的生活方式,究竟不容易改掉,暂时的扰动,只能使它表面上起点变化,机会一来,它还是要恢复常态的。

讲到同学们,我的印象是常有变动,仿佛时常走掉的并不比新来的少,走掉的自然多半是到前线参加实际战争去的。但留下的对于功课多数还是很专心的。

抗战对中国社会的影响,那时还不甚显著,人们对蒋主席的崇拜与信任,几乎是没有限度的。在没有读到史诺的《西行漫记》一类的书的时候,大家并不知道抗战是怎样起来的,只觉得那真是由于一个英勇刚毅的领导,对于这样一个人,你除了钦佩,还有什么话可说呢!有一次,我和一位先生谈到国共问题,大家都以为"西安事变"虽然业已过去,抗战却并不能把国共双方根本的矛盾彻底解决,只是把它暂时压下去了,这个矛盾将来是可能又现出来的。然则应该如何永久彻底解决这问题呢?这位先生认为英明神圣的领袖,代表着中国人民的最高智慧,时机来了,他一定会向左靠拢一点,整个国家民族也就会跟着他这样做,那时左右的问题自然就不存在了。现在想想,中国的"真命天子"的观念真是根深蒂固!可惜我当时没有反问这位先生一句:"如果领袖不向平安的方向靠,而是向黑暗的深渊里冲,整个国家民族是否也就跟着他那样做呢?"

但这在当时究竟是辽远的事情,当时大家争执得热烈的倒是应否实施战时教育的问题。同学中一部分觉得应该有一种有别于平时的战时教育,包括打靶,下乡宣传之类。教授大都与政府的看法相同,认为我们应该努力研究，以待将来建国之用，何况学生受了训，不见得比大兵打得更好，因为那时的中国军队确乎打得不坏。结果是两派人各行其是，愿意参加战争的上了前线，不愿意的依然留在学校里读书。在这里我们应该注意：并不是全体学生都主张战时教育而全体教授都主张平时教育，前面说过，教授们也曾经等待过征调，只因征调没有消息，他们才回头来安心教书的。有些人还到南京或武昌去向政府投效过，结果自然都败兴而返。至于在学校里，他们并不积极反对参加点配合抗战的课程，但一则教育部没有明确的指示，二则学校教育一向与现实生活脱节，要他们炮声一响马上就把教育和现实配合起来，又叫他们如何下手呢？

武汉情势日渐危急，长沙的轰炸日益加剧，学校决定西迁了。一部分男同学组织了步行团，打算从湖南经贵州走到云南。那一次参加步行团的教授除我之外，还有黄子坚，袁复礼，李继侗，曾昭抡等先生，我们沿途并没有遇到土匪，如外面所传说的。只有一次，走到一个离土匪很近的地方，一夜大家紧张戒备，然而也是一场虚惊而已。

那时候，举国上下都在抗日的紧张情绪中，穷乡僻野的老百姓也都知道要打日本，所以沿途并没有做什么宣传的必要。同人民接近倒是常有的事。但多数人所注意的还是苗区的风俗习惯，服装，语言，和名胜古迹等等。

在旅途中同学们的情绪很好，仿佛大家都觉得上面有一个英明的领袖，下面有五百万勇敢用命的兵士抗战，反正是没有问题的。我们只希望到昆明后，有一个能给大家安心读书的环境。大家似乎都不大谈，甚至也不大想政治问题。有时跟辅导团团长为了食宿闹点别扭，也都是很小的事，一般说来，都是很高兴的。

到昆明后，文法学院到蒙自待了半年，蒙自又是一个世外桃源。到蒙自后，抗战的成绩渐渐露出马脚，有些被抗战打了强心针的人，现在，兴奋的情绪不能不因为冷酷的事实而渐渐低落了。

在蒙自，吃饭对于我是一件大苦事。第一我吃菜吃得咸，而云南的盐淡得可怕，叫厨工每餐饭准备一点盐，他每每又忘记，我也懒得多麻烦,于是天天只有忍痛吃淡菜。第二,同桌是一群著名的败北主义者,每到吃饭时必大发其败北主义的理论,指着报纸得意洋洋说:"我说了要败,你看罢!现在怎么样?"他们人多势众,和他们辩论是无用的。这样每次吃饭对于我简直是活受罪。

云南的生活当然不如北平舒服。有些人的家还在北平,上海或是香港,他们离家太久,每到暑假当然想回去看看,有的人便在这时一去不返了。

等到新校舍筑成,我们搬回昆明。这中间联大有一段很重要的历史,就是"皖南事变"时期,同学们在思想上分成了两个堡垒。那年我正休假,在晋宁县住了一年,所以校内的情形不大清楚,只听说有一部分同学离开了学校,但是后来又陆续回来了。

教授的生活在那时因为物价还没有显著的变化,并没有大变动。交通也比较方便,有的教授还常常回北平去看看家里的人,如刘崇鋐先生就回去过几次。

一般说来,先生和同学那时都注重学术的研究和学习,并不像现在整天谈政治,谈时事。

《中国之命运》一书的出版,在我个人是很重要的关键。我简直被那里面的义和团精神吓了一跳,我们的"英明的领袖"原来是这样想法的吗?"五四"给我的影响太深,《中国之命运》公开的向"五四"宣战,我是无论如何受不了的。[①]

大学的课程,甚至教材都要规定,这是陈立夫做了教育部长后才有的现象。这些花样引起了教授中普遍的反感。有一次教育部要重新"审定"教授们的"资格",教授会中讨论到这问题,许多先生,发言非常愤慨,但,这并不意味着反对国民党的情绪。

联大风气开始改变,应该从三十三年算起,那一年政席改 3 月 29 日为青年节,引起了教授和同学们一致的愤慨。抗战期中的青年是大大的

---

① 此段文字,1948 年版《闻一多全集》被删节,现据《联大八年》一书中的原文补全。《中国之命运》作者为蒋介石,1943 年出版。

进步了,这在"一二·一"运动中,表现得尤其清楚。那几年同学中跑仰光赚钱的固然有,但那究竟是少数,并且这责任归根究底,还应该由政府来负。

这两年来,同学们对学术研究比较冷淡,确是事实,但人们因此而悲观,却是过虑。政治问题诚然是暂时的事,而学术研究是一个长期的工作。有些人主张不应该为了暂时的工作而荒废了永久的事业,初听这说法很有道理,但是暂时的难关通不过,怎能达到那永久的阶段呢?而且政治上了轨道,局势一安定下来,大家自然会回到学术里来的。

这年头愈是年轻的,愈能识大体,博学多能的中年人反而只会挑剔小节,正当青年们昂起头来做人的时候,中年人却在黑暗的淫威面前屈膝了。究竟是谁应该向谁学习?想到这里,我觉得在今天所有的不合理的现象之中,教育,尤其大学教育,是最不合理的。抗战以来八九年教书生活的经验,使我整个的否定了我们的教育。我不知道我还能继续支持这样的生活多久,如果我真是有廉耻的话!

1946 年 7 月

最后一次的讲演

——在至公堂李公朴夫人报告李先生死难经过大会上的讲演

这几天,大家晓得,在昆明出现了历史上最卑劣,最无耻的事情!李先生究竟犯了什么罪,竟遭此毒手?他只不过用笔写写文章,用嘴说说话,而他所写的,所说的,都无非是一个没有失掉良心的中国人的话!大家都有一支笔,有一张嘴,有什么理由拿出来讲啊!有事实拿出来说啊!(闻先生声音激动了。)为什么要打要杀,而且又不敢光明正大的来打来杀,而偷偷摸摸的来暗杀!(鼓掌)这成什么话?(鼓掌)

今天,这里有没有特务?你站出来!是好汉的站出来!你出来讲!凭什么要杀死李先生?(厉声,热烈的鼓掌)杀死了人,又不敢承认,还要诬蔑人,说什么"桃色事件",说什么共产党杀共产党,无耻啊!无耻啊!(热烈的鼓掌)这是某集团的无耻,恰是李先生的光荣!李先生在昆明被暗杀,是李先生留给昆明的光荣!也是昆明人的光荣!(鼓掌)

去年"一二·一"昆明青年学生为了反对内战,遭受屠杀,那算是青年的一代献出了他们最宝贵的生命!现在李先生为了争取民主和平,而遭受了反动派的暗杀,我们骄傲一点说,这算是像我这样大年纪的一代,我们的老战友,献出了最宝贵的生命。这两桩事发生在昆明,这算是昆明无限的光荣!(热烈的鼓掌)

反动派暗杀李先生的消息传出后,大家听了都悲愤痛恨。我心里想,这些无耻的东西,不知他们是怎么想法?他们的心理是什么状态?他们的心怎样长的?(捶击桌子)其实很简单!(低沉渐高)他们这样疯狂的来制造恐怖,正是他们自己在慌啊!在害怕啊!所以他们制造恐怖,其实是他们自己在恐怖啊!特务们,你们想想,你们还有几天,你们完了,快完了!你们以为打伤几个,杀死几个,就可以了事,就可以把人民吓倒了吗?其实广大的人民是打不尽的,杀不完的,要是这样可以的话,世界上早没有人了。你们杀死一个李公朴,会有千百万个李公朴站起来!你们将失去千百万的人民!你们看着我们人少,没有力量。告诉你们,我们的力量大得很!多得很!看今天来的这些人,都是我们的人,都是我们的力量!此外还有广大的市民!我们有这个信心:人民的力量是要胜利的,真理是永远存在的。历史上没有一个反人民的势力不被人民毁灭的!希特勒,墨索里尼不都在人民之前倒下去了吗?翻开历史看看,你还站得住几天!你完了,快完了!我们的光明就要出现了。我们看,光明就在我们眼前,而现在正是黎明之前那个最黑暗的时候。我们有力量打破这个黑暗,争到光明!我们的光明,就是反动派的末日!(热烈的鼓掌)

反动派故意挑拨美苏的矛盾,想利用这矛盾来打内战。任你们怎么样挑拨,怎么样离间,美苏不一定打呀!现在四外长会议已经圆满闭幕了。这不是说美苏间已没有矛盾,但是可以让步,可以妥协,事情是曲折的,不是直线的。我们的新闻被封锁着,不知道英美的开明舆论如何抬头,但是事实的反映,我们可以看出:

第一,现在司徒雷登出任美驻华大使,司徒雷登是中国人民的朋友,也是教育家,他生长在中国,受的美国教育。他住在中国的时间比住在美国的时间长,他就如同一个中国的留美生一样,从前在北平时也常见面,他是真正知道中国人民的要求的,不是说司徒雷登有三头六臂,而是说,美国人民的舆论抬头,美国才有这改变。

其次,反动派干得太不像样了,在四外长会议上不要中国做二十一国和平会议的召集人,这说明人民的忍耐有限度,国际的忍耐也是有限度。

李先生的血,不会白流的!李先生赔上了这条性命,我们要换来一个代价。"一二·一"四烈士倒下了,年轻的战士们的血,换来了政治协商会议的召开,现在李先生倒下了,他的血要换取政协会议的重开!(热烈的鼓掌)我们有这个信心!(鼓掌)

"一二·一"是昆明的光荣,是云南人民的光荣,云南有光荣的历史,远的如护国,这不用说了。近的如"一二·一",都是属于云南人民的,我们要发扬云南光荣的历史!(听众表示接受。)

反动派挑拨离间,卑鄙无耻,你们看见联大走了,学生放暑假了,便以为我们没有力量了吗?特务们!你们错了!你们看见今天到会的一千多青年,又握起手来了,我们昆明的青年决不会让你们这样蛮横下去的!

反动派,你看一个倒下去,可也看得见千百个继起的!

正义是杀不完的,因为真理永远存在!(鼓掌)

历史赋予昆明的任务是争取民主和平,我们昆明的青年必须完成这任务!

我们不怕死,我们有牺牲的精神,我们随时像李先生一样,前脚跨出大门,后脚就不准备再跨进大门!(长时间热烈的鼓掌)

1946年7月15日

文 明 建 设

>>> 闻一多 历史动向>>> 历史动向>>> 历史动向

建设的美术

世界本是一间天然的美术馆。人类在这个美术馆中间住着,天天模仿那些天然的美术品,同造物争妍斗巧。所以凡属人类所有东西,例如文字、音乐、戏剧、雕刻、图画、建筑、工艺,都是美感的结晶,本不用讲,就是政治、实业、教育、宗教,也都含着几层美术的意味。所以世界文明的进步同美术的进步,成一个正比例。

文明分思想的同物质的两种。美术也分两种,有具体的美术,有抽象的美术。抽象的美术影响于思想的文明,具体的美术影响于物质的文明。我们中国对于抽象的美术,从前倒很讲究,所以为旧文化的代表。对于具体的美术,不独不提倡,反而竭力摧残,因此我们的工艺腐败到了极点。

欧战完了。地球上从前那层腐朽的外壳已经脱去了。往日所梦想不到的些希望,现在也不知不觉的达到了。其中有一种反抗陋劣的生活的运动,也渐渐的萌芽了。欧美各国的人天天都在那里大声疾呼的鼓吹一种什么叫做国家美术(National Art)。他们都说无论哪一个国家,在现在这个 20 世纪的时代——科学进步、美术发达的时代,都不应该甘心享受那种陋劣的、没有美术观念的生活,因为人的所以为人,全在有这点美术的观念。提倡美术就是尊重人格。

照这样看来，只因为限于世界的潮流，我们中国从前那种顽固不通的、轻视美术的思想，已经应该破除殆尽了。况且从国内情形看起来，像中国这样腐败的工艺、这样腐败的教育，非讲求美术决不能挽救的。现在把怎么挽救这两样东西的方法，同为什么要挽救他们的道理，稍微讲一讲，可见得美术不是空洞的，是有切实的建设力的。

纳斯根（John Ruskin）说："生命无实业是罪孽，实业无美术是兽性。"（Life without industry is guilt, industry without art is brutality.）我们中国当宋明清富强的时期，美术最发达，各种工艺例如建筑、陶瓷、染织、刺绣、髹漆、同金玉雕刻，也很有成绩。只到清朝咸、同以后，美术凋零了，工艺也凋零了。社会的生活呈一种萎靡不振的病气。建房屋的、制家具的、造器皿的都是潦草塞责，完全失了他们从前做手艺的趣味。所制造出来的东西都是粗陋呆蠢到万分，令人看着，几几乎要不相信这种工艺界从前还会有那一段光明的历史。所以现在要整顿工艺，当然不能不先讲求美术。

在没有讨论美术应该如何讲求的方法以前，我们先有一个问题要解决，就是我们要振兴工艺，是抱定一个什么目的。一国的工艺出产品，假设尽仗着国内的销行，是不中用的。最要紧是在出口的多才好。所以我们要讲振兴工艺，就得使我们的货在国外能够销行得多。这本是商学的定理，不待细讲。

我们从来没看见一个外国人不喜欢我们旧时的瓷器、陶器、铜锡器、丝织物、刺绣品、髹漆器、同金玉器的。质而言之，只要是纯粹的中国的工艺美术品，决没有不受外国人的欢迎的。自然在我们自己的眼光看起来，这些东西都是很平常，总没有舶来品的新鲜。我们的工商界因此就以为中国货果然是不如外国货，于是拼命的仿效外国。把顶好的瓷品上涂了一点不中不西的蔷薇花，或是一双五色旗，就算是改良的了。一般决无美术知识的人，居然就买他的，因为他很像洋式。哪晓得叫外国人看着，真要笑死了啊！我们常听见外国人讲，要买真正的中国东西。我们又常碰着外国人劝我们学我们自己的画，不要学西洋画。所以我们现在不想发达瓷业则已,要想发达瓷业,为什么不赶快恢复从前的宣霁、雍霁、乾霁、康熙美人霁种种的色釉,同从前所行的纯粹中国式的花彩——图案画或景物画,以便去迎合外国人的心理呢?只要我们的景德、醴陵、宜兴等窑的出产都能销到外国去,我们的利权就保住了。那时候,我们自己喜欢用东西洋瓷的只管去买真正的东西洋货,还要那些不中不外的假洋货干什么呢?这里所讲的不过挑瓷器一桩做个例,其余各种工艺,可以类推。

上边所讲的中国工艺美术的价值,恐怕有人还不相信。其实照美术学理上分析起来,是一点也不奇怪的。中国画重印象,不重写实,所以透视、光线都不讲。看起来是平坦的,是鸟眼的视景(Bird's eye View),是一幅图,不是画。但是印象的精神很足,所以美观还是存在。这种美观不是直接的天然的美,是间接的天然的美,因为美术家取天然的美,经他的脑筋制造一过,再表现出来。原形虽然失了,但是美的精神还在。这是中国美术的特点。装饰美术(Decorative Art)最合这种性质。所以中国从前的工艺很发达,也就是这种美术的结果。

我们近来喜欢讲保存国粹画,可不知道怎样保存的法子。"保存"二字不能看死了。凡是一件东西没有用处,就可以不必存在。假设国粹画是真好,我们就应当利用他。与其保存国粹不如利用国粹。利用是最妙的保存的方法。中国的美术要借工艺保存,中国的工艺要借美术发达。

中国人的美术知识还有一个大缺点,就是藐视图案画。装饰美术里边最要紧的一大部分就是图案画。我方才讲过了,中国美术最宜于装饰。中国图案画实在是特别的富于美观。但是图案画的一个名词,在中国画史上是没有的。我们所有的这种美术,全是寻常技师自出的心裁,没有经过学理的研究。我们寻常只知道六朝三大家同吴装的人物,南北两宗的山水,没骨体勾勒体的花鸟,同苏赵诸家的墨戏,就是中国的美术。哪里知道中国最有价值的美术家,还有历代造陶、瓷器、商嵌、七宝烧、景泰蓝的那些技师?更有谁知道什么制杂花夹缬的柳婕好妹,制蜀锦的窦师纶,制神丝绣被的绣工上海顾氏,同漆工张成、杨茂?我们中国人既然有天赋的美术技能,再加上学理的研究,将来工艺的前途,谁能料定?可惜我们自暴自弃,只知道一味的学洋人,学又学不到家,弄得乌七八糟,岂不是笑话吗?日本人学西洋人,总算比我们学西洋人学得高明。但是他们现在也明白了他们自己的美术的价值,竭力提倡保存他们的国粹。我们中国的美术,比日本是怎么样?再不学乖,真是傻了。

1919 年 11 月

电影是不是艺术

电影是不是艺术？为什么要发这个疑问。因为电影是现在最通行、最有势力的娱乐品，但是正当的、适合的娱乐品必出于艺术；电影若是艺术，便没有问题，若不是，老实讲，便当请它让贤引退，将娱乐底职权交给艺术执行。

许多人以为娱乐便是娱乐，可乐的东西，我们便可取以自娱，何以"吹毛求疵"，自寻缰锁呢？快乐生于自由；假若处处都是约束，"投鼠忌器"，那还有什么快乐呢？这种哲学只有一个毛病，就是尽照这样讲来，那"章台走马，陌巷寻花"也可以餍我们的兽欲，给我们一点最普通可是最下等的快乐呢。

我不反对求快乐，其实我深信生活底唯一目的只是快乐。但求快乐底方法不同，禽兽底快乐同人底快乐不一样，野蛮人或原始人底快乐同开化人底快乐不一样。在一个人身上，口鼻底快乐不如耳目底快乐，耳目底快乐又不如心灵底快乐。艺术底快乐虽以耳目为作用，但是心灵的快乐，是最高的快乐，人类独有的快乐。

人是一个社会的动物，我们的一举一动，不能同我们的同类没有关系。所以我们讲快乐，不能不顾及这个快乐是不是害别人——同时的或后裔。这种顾虑，常人谓为约束，实在就是我们的未来的快乐底保险器。比如盗贼奸淫，未尝不是做者本人底快乐，但同时又是别人的痛苦；这种快乐因为它们是利一害百的，所以有国家底法纲、社会底裁制同良心底谴责随其后。这样，"今日盗贼奸淫之快感预为明日刑罚裁制之苦感所打消矣"，所以就没有快乐了。但是艺术是精神的快乐；肉体与肉体才有冲突，精神与精神万无冲突，所以艺术底快乐是不会起冲突的，即不会妨害别人的快乐的，所以是真实的、永久的快乐。

我们研究电影是不是艺术底本旨，就是要知道它所供给的是哪一种的快乐，真实的或虚伪的，永久的或暂时的。抱"得过且过"底主义的人往往被虚伪的、暂时的快乐所欺骗，而反笑深察远虑的人为多事，这是很不幸的事。社会学家颉德（Kidd）讲现在服从将来是文明进化底原理。我们求快乐不应抱"得过且过"底主义，正因它有碍文明底进化。有人疑我们受了"非礼勿视"底道学底毒，才攻击电影，恐怕太浅见了罢？

电影到底是不是艺术？普通一般人都说是的。他们大概是惑于电影底类似艺术之点，那就是戏剧的原质同图画的原质。电影底演习底过程很近哑戏（Pantomine），但以它的空间的原质论，又是许多的摄影，摄影又很像图画。这便是它的"鱼目混珠"底可能性。许多人没有剖析它的内容底真相，竟错认它为艺术，便是托尔斯泰（Tolstoy）、林赛（Vachel Lindsay）、侯勾（Hugo）、弥恩斯特伯（Mfinsterberg）那样有学问的人，也不免这种谬误。我们切不可因为他们的声望，瞎着眼附和。

我们有三层理由可以证明电影绝不是艺术：一、机械的基础，二、营业的目的，三、非艺术的组织。

我们知道艺术与机械是像冰炭一样的，所以艺术最忌的是机械的原质。电影起于摄影的机械底发明，它的出身就是机械，它永久脱离不了机械底管辖。编戏的得服从机械底条件去编戏，演戏的得想怎样做去才能照出好影片来，布景的也得将就照相器底能率，没有一部分能够自由地发挥技能同理想。电影已经被机械收为奴隶了，它自身没有自由，它屡次想跳出它的监牢，归服艺术界，但是屡次失败。可怜的卜拉帝（Willam A. Brady，美国全国电影营业公会会长）已经正式宣布了电影底改良只能依靠照相器底进步，不能企望戏剧底大著作家或演习家。

电影底营业的目的是人人公认的。营业的人只有求利底欲望，哪能顾到什么理想？他们的唯一目的就是迎合底心理——这个心理是于社会有益的或是有害的，他们管不着。凶猛的野兽练得分外地凶猛，要把戏的要出比寻常十倍地危险的把戏，火车故意叫他们碰头、出轨，摩托车让他们对崖墙撞，烈马不要命地往水里钻——这些惊心怵目的，豢养人类底占有的冲动的千奇百怪是干什么的？无缘无故地一个妖艳的少妇跳上屏风来，皱着眉头叹气、掉眼泪，一会儿又捧着腮儿望你丢眼角，忽然又张嘴大笑，丑态百出，闹了一大顿，是为什么的？这种结构有什么用意？这种做派是怎样地高妙？他们除了激起你的一种剧烈的惊骇，或挑动你的一种无谓的、浪漫的兴趣，还能引起什么美感吗？唉！这些无非是骗钱的手段罢了。艺术假若是可以做买卖的，艺术也太没有价值了。

前面已讲过电影有两个类似艺术之点，就是戏剧的原质同图画的原质。要证明它是假冒的戏剧而非真戏剧，需从三处下手：一、结构，二、演习，三、台装。关于结构的非艺术之点有六：

一、过度的写实性。现代艺术底趋势渐就象征而避写实。自从摄影术发达了，就产生了具形艺术界底未来派、立方派同前印象派，于是艺术界渐渐发觉了真精神底所在，而艺术底位置也渐渐显得超绝一切，高不可攀了。戏剧与电影正同绘画与摄影一样的。电影发明了，越加把戏剧底地位抬高了。电影底本领只在写实，而写实主义正是现代的艺术所唾弃的。现代的艺术底精神在提示、在象征。"把几千人马露在战场上或在一个地震、灾荒底扰乱之中，电影以为它得了写实底原质，不晓得群众已失了那提示底玄秘的意味。理想的戏剧底妙处就是那借提示所引起的感情的幻想。一个从提示里变出的理想比从逼真的事实里显出的总是更深入些。在这人物纷纭的一幅景里，我们看着的只有个个的人形罢了，至于那作者底理想完全是领会不到的。因为许多的印象挤在我们脑筋里，已经把我们的思想弄乱了。"这便是过分的写实底毛病，而电影反以为得意，真是不值识者一笑。

二、过度的客观性。客观与写实本有连带的关系,艺术家过求写实,就顾不到自己的理想,没有理想就失了人性,而个性是艺术底神髓,没有个性就没有艺术。"图画戏(指电影)讲到表现客观的生命,它的位置本很高,但照它现在的情形推测,永远不能走进灵魂底主观的世界。客观的同主观的世界是一样的真实,但对于戏剧不是一样地重要。戏剧,伟大的戏剧底唯一的要素是'冲突中的人类的个性'。灵魂底竞争怎能用哑戏描写得完备呢。感情,或者深挚的肉体的感情能用面貌、姿势表现出来,但是讲到描写冲突,言语同它的丰富的提示底帮助是不可少的。"电影完全缺少语言底质素,当然于主观的个性底冲突无法描写了。

三、过分的长度。科伦比亚大学影戏部主讲福利伯博士(Dr. Victor Freeburg)讲:"理想的影戏应该从三卷到十卷长。为什么我们必定五千尺为我们一切的影片底正当的长度?影片底长度应该依它的故事底内部的价值为标准。譬如,我们要叫裴图芬(Beethoven)一个月作一阕琴乐,并且每阕限定二十一页长,或是请一个诗家作诗每首要七十九行,那不是一个笑话吗?但是我们现在对于电影便是这样的。"很多片子若仅有它的一段倒是很好的情节,但不知道为什么要故意把它压扁了、拉长了,再不够,又硬添上许多段数,反弄到它的结果又平淡、又冗长、又不连贯,一点精彩也没有?我们这里演过的 *Brass Bullet*、*Hooded Terror* 等都属这类的。

四、过分的速度。这层一半是它的机械的原质底关系,一半是脚本底结构底关系。卜拉帝讲因为它的(电影底)深度不够,"它的动作只能表现作者原有的感情底一半,要把这个缺点遮盖起来,使观者忘却他们所见的只是人世底一个模糊影响的表现,就不得不把许多的事实快快地堆积起来"。我们看电影里往往一个主角底一生塞满了情绪的或肉体的千磨万劫,一波未平,一波又起。我们若想象我们的生命如果也是如此,恐怕我们要活不长了。"理想的感情底条件与自然底无形的情绪而并长。"我们从来没有看见一株树忽然从一粒种子里跳出来,我们也从来没有看见太阳在它的轨道上绕着地球转底二十四点钟底速度。一切的艺术必须合乎自然底规律,才能动人。

大概长于量就不能精于质,顾了速度就只有面积没有深度。质既不能精,又不能深,如何能够感人呢？葛司武西(John Galsworthy)关于这点讲得最恺切详明,"影片在很短的时间里包罗了很广的生命底面积;但是他的方法是平的,并且是没有血的,照我的经验,在艺术里不论多少面积同量从来不能弥补深度同质底缺耗"。

五、缺少灵魂。我们看见"灵魂"这两字,便知道这样东西底价值了。人若没有灵魂,算得了人吗？"艺术比较的不重在所以发表的方法或形式,而在所内含的思想和精神。"这种内含的思想和精神便是艺术底灵魂。灵魂既是一件抽象的东西,我们又不能分析一幅幅的影片以考察它们的灵魂底存在与否,我们只好再援引一个有主权的作家底意见来做断语。美诗人霍韦尔司(Howells)讲这个"黑艺术"做什么都可以,除却"调和风味,慰藉心灵"。他不敢相信电影永久能不能"得着一个灵魂"。

我们再看电影底灵魂是怎么失掉的呢。"艺术品的灵魂实在便是艺术作者的灵魂。作者的灵魂留着污点,他所发表的艺术亦然不能免相当的表现。艺术作者若是没有正当的人生观念,以培养他的灵魂,自然他所发表的或是红男绿女的小说,或是牛鬼蛇神的笔记,或是放浪形骸的绘画,或是提创迷信的戏剧,再也够不上说什么高洁的内容了。"捷斯特登(Chesterton)把电影比作欧洲 20 世纪底"毛线小说"(dimenovels)同"黎克唯"(nickel shockers)底替身,实在是很正确、恰当的比喻。李德(William Marion Reedy)在他的《何以影戏中没有艺术底希望》里告诉我们,就是那些脚本底作家也得到公司底办事处里办公。他们得遵着总经理底指挥去盗袭别人的曾受欢迎的著述底资料,七搀八凑,来拼成他们的作品。我们试想这样地制造艺术还能产出有价值的结果吗？无怪捷斯特登又骂道："随便哪一个深思的人到过五六次电影园的,一定知道那种的工具底危险的限制,知道普通影戏底完全缺乏知识工质素同平均[①],实在完全缺乏一切使最好的言语戏成为那样优尚的东西的元素,

---

① "知识工质素同平均",此处疑有脱误。

除却那些能用躯体的动作,同默静的手势同面貌底表现法。——质言之,用那些能指人照片的戏剧的元素的神速的感情的激动。多数的人总满足于陈腐的、浅显的、沈淡的,满足于蠢野的趣剧同令人发笑的感情戏;这些东西完全不合于人生,浮夸而偏于感情……"

六、缺少语言底原质。以上五部理由或关于电影底构造,或关于电影底精神,拿它们来证明电影不是艺术当然没有疑问,若以缺语言底原质来攻击电影,似乎不大公平,因为有没有语言是艺术底材料,我们不能因为电影没有采用这一种材料,就不准它称艺术。不过,电影总逃不掉戏剧、图画二种艺术底范围,或者有少数人把它归到图画类,不过多数人都承认它是戏剧。戏剧底最紧要的一部分是语言,电影既没有语言算不了戏剧。卜拉帝又讲过:"人类底常识感情再没有比声音更重要的,电影底没有声音,就是他的最大的困难。"因为"一个人或妇人在经历一个感情的极处的时候有一种表明他们对于生命的忠诚的音乐,在这些声音底调子里有一种无线电的交通,电影不能利用这种能力,所以感人不深"。黑哲司(H. M. Hedges)也提到这层,他说"所以图画戏不能成为生命底完全的表现,因为他失掉了那个最富于艺术性的助擎——声音的言语"。

电影底结构已经证明是非艺术的了,现在再看它的演习何如。有一个观念我们要始终存在脑筋里,就是我们现在对于电影的批评是拿戏剧做比较的。卜拉帝自己讲电影底演家都是第二流的角色。前面讲了语言是戏剧中重要部分,而演电影的角色不是没有嗓子的就是不会讲话的,这种人才是被戏园淘汰了而投身电影界的。他们的演习又处处受摄影器底限制牵累,无怪电影底演习永远不能像舞台戏那样有声有色,引人入胜。

萧伯讷(Bernard Shaw)一方面承认电影于"人类底伟大的思想与伟大的才智底高等的发泄,诗词与预言底发泄",是万万不能同戏剧比肩的。但是一方面又称赞电影底演习底快乐,道:"再想那野外的演习那像那幽黯森冷的戏场! 想那跃马康庄,投身急流,鼓棹咸浪之中,翔机九霄之外——这些快乐，只要他们（演家）不如是地急于出世，都在他们掌握之中！"我们应知道在这里只讲演家底痛快，并没有论到戏剧底艺术底结果。演家一到贪嗜快乐，艺术非受影响不可。

关于电影底台装同戏剧底台装底比较，我们又要引到卜拉帝底话了。他讲："光线底美，舞台底产品底紧要部分在电影里变成一个纯粹的机械底事。把影片染成月色、夕阳、风暴同火光，我们便完全失了调治底力量，但戏台上便不然。为戏剧的理想底普通的目的起见，舞台底光比白昼底明显的日光，总格外好看得多，并且激动感情更为深切。"总而言之，电影所得的是真实，而艺术所求的是象征，提示与含蓄是艺术中最不可少的两个元素，而电影完全缺乏。所以电影底不能成艺术是万无疑义的。

或者有人疑电影应列入绘画艺术里，这一层很容易辩驳。影片是摄影底变形，摄影不能算艺术，影戏如何能算艺术呢？李德讲无论哪种图画（文学的描写也在内），应有这三种能力：能增加生活底兴趣，能增加预察详辨环境变态底能力，同能增加捉摸与鉴赏想象底能力。但是电影，据他讲，于这些能力完全乏少。这可算是证明电影不是图画艺术底最精深的解说。

我们既证明了电影不是戏剧艺术，又不是图画艺术，它当然算不得音乐、诗歌、小说、雕刻、建筑。艺术只有这几种，电影既不是这又不是那，难道电影能独树一帜，成一种新艺术吗？前面已经证明了它的基础是机械的，它的性质是营业的，这两样东西完全是艺术底仇敌。所以总结一句，这位滥竽于艺术界的南郭先生，实在应当立刻斥退。

电影虽不是艺术，但还是很有存在、发展底价值。葛司武西讲："影片若就一个描写各种的生命底方法论，倒是很有深趣与极大的教育的价值。"李德也讲："电影底将来是教育的。"电影底存在是以教育的资格存在，电影底发展是在教育底范围里发展。教育一日不灭亡，即电影一日不灭亡。

电影不是艺术。但是一方面我们看电影时往往能得一种半真半假的艺术的趣味，那是不能否认的。实在不是这一点半真半假的艺术的趣味,电影也没有这样好看。一个巷娃里女本没有西施、王嫱底姿容,但穿上西、王底装束,再佐以脂粉香泽,在村夫俗子底眼里便成天使了。个个巷娃里女不是西施、王嫱,但是个个有用脂粉香泽,穿西、王底装束——"西、王化"底权利。电影底本质不是艺术,但有"艺术化"底权利,因为世界上一切的东西都应该"艺术化",电影何独不该有这权利呢?至于电影现在已经稍稍受了点艺术化这个事倒是我们不应一笔抹杀的。不过因为它刚受了一点艺术化,就要越俎代庖,擅离教育的职守而执行娱乐的司务,那是我们万万不准的!

1920 年 12 月 10 日

《女神》之时代精神

若讲新诗,郭沫若君的诗才配称新呢,不独艺术上他的作品与旧诗词相去最远,最要紧的是他的精神完全是时代的精神——20世纪底时代的精神。有人讲文艺作品是时代底产儿。《女神》真不愧为时代底一个肖子。

(一) 20世纪是个动的世纪。这种的精神映射于《女神》中最为明显。《笔立山头展望》最是一个好例——

> 大都会底脉搏呀!
> 生底鼓动呀!
> 打着在,吹着在,叫着在……
> 喷着在,飞着在,跳着在……
> 四面的天郊烟幕蒙笼了!
> 我的心脏呀,快要跳出口来了!
> 哦哦,山岳底波涛,瓦屋底波涛,
> 涌着在,涌着在,涌着在,涌着在呀!
> 万籁共鸣的 symphony,
> 自然与人生的婚礼呀!

恐怕没有别的东西比火车底飞跑同轮船的鼓进,再能叫出郭君心里那种压不平的活动之欲罢?再看这一段供招——

今天天气甚好,火车在青翠的田畴中急行,好像个勇猛沉毅的少年向着希望弥满的前途努力奋迈的一般。飞!飞!一切青翠的生命,灿烂的光波在我们眼前飞舞。飞!飞!飞!我的自我融化在这个磅礴雄浑的 Rhythm 中去了!我同火车全体,大自然全体,完全合而为一了!我凭着车窗望着旋回飞舞着的自然,听着车轮鞺鞳的进行调,痛快!痛快!

——《与宗白华书〈三叶集〉》

这种动的本能是近代文明一切的事业之母,它是近代文明之细胞核。郭沫若底这种特质使他根本上异于我国往古之诗人。比之陶潜之"结庐在人境,而无车马喧"。一则极端之动,一则极端之静,静到"心远地自偏"。隐遁遂成一个赘疣的手续了——于是白居易可以高唱着"大隐隐朝市",苏轼也可以笑那"北山猿鹤漫移文"了。

(二) 20世纪是个反抗的世纪。"自由"底伸张给了我们一个对待权威的利器,因此革命流血成了现代文明底一个特色了。《女神》中这种精神更了如指掌。只看《匪徒颂》里的一些。

一切……革命底匪徒们呀!

万岁!万岁!万岁!

那是何等激越的精神,直要骇得金脸的尊者在宝座上发抖了哦。《胜利的死》真是血与泪的结晶:拜伦,康沫尔底灵火又在我们的诗人胸中烧着了!

你暗淡无光的月轮哟!我希望我们这阴莽莽的地球,在这一刹那间,早早同你一样冰化!

啊,这又是何等的激愤!何等的悲哀!何等的沉痛!

汪洋的大海正在唱着他悲壮的哀歌,

穹窿无际的青天已经哭红了他的脸面,
远远的西方,太阳沉没了！——
悲壮的死哟,金光灿烂的死哟！
凯旋同等的死哟！胜利的死哟！
兼爱无私的死神！我感谢你哟！
你把我敬爱无暨的马克斯威尼早早救了！
自由底战士,马克斯威尼,
你表示出我们人类意志底权威如此伟大！
我感谢你呀！赞美你呀！"自由"从此不死了！
夜幕闭了后的月轮哟,何等光明呀！

(三)《女神》底诗人本是一位医学专家。《女神》里富有科学底成分也是无足怪的。况且真艺术与科学本是携手进行的呢。然而这里又可以见出《女神》里的近代精神了。略微举几个例——

你去,去寻那与我的燃烧点相同的人;
你去,去寻那与我的燃烧点相等的人。

——《序诗》

否,否。不然！是地球在自转,公转。

——《金字塔》

我是 X 光线底光,
我是全宇宙底 energy 底总量！

——《天狗》

我想我的前身,
原本是有用的栋梁,
我活埋在地底多年,
到今朝才得重见天光。

——《炉中煤》

至于这些句子,像——

我要把我的声带唱破!

——《梅花树下醉歌》

我的一支支的神经维在身中战栗。

——《夜步十里松原》

还有散见于集中的许多人体上的名词,如脑筋,脊髓,血液,呼吸……更完完全全的是一个西洋的 doctor 底口吻了。上举各例还不过诗中所运用之科学知识,见于形式上的。至于那讴歌机械底地方更当发源于一种内在的科学精神。在我们的诗人底眼里,轮船的烟筒开着了黑色的牡丹是"近代文明底严母",太阳是阿波罗坐的摩托车前的明灯;诗人底心同太阳是"一座公司底电灯";云日更迭的掩映是同探海灯转着一样;火车底飞跑同于"勇猛沉毅的少年"之努力,在他眼里机械已不是一些无声的物具,是有意识有生机如同人神一样。机械底丑恶性已被忽略了;在幻象同感情底魔术之下他已穿上美丽的衣裳了呢。

这种伎俩恐怕非一个以科学家兼诗人者不办。因为先要解透了科学,亲近了科学,跟他有了同情,然后才能驯服他于艺术底指挥之下。

(四)科学底发达使交通底器械将全世界人类底相互关系捆得更紧了。因有史以来世界之大同的色彩没有像今日这样鲜明的。郭沫若底《晨安》便是这种 cosmopolitanism 底证据了。《匪徒颂》也有同样的原质,但不是那样明显。即如《女神》全集中所用的方言也就有四种了。他所称引的民族,有黄人,有白人,还有"有火一样的心肠"的黑奴。他所运用的地名散满于亚美欧非四大洲。原来这种在西洋文学里不算什么,但同我们的新文学比起来,才见得是个稀少的原质,同我们的旧文学比起来更不用讲是破天荒了。啊!诗人不肯限于国界,却要做世界底一员了;他遂喊道:

晨安!梳人灵魂的晨风呀!

晨风呀！你请把我的声音传到四方去罢！

——《晨安》

（五）物质文明底结果便是绝望与消极。然而人类底灵魂究竟没有死，在这绝望与消极之中又时时忘不了一种挣扎抖擞底动作。20世纪是个悲哀与兴奋底世纪。20世纪是黑暗的世界，但这黑暗是先导黎明的黑暗。20世纪是死的世界，但这死是预言更生的死。这样便是20世纪，尤其是20世纪底中国。

流不尽的眼泪，

洗不净的污浊，

浇不熄的情炎，

荡不去的羞辱。

——《凤凰涅槃》

不是这位诗人独有的，乃是有生之伦，尤其是青年们所同有的。但别处的青年虽一样地富有眼泪，污浊，情炎，羞辱，恐怕他们自己觉得并不十分真切。只有现在的中国青年——"五四"后之中国青年，他们的烦恼悲哀真像火一样烧着，潮一样涌着，他们觉得这"冷酷如铁"，"黑暗如漆"，"腥秽如血"的宇宙真一秒钟也羁留不得了。他们厌这世界，也厌他们自己。于是急躁者归于自杀，忍耐者力图革新。革新者又觉得意志总敌不住冲动，则抖擞起来，又跌倒下去了。但是他们太溺爱生活了，爱他的甜处，也爱他的辣处。他们决不肯脱逃，也不肯降服。他们的心里只塞满了叫不出的苦，喊不尽的哀。他们的心快塞破了，忽地一个人用海涛底音调，雷霆底声响替他们全盘唱出来了。这个人便是郭沫若，他所唱的就是《女神》。难怪个个中国青年读《女神》没有不椎膺顿足同《湘累》里的屈原同声叫道——

哦，好悲切的歌词！唱得我也流起泪来了。

流罢！流罢！

我生命底泉水呀！你一流了出来，

好像把我全身底烈火都浇熄了一样。

……你这不可思议的内在的灵泉,你又把我苏活转来!

啊!现代的青年是血与泪的青年,忏悔与奋兴的青年。《女神》是血与泪的诗,忏悔与奋兴的诗。田汉君在给《女神》之作者的信讲得对:"与其说你有诗才,无宁说你有诗魂,因为你的诗首首都是你的血,你的泪,你的自叙传,你的忏悔录啊!"但是丹穴山上的香木不只焚毁了诗人底旧形体,并连现时一切的青年底形骸都毁掉了。凤凰底涅槃是一切青年底涅槃。凤凰不是唱道——

我们更生了!我们更生了!

一切的一,更生了!

一的一切,更生了!

我们便是"他",他们便是我!

我中也有你,你中也有我!

我便是你,你便是我!

奇怪得很,北社编的《新诗年选》偏取了《死的引诱》做《女神》的代表之一。他们非但不懂读诗,并且不会观人。《女神》底作者岂是那样软弱的消极者吗?

你去!去在我可爱的青年的兄弟姊妹胸中;

把他们的心弦拨动,

把他们的智光点燃罢!

——《序诗》

假若《女神》里尽是《死的引诱》一类的东西,恐怕兄弟姊妹底心弦都被他割断,智光都被他扑灭了呢!

原来蹈恶犯罪是人之常情。人不怕有罪恶,只怕有罪恶而甘于罪恶,那便终古沉沦于死亡之渊里了。人类的价值在能忏悔,能革新。世界底文化也不过由这一点发生的。忏悔是美德中最美的,他是一切的光明底源头,他是尺蠖的灵魂渴求展伸的表象。

唉！泥上的脚印！
你好像是我灵魂儿的象征！
你自陷了泥涂，
你自会受人踩躏。
唉，我的灵魂！
你快登上山顶！

——《登临》

所以在这里我们的诗人不独喊出人人心中底热情来，而且喊出人人心中最神圣的一种热情呢！

1923年6月3日

泰果尔批评

听说 Sir Rabindranath Tagore 快到中国来了。这样一位有名的客人来光临我们，我们当然是欢迎不暇的了。我对客人来表示了欢迎之后，却有几句话要向我们自己——特别是我们文学界——讲一讲。

无论怎样成功的艺术家，有他的长处，必有他的短处。泰果尔也逃不出这条公例。所以我们研究他的时候，应该知所取舍。我们要的是明察的鉴赏，不是盲目的崇拜。

哲理本不宜入诗，哲理诗之难于成为上等的文艺正因为这个缘故。许多的人都在这上头失败了。泰果尔也曾拿起 Ulysses 底大弓尝试了一番，他也终于没有弯得过来。国内最流行的《飞鸟》，作者本来就没有把它当诗作（这一部格言，语录和"寸铁诗"是他游历美国时写下的。*Philadelphia Public Ledger* 底记者只说"从一方面讲这些飞鸟是些微小的散文诗"，因为它们暗示日本诗底短小与清脆）；我们姑且不必论它。便是那赢得诺贝尔奖的《偈檀迦利》和那同样著名的《采果》，其中也有一部分是诗人理智中的一些概念，还不曾通过情感的觉识。这里头确乎没有诗。谁能把这些哲言看懂了，他所得的不过是猜中了灯谜底胜利的欢乐，绝非审美的愉快。

这一类的千熬百炼的哲理的金丹正是诗人自己所谓的：

Life's harvest mellows into golden wisdom.

然而诗家的主人是情绪，智慧是一位不速之客，无需拒绝，也不必强留。至于喧宾夺主却是万万行不得的！

《偈檀迦利》同《采果》里又有一部分是平凡的祷词。我不怀疑诗人祈祷时候的心境最近于 ecstacy，ecstacy 是情感底最高潮，然而我不能承认这些是好诗。推其理由，也极浅显。诗人与万有冥交的时候，已先要摆脱现象，忘弃肉体之存在，而泯没其自我于虚无之中。这种时候，一切都没有了，哪里还有语言，更哪里还有诗呢？诗人在别处已说透了这一层秘密——他说在上帝底面前他的心灵 Vainly struggles for a voice. 从来赞美诗（hymns）中少有佳作，正因为作者要在"入定"期中说话；首先这种态度就不诚实了，讲出的话，怎能感人呢？若择定在准备"入定"之前期或回忆"入定"之后期为诗中之时间，而以现象界为其背景，那便好说话了，因为那样才有说话的余地。

泰果尔底文艺底最大的缺憾是没有把捉到现实。文学是生命底表现，便是形而上的诗也不外此例。普遍性是文学底要质，而生活中的经验是最普遍的东西，所以文学底宫殿必须建在生命底基石上。形而上学唯其离生活远，要它成为好的文学，越发不能不用生活中的经验去表现。形而上的诗人若没有将现实好好的把捉住，他的诗人的资格恐怕要自行剥夺了。

印度的思想本是否定生活的，严格讲来，不宜于艺术的发展。泰果尔因为受了西方文化底陶染，他的思想已经不是标类的印度思想了。他曾宣言了——Deliveranee is not for me in renunciation，然而西文思想究竟是在浮面黏贴着，印度的根性依然藏伏在里边不曾损坏。他怀慕死亡的时候，究竟比歌讴生命的时候多些。从他的艺术上看来，他在这世界里果然是一个生疏的旅客。他的言语，充满了抽象的字样，是另一个世界的方言，不像我们这地球上的土语。他似乎不大认识我们的环境与风俗，因为他提到这些东西的时候，只是些肤浅的观察，而且他的意义总

是难得捉摸。总而言之,他的举止吐属,无一样不现着 outlandish,无怪乎他常感着:

homesick... for the one sweet hour across the sea of time.

因为他不曾明白地讲过吗?

I came to your shore as a stranger, I lived in your house as a guest... my earth.

泰戈尔虽然爱好自然,但他爱的是泛神论的自然界。他并不爱自然的本身,他所爱的是 the simple meaning of thy whisper in showers and sunshine,是 God's power... in the gentle breeze,是鸟翼,星光同四季的花卉所隐藏着的 the unseen way。人生也不是泰戈尔底文艺的对象,只是他的宗教的象征。穿绛色衣服的行客,在床上寻找花瓣的少女,仆人或新妇在门口伫望主人回家,都是心灵向往上帝底象征;一个老人坐在小船上鼓瑟,不是一个真人,乃是上帝底原身。诗人底"父亲"、"主人"、"爱人"、"弟兄"、"朋友"都不是血肉做的人,实在便是上帝。泰戈尔记载了一些自然的现象,但没有描写他们;他只感到灵性的美,而不赏识官觉的美。泰戈尔摘录了些人生的现象,但没有表现出人生中的戏剧;他不会从人生中看出宗教,只用宗教来训释人生。把这些辨别清楚了,我们便知道泰戈尔何以没有把捉住现实;由此我们又可以断言诗人的泰戈尔定要失败,因为前面已经讲过,文学底宫殿必须建在现实的人生底基石上。果然我们读《偈檀迦利》、《采果》、《园丁》、《新月》等,我们仿佛寄身在一座云雾的宫阙里,那里只有时隐时现,似人非人的生物。我们初到时,未尝不觉得新奇可喜;然而待久一点,便要感着一种可怕的孤寂,这时我们渴求的只是与我们同类的人,我们要看看人底举动,要听听人底声音,才能安心。我们在泰戈尔底世界里要眷念我们的家乡,犹之泰戈尔在我们的地球上时时怀想他的故土一样。

多半时候泰戈尔只能诉于我们的脑经,他常常能指点出一个出人意外入人意中的真理来。但是他并不能激动我们的情绪,使我们感觉到生活底溢流。这也是没有把捉住人生底结果。他若是勉强弹上了情绪之弦,他的音乐不失之于渺茫,便失之于纤弱。渺茫到了玄虚的时候,便等于没有音乐!纤弱的流弊能流于感伤主义。我们知道作《新月》的泰果尔很能了解儿童,却不料他自己竟变成一个儿童了,因为感伤主义正是儿童与妇女底情绪。(写到这里,我记起中国最善学泰果尔的是一个女作家,必是诗人底作品中女性的成分才能引起女人底共鸣。)泰果尔底诗是清淡,然而太清淡,清淡到空虚了;泰果尔的诗是秀丽,然而太秀丽,秀丽到纤弱了。Mr. John Macy 批评《园丁》里一首诗讲道:

(it) would be faintly impressive if Walt whitman had never lived.

我们也可以讲若是李、杜没有生,韦、孟也许可以做中国的第一流诗人。

在艺术方面泰果尔更不足引人入胜。他是个诗人,而不是个艺术家。他的诗是没有形式的,我讲这一句话恐怕又要触犯许多底忌讳。但是我不能相信没有形式的东西怎能存在,我更不能明了若没有形式艺术怎能存在!固定的形式不当存在,但是那和形式的本身有什么关系呢?我们要打破一个固定的形式,目的是要得到许多变异的形式罢了。泰果尔底诗不是没有形式,而且可说是没有廓线。因为这样,所以单调成了它的特性。我们试读他的全部的诗集,从头到尾,都仿佛不成形体,没有色彩的 amoeba 式的东西。我们还要记好这是些抒情的诗,别种的诗若是可以离形体而独立,抒情诗是万万不能的。Walter Pater 讲了:"抒情诗至少从艺术上讲来是最高尚最完美的诗体,因为我们不能使其形式与内容分离而不影响其内容之本身。"

泰果尔底诗之所以伟大是因为他的哲学,论他的艺术实在平庸得很。他在欧洲的声望也是靠他诗中的哲学赢来的。至于他的知音夏芝所以赏识他,有两种潜意识的私人的动机,也不必仔细去讲它。但是我们要估定泰果尔底真价值,就不当取欧洲人底态度或夏芝底态度,也不当因为作者与自己同是东方人,又同属于倒霉的民族而受一种感伤作用底支配；我们但当保持一种纯客观的，不关心的 disinterested 态度。若真能用这种透视法去观赏泰果尔底艺术，我想我们对于这位诗人底价值定有一番新见解。于今我们的新诗已够空虚、够纤弱、够偏重理智、够缺乏形式的了，若再加上泰果尔底影响，变本加厉，将来定有不可救药的一天。希望我们的文学界注意。

1923 年 12 月 3 日

邓以蛰《诗与历史》题记

作者本来受了一位朋友的委托,打算替一本新诗写点批评,结果批评没有写成,却在病中花了三通夜的心血草成了这一篇刊心刻骨,诘屈聱牙的论文。作者本不想发表它,但是文章终于发表在《诗刊》上了,那是经我几次恳求的结果。我既替《诗刊》拉了这篇稿子,就有替《诗刊》的读者介绍这篇稿子的义务。刊物上登一篇文章并没有需要介绍的通例;有这种需要没有,可全靠那文章的价值如何了。

作者一向在刊物上发表的文章并不多(恐怕总在五数以下),但是没有一篇不诘屈聱牙,使读者头痛眼花,茫无所得,所以也没有一篇不刊心刻骨,博大精深,只要你肯埋着头,咬着牙,在岩石里边寻求金子,在海洋绝底讨索珍珠。如今有的是咳嗽成玑珠的漂亮文字,有的是嬉笑怒骂皆成文章的大手笔。但是在病中拼着三通夜的心血,制造出这样一篇让人看了头痛眼花的东西出来,可真傻了!聪明人谁犯得上挨这种骂!但是我以为在这文艺批评界正患着血虚症的时候,我们正多要几个傻人出来赐给我们一点调补剂才好。调补剂不一定像山珍海味那样适味可口,但是他于我们有益。

作者这篇文章有两层主要的意思:(一)怀疑学术界以科学方

法整理国故,研究历史的时论。(二)诊断文艺界的卖弄风骚专尚情操,言之无物的险症。他的结论是历史与诗应该携手;历史身上要注射些感情的血液进去,否则历史家便是发墓的偷儿,历史便是出土的僵尸;至于诗这个东西,不当专门以油头粉面,娇声媚态去逢迎人,她也应该有点骨骼,这骨骼便是人类生活的经验,便是作者所谓"境遇",这第二个意思也便和阿诺德的定义"诗是生活的批评",正相配合。

以上不过是本篇的大意。但是篇中可宝贵的意见不止这一点。差不多全篇每一句是孙悟空身上的一根毫毛,每一根毫毛可以变成一个齐天大圣,每一个齐天大圣可以一筋斗打到十万八千里路之远。

这里面的神秘我可没有法子一一的解释。还请读者各人自己去领会罢。假如你因为那诘屈聱牙的文字,望难生畏,以致失掉了石心的金子,海底的珍珠,那我可只好告诉你一句话:"你活该!"

我也可以附带的介绍作者另外的两篇文字:

(一)《艺术的难关》(《晨报副刊》)

(二)《从林风眠的画论到中西画的异同》(《现代评论》第三卷第六十七期)

1926年4月8日

诗人的横蛮

孔子教小子,教伯鱼的话,正如孔子一切的教训,在这年头儿,都是犯忌讳的。依孔子的见解,诗的灵魂是要"温柔敦厚"的。但是在这年头儿,这四个字千万说不得,说出了,便证明你是个弱者。当一个弱者是极寒碜的事,特别是在这一个横蛮的时代。在这时代里,连诗人也变横蛮了;作诗不过是用比较斯文的方法来施行横蛮的伎俩。我们的诗人早起听见鸟儿叫了几声,或是上万牲园逛了一逛,或是接到一封情书了……你知道——或许他也知道这都不是什么了不得的事件,够不上为它们就得把安居乐业的人类都给惊动了。但是他一时兴会来了,会把这消息用长短不齐的句子分行写了出来,硬要编辑先生们给它看过几遍,然后又耗费了手民的筋力给它排印了,然后又占据了上千上万的读者的光阴给它读完了,最末还要叫世界,不管三七二十一,承认他是一个天才。你看这是不是横蛮?并且他凭空加了世界这些担负,要是哪一方面——编辑,手民或读者——对他大意了一点,他便又要大发雷霆,骂这世界盲目,冷酷,残忍,蹂躏天才……这种行为不是横蛮是什么?再如果你好心好意对他这作品下一点批评,说他好,那固然算你没有瞎眼睛,你要是敢说了他半个坏字,那你可触动了太岁,他能咒到你全家都死尽了。试问这不是横蛮是什么?

我看如果诗人们一定要这样横蛮,这样骄纵,这样跋扈,最好早晚由政府颁布一个优待诗人的条例,请诗人都带上平顶帽子,穿上灰色制服(最好是粉红色的,那最合他们身份),以表示他们是属于享受特殊权利的阶级,并且依照优待军人的办法,电车上,公园里,戏园里……都准他们自由出入,让他们好随时随地寻求灵感。反正他们享受的权利已经不少了,政府不如卖一个面子,追认一下。但是我怕这一来,中国诗人一向的"温柔敦厚"之风会要永远灭绝了。

1926年5月27日

诗 的 格 律

一

假定"游戏本能说"能够充分的解释艺术的起源,我们尽可以拿下棋来比作诗;棋不能废除规矩,诗也就不能废除格律。(格律在这里是 form 的意思。"格律"两个字最近含着一点坏的意思,但是直译 form 为形体或格式也不妥当。并且我们若是想起 form 和节奏是一种东西,便觉得 forn 译作格律是没有什么不妥的了。)假如你拿起棋子来乱摆布一气,完全不依据下棋的规矩进行,看你能不能得到什么趣味?游戏的趣味是要在一种规定的格律之内出奇制胜,作诗的趣味也是一样的。假如诗可以不要格律,作诗岂不比下棋,打球,打麻将还容易些吗?难怪这年头儿的新诗"比雨后的春笋多些"。我知道这些话准有人不愿意听,但是 Bliss Perry 教授的话来得更古板。他说"差不多没有诗人承认他们真正给格律缚束住了。他们乐意戴着脚镣跳舞,并且要戴别个诗人的脚镣"。

这一段话传出来,我又断定许多人会跳起来,喊着"就算它是诗,我不作了行不行"?老实说,我个人的意思以为这种人就不作诗也可以,反正他不打算来戴脚镣,他的诗也就作不到怎样高明的地方。杜工部有一句经验语很值得我们揣摩的,"老去渐于诗律细"。

诗国里的革命家喊道"皈返自然"!其实他们要知道自然界的格律,虽然有些像蛛丝马迹,但是依然可以找得出来。不过自然界的格律不圆满的时候多,所以必须艺术来补充它。这样讲来,绝对的写实主义便是艺术的破产。"自然的终点便是艺术的起点",王尔德说得很对。自然并不尽是美的。自然中有美的时候,是自然类似艺术的时候。最好拿造型艺术来证明这一点。我们常常称赞美的山水,讲它可以入画。的确中国人认为美的山水,是以像不像中国的山水画做标准的。欧洲文艺复兴以前所认为女性的美,从当时的绘画里可以证明,同现代女性美的观念完全不合;但是现代的观念不同希腊的雕像所表现的女性美相符了。这是因为希腊雕像的出土,促成了文艺复兴,文艺复兴以来,艺术描写美人,都拿希腊的雕像做蓝本,因此便改造了欧洲人的女性美的观念。我在赵瓯北的一首诗里发现了同类的见解。

> 绝似盆池聚碧屏,嵌空石笋满江湾。
> 画工也爱翻新样,反把真山学假山。

这径直是讲自然在模仿艺术了。自然界当然不是绝对没有美的,自然界里面也可以发现出美来,不过那是偶然的事。偶然在言语里发现一点类似诗的节奏,便说言语就是诗,便要打破诗的音节,要它变得和言语一样——这真是诗的自杀政策了。(注意我并不反对用土白作诗,我并且相信土白是我们新诗的领域里,一块非常肥沃的土壤,理由等将来再仔细的讨论。我们现在要注意的只是土白可以"作"诗,这"作"字便说明了土白需要一番锻炼选择的工作然后才能成诗。)诗的所以能激发情感,完全在它的节奏;节奏便是格律。莎士比亚的诗剧里往往遇见情绪紧张到万分的时候,便用韵语来措写。歌德作《浮士德》也曾用同类的手段,在他致席勒的信里并且提到了这一层。韩昌黎"得窄韵则不复傍出,而因难见巧,愈险愈奇……"这样看来,恐怕越有魄力的作家,越是要戴着脚镣跳舞才跳得痛快,跳得好。只有不会跳舞的才怪脚镣碍事,只有不会作诗的才感觉得格律的缚束。对于不会作诗的,格律是表现的障碍物；对于一个作家，格律便成了表现的利器。

又有一种打着浪漫主义的旗帜来向格律下攻击令的人。对于这种人，我只要告诉他们一件事实。如果他们要像现在这样的讲什么浪漫主义，就等于承认他们没有创造文艺的诚意。因为，照他们的成绩看来，他们压根儿就没有注重到文艺的本身，他们的目的只在披露他们自己的原形。顾影自怜的青年们一个个都以为自身的人格是再美没有的，只要把这个赤裸裸的和盘托出，便是艺术的大成功了。你没有听见他们天天唱道"自我的表现"吗？他们确乎只认识了文艺的原料，没有认识那将原料变成文艺所必需的工具。他们用了文字做表现的工具，不过是偶然的事，他们最称心的工作是把所谓"自我"披露出来，是让世界知道"我"也是一个多才多艺、善病工愁的少年；并且在文艺的镜子里照见自己那倜傥的风姿，还带着几滴多情的眼泪，啊，啊，那是多么有趣的事！多么浪漫！不错，他们所谓的浪漫主义，正浪漫在这点上，和文艺的派别决不发生关系。这种人的目的既不在文艺，当然要他们遵从诗的格律来作诗，是绝对办不到的；因为有了格律的范围，他们的诗就根本写不出来了，那岂不失了他们那"风流自赏"的本旨吗？所以严格一点讲起来，这一种伪浪漫派的作品，当它做把戏看可以，当它做西洋镜看也可以，但是万不可当它做诗看。格律不格律，因此就谈不上了。让他们来反对格律，也就没有辩驳的价值了。

上面已经讲了格律就是 form。试问取消了 form，还有没有艺术？上面又讲到格律就是节奏，讲到这一层更可以明了格律的重要；因为世上只有节奏比较简单的散文，决不能有没有节奏的诗。本来诗一向就没有脱离过格律或节奏。这是没有人怀疑过的天经地义。如今却什么天经地义也得有证明才能成立，是不是？但是为什么闹到这种地步呢——人人都相信诗可以废除格律？也许是"安拉基"精神，也许是好时髦的心理，也许是偷懒的心理，也许是藏拙的心理，也许是……那我可不知道了。

二

前面已经稍稍讲了讲诗为什么不当废除格律,现在可以将格律的原质分析一下了。从表面上看来,格律可从两方面讲:(一)属于视觉方面的;(二)属于听觉方面的。这两类其实又当分开来讲,因为它们是息息相关的。譬如属于视觉方面的格律有节的匀称,有句的均齐。属于听觉方面的有格式、有音尺、有平仄、有韵脚,但是没有格式,也就没有节的匀称,没有音尺,也就没有句的均齐。

关于格式、音尺、平仄、韵脚等问题,本刊上已经有饶孟侃先生《论新诗的音节》的两篇文章讨论得很精细了。不过他所讨论的是从听觉方面着眼的。至于视觉方面的两个问题,他却没有提到,当然视觉方面的问题比较占次要的位置。但是在我们中国的文学里,尤其不当忽略视觉一层,因为我们的文字是象形的,我们中国人鉴赏文艺的时候,至少有一半的印象是要靠眼睛来传达的。原来文学本是占时间又占空间的一种艺术。既然占了空间,却又不能在视觉上引起一种具体的印象——这是欧洲文字的一个缺憾。我们的文字有了引起这种印象的可能,如果我们不去利用它,真是可惜了。所以新诗采用了西文诗分行写的办法,的确是很有关系的一件事。姑无论开端的人是有意的还是无心的,我们都应该感谢他。因为这一来,我们才觉悟了诗的实力不独包括音乐的美(音节)、绘画的美(词藻),并且还有建筑的美(节的匀称和句的均齐)。这一来,诗的实力上又添了一支生力军,诗的声势更加扩大了。所以如果有人要问新诗的特点是什么,我们应该回答他:增加了一种建筑美的可能性是新诗的特点之一。

近来似乎有不少的人对于节的匀称和句的均齐表示怀疑,以为这是复古的象征。做古人的真倒霉,尤其做中华民国的古人!你想这事怪不怪?做孔子的如今不但"圣人"、"夫子"的徽号闹掉了,连他自己的名号也都给褫夺了。如今只有人叫他做"老二";但是耶稣依然是耶稣基督,苏格拉提依然是苏格拉提。你作诗模仿十四行体是可以的,但是你得十二分的小心,不要把它作得像律诗了。我真不知道律诗为什么这样可恶,这样卑贱!何况用语体文写诗写到同律诗一样,是不是可能的?并且现在把节作到匀称了,句作到均齐了,这就算是律诗吗?

诚然,律诗也是具有建筑美的一种格式,但是同新诗里的建筑美的可能性比起来,可差得多了。律诗永远只有一个格式,但是新诗的格式是层出不穷的。这是律诗与新诗不同的第一点。作律诗无论你的题材是什么、意境是什么,你非得把它挤进这一种规定的格式里去不可,仿佛不拘是男人、女人、大人、小孩,非得穿一种样式的衣服不可。但是新诗的格式是相体裁衣。例如《采莲曲》的格式决不能用来写《昭君出塞》,《铁道行》的格式决不能用来写《最后的坚决》,《三月十八日》的格式决不能用来写《寻找》。在这几首诗里面,谁能指出一首内容与格式,或精神与形体不调和的诗来,我倒愿意听听他的理由。试问这种精神与形体调和的美,在那印板式的律诗里找得出来吗?在那乱杂无章,参差不齐,信手拈来的自由诗里找得出来吗?

律诗的格律与内容不发生关系,新诗的格式是根据内容的精神制造成的,这是它们不同的第二点。律诗的格式是别人替我们定的,新诗的格式可以由我们自己的意匠来随时构造。这是它们不同的第三点。有了这三个不同之点,我们应该知道新诗的这种格式是复古还是创新,是进化还是退化。

现在有一种格式:四行成一节,每句的字数都是一样多。这种格式似乎用得很普遍。尤其是那字数整齐的句子,看起来好像刀子切的一般,在看惯了参差不齐的自由诗的人,特别觉得有点稀奇。他们觉得把句子切得那样整齐,该是多么麻烦的工作。他们又想到作诗要是那样的麻烦,诗人的灵魂不完全毁坏了吗?灵感毁了,还哪里去找诗呢?不错灵感毁了,诗也毁了。但是字句锻炼得整齐,实在不是一件难事,灵感决不致因为这个就会受了损失。我曾经问过现在常用整齐的句法的几个作者,他们都这样讲;他们都承认若是他们的那一首诗没有作好,只应该归罪于他们还没有把这种格式用熟;这种格式的本身,不负丝毫的责任。

我们最好举两个例来对照着看一看,一个例是句法不整齐的,一个是整齐的,看整齐与凌乱的句法和音节的美丑有关系没有。

> 我愿透着寂静的朦胧,薄淡的浮纱,
> 细听着渐渐的细雨寂寂的在檐上,
> 激打遥对着远远吹来的空虚中的嘘叹的声音,
> 意识着一片一片的坠下的轻轻的白色的落花。

> 说到这儿,门外忽然风响,
> 老人的脸上也改了模样;
> 孩子们惊望着他的脸色,
> 他也惊望着炭火的红光。

到底哪一个的音节好些——是句法整齐的,还是不整齐的?更彻底的讲来,句法整齐不但于音节没有妨碍,而且可以促成音节的调和。这话讲出来,又有人不肯承认了。我们就拿前面的证例分析一遍,看整齐的句法同调和的音节是不是一件事。

> 孩子们/惊望着/他的/脸色
> 他也/惊望着/炭火的/红光

这里每行都可以分成四个音尺,每行有两个"三字尺"(三个字构成的音尺之简称,以后仿此)和两个"二字尺",音尺排列的次序是不规则的,但是每行必须还他两个"三字尺"两个"二字尺"的总数。这样写来,音节一定铿锵,同时字数也就整齐了。所以整齐的字句是调和的音节必然产生出来的现象,绝对的调和音节,字句必定整齐。(但是反过来讲,字数整齐了,音节不一定就会调和,那是因为只有字数的整齐,没有顾到音尺的整齐——这种的整齐是死气板脸的硬嵌上去的一个整齐的框子,不是充实的内容产生出来的天然的整齐的轮廓。)

这样讲来,字数整齐的关系可大了,因为从这一点表面上的形式,可以证明诗的内在精神——节奏的存在与否。如果读者还以为前面的证例不够,可以用同样的方法分析我的《死水》。这首诗从第一行"这是/一沟/绝望的/死水"起,以后每一行都是用三个"二字尺"和一个"三字尺"构成的,所以每行的字数也是一样多。结果,我觉得这首诗是我第一次在音节上最满意的试验。因为近来有许多朋友怀疑到《死水》这一类麻将牌式的格式,所以我今天就顺便把它说明一下。我希望读者注意新诗的音节,从前面所分析的看来,确乎已经有了一种具体的方式可寻。这种音节的方式发现以后,我断言新诗不久定要走进一个新的建设的时期了。无论如何,我们应该承认这在新诗的历史里是一个轩然大波。

这一个大波的汤动是进步还是退化,不久也就自然有了定论。

1926 年 5 月 13 日

戏剧的歧途

　　近代戏剧是碰巧走到中国来的。他们介绍了一位社会改造家——易卜生。碰巧易卜生曾经用写剧本的方法宣传过思想，于是要易卜生来，就不能不请他的"问题戏"——《傀儡之家》、《群鬼》、《社会的柱石》等等了。第一次认识戏剧既是从思想方面认识的，而第一次的印象又永远是有威权的，所以这先入为主的"思想"便在我们脑筋里，成了戏剧的灵魂。从此我们仿佛说思想是戏剧的第一个条件。不信，你看后来介绍萧伯纳，介绍王尔德，介绍哈夫曼，介绍高斯俄绥……哪一次不是注重思想，哪一次介绍的真是戏剧的艺术？好了，近代戏剧在中国，是一位不速之客；戏剧是沾了思想的光，侥幸混进中国来的。不过艺术不能这样没有身份。你没有诚意请他，他也就同你开玩笑了，他也要同你虚与委蛇了。

　　现在我们许觉悟了。现在我们许知道便是易卜生的戏剧，除了改造社会，也还有一种更纯洁的艺术的价值。但是等到我们觉悟的时候，从先的错误已经长了根，要移动它，已经有些吃力了。从先没有专诚敦请过戏剧，现在得到了两种教训。第一，这几年来我们在剧本上所得的收成，差不多都是些稗子，缺少动作，缺少结构，缺少戏剧性，充其量不过是些能读不能演的 closet drama 罢了。第二，因为把思想当做剧本,又把剧本当做戏剧,所以纵然有了能演的剧本,也不知道怎样在舞台上表现了。

剧本或戏剧文学,在戏剧的家庭里,的确是一个问题。只就现在戏剧完成的程序看,最先产生的,当然是剧本,但是这是丢掉历史的说话。从历史上看来,剧本是最后补上的一样东西,是演过了的戏的一种记录。现在先写剧本,然后演戏。这种戏剧的文学化,大家都认为是戏剧的进化。从一方面讲,这当然是对的,但是从另一方面讲,可又错了,老实说,谁知道戏剧同文学拉拢了,不就是戏剧的退化呢?艺术最高的目的,是要达到"纯形"(pure form)的境地,可是文学离这种境地远着了,你可知道戏剧为什么不能达到"纯形"的涅槃世界吗?那都是害在文学的手里。自从文学加进了一分儿,戏剧永远注定了是一副俗骨凡胎,永远不能飞升了;虽然它还有许多的助手——有属于舞蹈的动作、属于绘画建筑的布景,甚至还有音乐,那仍旧是没有用的。你们的戏剧家提起笔来,一不小心,就有许多不相干的成分黏在他笔尖上了——什么道德问题、哲学问题、社会问题……都要黏上来了。问题黏的愈多,纯形的艺术愈少。这也难怪,文学,特别是戏剧文学之容易招惹哲理和教训一类的东西,如同腥膻的东西之招惹蚂蚁一样。你简直没有办法。一出戏是要演给大众看的;没有观众看,你就得拿他们喜欢看,容易看的,给他们看。假如你们的戏剧家的成功的标准,又只是写出戏来,演了,能够叫观众看得懂,看得高兴,那么他写起戏剧来,准是一些最时髦的社会问题,再配上一点佐料,不拘是爱情,是命案,都可以。这样一来。社会问题是他们本地当时的切身的问题,准看得懂;爱情、命案,永远是有趣味的,准看得高兴。这样一出戏准能轰动一时,然后戏剧家可算成功了。但是戏剧的本身呢?艺术呢?没有人理会了。犯这样毛病的,当然不只戏剧家。譬如一个画家,若是没有真正的魄力来找出"纯形"的时候,他便模仿照相了,描漂亮脸子了,讲故事了,谈道理了,做种种有趣味的事件,总要使得这一幅画有人了解,不管从哪一方面去了解。本来做有趣味的事件是文学家的惯技。就讲思想这个东西,本来同"纯形"是风马牛不相及的,但是哪一件文艺,完全脱离了思想,能够站得稳呢?文字本是思想的符号,文学既用了文字做工具,要完全脱离思想,自然办不到。但是文学专靠思想出风头,可真没出息了。何况这样出风头是出不出去的呢?谁知道戏剧拉到文学的这一个弱点当做宝贝,一心只想靠这一点东西出风头,岂不是比文学还要没出息吗?其实这样闹总是没有好处的。你尽管为你的思想写戏,你写出来的,恐怕总只有思想,没有戏。果然,你看我们这几年来所得的剧本里,不但没有问题、哲理、教训、牢骚,但是它禁不起表演,你有什么办法吧?况且这样表现思想,也不准表现得好,那可真冤了!为思想写戏,戏当然没有,思想也表现不出。"赔了夫人又折兵",谁说这不是相当的惩罚呢?

不错,在我们现在这社会里,处处都是问题,处处都等候着易卜生、萧伯纳的笔尖来给它一种猛烈的戟刺。难怪青年的作家个个手痒,都想来尝试一下。但是,我们可知道真正有价值的文艺,都是"生活的批评";批评生活的方法多着了,何必限定是"问题戏"?莎士比亚没有写过问题戏,古今有谁批评生活比他更批评得透彻的?辛格批评生活的本领也不差罢?但是他何尝写过"问题戏"?只要有一个角色,便叫他会讲几句时髦的骂人的话,不能算是"问题戏"罢?总而言之,我们该反对的不是戏里含着什么问题;若是因为有个问题,便可以随便写戏,那就把戏看得太不值钱了。我们要的是戏,不拘是哪一种的戏。若是仅仅把屈原、聂政、卓文君,许多的古人拉起来了,叫他们讲了一大堆社会主义、德谟克拉西,或是妇女解放问题,就可以叫做戏,甚至于叫做诗剧,老实说,这种戏,我们宁可不要。

因为注重思想,便只看得见能够包藏思想的戏剧文学,而看不见戏剧的其余部分。结果,到终于,不三不四的剧本,还数得上几个,至于表演同布景的成绩,便几等于零了。这样做下去,戏剧能够发达吗?你把稻子割了下来,就可摆碗筷,预备吃饭了吗?你知道从稻子变成饭,中间隔着了好几次手续,是同样的复杂?这些手续至少都同戏本一样的重要。我们不久就一件件的讨论。

先拉飞主义

> 味摩诘之诗,诗中有画,观摩诘之画,画中有诗。
>
> ——《东坡志林》

首先这题目许用得着给下一点注脚。

最初用"先拉飞"这名词的是侨寓在意大利的一群法国画家,他们的目的是要在画里恢复中世纪的——拉飞儿(Raphael)以前的朴质的作风。现在讲到"先拉飞派",它是指英国的罗瑟蒂(Dante Gabriel Rossetti)、韩德(Holman Hunt)和米雷(Sir John Millais)等七个人。先拉飞兄弟会(The Pre-Raphaelite Brotherhood)是在1848年组织的,内中有画家、有雕刻家、有诗人。他们在画上签名便简写为 P. R. B.。他们的言论机关叫做《胚胎》(The Germ)。他们会同批评家罗斯金,主张扫除拉飞儿以后的种种秀丽纤弱的习气,恢复早期作家的简洁、真诚与笃实;还有当时那物质的潮流和怀疑的思想,他们也要矫正,因此他们要在画里表现出那中世纪的"惊异、虔诚和战栗"等的宗教情调。这运动的寿命并不长。不久"兄弟们"渐渐分散了,各人走上各人自己的蹊径,于是先拉飞兄弟会就无形的瓦解了。可是这次运动,在英国艺术上,确乎深深的印了一个戳记,特别是在装饰艺术上的影响很深。

以上可算"先拉飞运动"的一篇简明的历略。"先拉飞主义"给当时的批评界引起了不少的争辩。这主义所包含的原则很多,可讨论的也实在不少。我们现在要谈的,单是"先拉飞派"的画与"先拉飞派"的诗,两者之间相互的关系和这种关系的评价。

文学里的"先拉飞主义"是个借用的名词,"先拉飞主义"在文学里并没有明确的定义。为便利起见,我们才借它来标明当时文学界的一种浪漫趋势,例如罗瑟蒂、莫理士、史文朋诸家的作品。所以文学与"先拉飞运动"即便有关系也是一种旁支庶出的关系,正如罗瑟蒂自称绘画是他的主业,诗只是副产品一样。不过拿"先拉飞"来形容那一帮人的作品,实在是比较最近于妥当的一个名词。再说他们的诗和"先拉飞派"的画也的确很有关系。不但他们有一部分人同时是诗人又是画家,并且他们还屡次在诗里表现画,或在画里表现诗。罗瑟蒂本人的集子里就有一大堆题画的商籁体。

美术和文学同时发展,在历史上本是常见的事,最显著的文艺复兴,便是一个伟大的美术时期,同时又是伟大的文学时期。因此有人称英国的19世纪末为英国的文艺复兴。但是美术和文学,从来没有在同一个时期里,发生过那样密切的关系;不拘在哪个时期,断没有第二帮人像"先拉飞派"的"弟兄们"那样有意的用文学来作画、用颜料来吟诗。"先拉飞主义"引起我们——至少作者个人的注意,便在这一点上。

讲到这里,我们马上想起王维的"诗中有画,画中有诗"那句老话。王维的"诗中有画,画中有诗",比方,和罗瑟蒂的"诗中有画,画中有诗"同不同,是另一问题,不过拿这八个字来包括"先拉飞派"的艺术,倒是一个顶轻便的办法。这两句话,我以后还要常常借用,但是请读者注意,我声明在先,那是有条件,有范围的借用。

"先拉飞派"的画和"先拉飞派"的诗,何以发生那样密切的关系呢?我们研究这里种种的动因,有的属于时代的趋势,有的属于个人的天才,有些是机会凑成的,有些是人力强造的——极复杂,也极有趣。

艺术型类的混乱是"先拉飞派"的一个特征,开混乱艺术型类之端的可不是"先拉飞派"。1766 年,将近新古典运动的末叶,勒沁的《雷阿科恩》已经在攻击那种趋势。到 19 世纪,那趋势反而变本加厉了,趋势简直变成了事实,并且不仅诗和画的界线抹杀了,一切的艺术都丢了自己的工作。给邻家代庖,罗瑟蒂的"诗中有画,画中有诗"只是许多现象中之一种。此外还有戈提叶(Gautier)的"艺术的移置"(Transposition d'Art),马拉美(Mallarmé)要用文学制成和合曲……诸如此类,数都数不清。看来这种现象,不是局部的问题,乃是那时代里全部思潮和生活起了一种变化——竟或是腐化。关于这一点,白璧德教授在他的《新雷阿科恩》里已经发挥得十分尽致了,不用我们再讲。我们要知道的只是那时代潮流的主因之外,还有许多副因和近因。下面这几点,对于阐明"先拉飞主义"发展的痕迹,许可以供给些参证。

先拉飞兄弟会成立的头年(1847 年),罗瑟蒂和他那般朋友对于济慈的诗发生了很深的兴味。这是一件值得注意的事,本来罗瑟蒂早就在济慈和柯立基的作品里看出了一种最高的浪漫元素。后来他和韩德、米雷读霍顿的《济慈传》,又同时都觉得那诗人的作品,已经达到古典与浪漫调和到最适当的境地,并且那正是他们自己在美术里企望不到的最高目的。现在他们的愿望是要把这"灵"与"肉"的谐和移植到绘画里来。于是他们纠合了一般同志,组织了一个团体,规定每人得按时交进画稿来给大众批评,题目往往是由罗瑟蒂拟。下面这些画题,便是从济慈的《绮萨白娜》(*Isabella*)里选出的:

(1)《情耦》

(2)《绮萨白娜的三个弟兄》

(3)《分离》

(4)《幻象》(绮萨白娜梦见他的哥弟们把情郎杀死了)

(5)《林中》(绮萨白娜到林子里把情郎的首级偷来了)

(6)《紫苏坛》(她把首级埋在坛里)

(7)《弟兄们发现了紫苏坛》

(8)《绮萨白娜之疯魔》

兄弟会未成立之前,他们和济慈已经有这样的关系,既成立以后,关系仍然没有改变。例如米雷的首屈一指的杰作《圣爱格尼节之前夕》(The Eve of St. Agnes)便取材于济慈的那首同名的诗,并且韩德的第一次重要的产品《马德林与波菲罗之出奔》(The Flight of Madeline and Porphyro)也是由那首诗脱胎的。还有济慈的《无情的美女》(La Belle Dame Sans Mercé),他们也都画过。

三人都是先拉飞兄弟的台柱子,和济慈的关系又都那样深,看来是不是"先拉飞运动"之产生,济慈要负一份责任？再看他们崇拜济慈是因为他的诗是调和古典浪漫的大成功,"先拉飞运动"所以又可以说是借口改造诗的方法,来改造画,正如他们后来又借改造画的方法去改造诗。这样不分彼此的挪借,便造就了诗与画里的许多新花枪,同时也便是艺术型类的大混乱。

假如没有个济慈,或是他们凑巧没有注意到济慈的诗,"先拉飞运动"还会不会实现呢？我们的答案大概属于正面,因为前面已经提过,兄弟会里以画家兼诗人的会员不在少数,罗瑟蒂本人不用讲了,此外吴勒(Thomas Woolner)在他的雕刻还没有成名以前,已经是一个很有天才的诗人；喀林生(James Collinson)在诗上也有相当的成绩,他在第二期《胚胎》上发表的作品,据说很能代表"先拉飞派"的那宗教的象征主义,和半禁欲、半任情的忧郁情调；裴登(Sir J. Noel Paton)和施高达(William Bell Seott)两个人也是诗画两方面都有贡献的；威廉·罗瑟蒂在两种艺术上都尝试过,他开始习画许太迟点,所以不能终局,他放弃作诗,据韩德说,为的是自己觉得不如老兄才搁笔；还有老画家卜朗(Ford Madox Brown)、罗瑟蒂的老师,也能作诗,在《胚胎》上投过稿。以上都是画家兼诗人。其余的是会员也好,非会员而与他们有瓜葛的也好,几乎没有一个不是具有双料的兴趣,虽则画画的不必实行作诗,作诗的不必实行画画。最足以代表这一类的,便是两个"先拉飞派"的后劲白恩·琼士(Sir Edward Burne Jones)和威廉·莫理士(William Morris)。这样看来，他们自身本有双方发展的可能性。恐怕用不着多少外来的刺激和指点，才会产生那种"诗中有画，画中有诗"的艺术。

我们许要问，怎么这样凑巧，恰恰让那样一群人聚到一堆来了，这现象是否和他们的中心人物——罗瑟蒂个人的天性，有点因果关系？换句话说，"先拉飞派"的命运，是不是由罗瑟蒂一手造成的，是不是因为主将的"诗中有画，画中有诗"，才有大家的"诗中有画，画中有诗"？不见得，罗瑟蒂的魔力不见得有那样大，不错，坚强自信的罗瑟蒂，富于"个人吸引力"的罗瑟蒂，惯于高兴支配别人，别人也乐于被他支配，但是我们决不相信，偌大一个运动，是谁一个人的能力所能造设的。罗瑟蒂不过是许多分子之一；与其说罗瑟蒂支配众人，不如说大家互相支配，或许其中罗瑟蒂的势力比较大点。大家都是多才多艺，因为多才多艺，才要左手画圆，右手画方，结果当然圆里有方，方里也有圆了。兄弟会的事业，就是这么一回事。

单就"画中有诗"讲，英国也不仅"先拉飞派"的画家是那样，自从英国有画以来，可以说没有完全脱离过文学的色彩。英国人天生就不是意大利人、法兰西人、西班牙人或荷兰人那样的图画天才。绘画——由线条色彩构成的绘画，仿佛他们从来没有了解过。他们不是不能审美，他们的美，是从诗和其他的文学里认识的。他们有的是思想家、道德家、著作家，他们会"想"，可不大会"看"。自从阿瑟王和"圆桌"的时代，英国就有了诗，英国的画却是比较晚出的产品，所以难怪他们的兴趣根本在文学上，甚至于文学的势力还要偷进绘画里来。认真的讲，英国的画只算得一套文学的插图。就"先拉飞派"讲，罗瑟蒂的画是但丁的插图、韩德的是《圣经》的插图。再从全部的英国美术史看，从侯加士（Hogarth）数到白兰格文（Branguan），哪一个不是插图家？一个勃莱克（Blake），一个皮雅次蕾（Beardsley），两座高峰，遥遥相对，四围兀兀的布满了大大小小的山头，结构和趣味差不多属于一种的格调。芮洛慈（Reynolds）、盖恩斯伯洛（Gainsborough）以下的肖像画家，和魏尔生（wilson）、康士塔孛（Constable）以下的风景画家，算是例外。可是你知道这两派都是荷兰人的传授，只可说是英国寄籍的荷兰画（肖像和风景根本也是不容易文学化的)。你简直没有法子叫英国人不在画里弄文。连兰西儿(Landseer)的狗子都要讲故事。文学是英国人的根性,所以罗瑟蒂才有这样的议论——他对白恩·琼士说——"谁心里若是有诗,他最好去画画,因为所有的诗都早已讲过了,写过了,但差不多没有人动手画过。"可见罗瑟蒂画画的动机是要作诗。你不能禁止英国人不作诗,如同不能禁止他们的百灵鸟不唱歌一样。

还有一种原因也足以使诗画的界线容易混乱。在《胚胎》的弁言里他们已经声明过,在画上应用过的原则,也要在诗上应用;其实在诗上应用的理由更大,因为绘画的旨趣非借具体的物象来表现不可,诗却可以直接达到它的鹄的。譬如画家若要在作品里表现一种精神的简洁性,必须想出各种方法来布置,描写他身外的对象,但是一个诗人——假如他是个能手——顿时就能捉住他那题材的精神,精神捉到了,再拿象征的或戏剧的方法给装扮起来,就比较容易了。柏尔(Clive Bell)在他的《艺术论》里,辨别美感和实用观念的区别,有一段话:"一个实际的人走进屋子里,看见几张椅子,桌子,沙发,一幅地毯,和一座壁炉。他的理智认识了这些物件,假如他要在那里待下,或是放下一只杯子,他晓得他应该怎么办。那些物件的名字告诉了他许多方法——怎样应付那些实际问题的方法。但是在各个名字背后藏着的那些物件的本体,他不知道。艺术家可不同,名字不关他的事。他们只知道一件东西是产生一种情绪的工具,那便是说,他们只管得着物件本身的价值……"好了,我们现在该明白了什么是供应实用的物件,什么是供应美感的物件。譬如一只茶杯,我们叫它做茶杯,是因为它那盛茶的功用,但是画家注意的只是那物象的形状、色彩等等,它的名字是不是茶杯,他不管。但是一个画家怎样才能把那物象表现出来,叫看画的人也只感到形状色彩的美,而不认作茶杯呢?现在我们回到本题了,绘画的困难便在这里,绘画的困难比文学的大,也在这里。

  White plates and cups clean-gleaming,
  Ringed with blue lines.

白禄克(Rupeit Brooke)这种捉拿生魂的神通,决不是画家梦想得到的。就叫寨桑(Cézanne)来动手,结果恐怕还免不掉有点隔膜。这是因为文学的工具根本是富于精神性的。"先拉飞主义"在诗上的问题小,在画上的问题大,并且他们的诗的成功比画的成功更加可观,便是这个道理。但是不幸的是诗的地位占便宜些,就免不了要引起画的妒忌和羡慕。"先拉飞派"的画家看出了诗的可羡慕的地位,是对的,是他们有眼光;但是他们实际的羡慕了,并且不惜牺牲自家的个性,放弃自家的天职,去求绘画的诗化,那便是错了,那是没有眼光。

罗斯金的艺术主张,和"先拉飞派"的主张,本是两方面独自发现的,虽是两方面不约而同的发现,不过自从他们互相认识以后,"先拉飞派"从罗斯金得来的赞助和指导的确是很多。罗斯金的影响好的、健全的固然不少,但是"先拉飞派"所以用作诗的方法作画,我们饮水思源,实在不能不把一部分的罪过堆在罗斯金身上。我们也承认"先拉飞派"对于宗教——更正确点,宗教方面的中世纪主义——的热心,难免是"牛津运动"的余波,可是如果没有罗斯金那样明白的表示和大声疾呼的提倡,我们也可以断定"先拉飞派"是不会得有那样坚决的、极端的主张,因此流弊也不致那样大。罗斯金说:

> 譬如,雷兰派的一部作品——鲁奔斯(Rubens)、樊代克(Vandyke)和冷伯兰提(Rembrandt)永远在例外——都是夸耀画家的口才,都是用清晰而有力的发音术咬着既无用又无味的字眼;至于齐玛孛(Cimabue)和吉莪陀(Giotto)早年的成绩乃是婴孩嘴唇里吐出的热烈的预言。明哲的批评家应该负起责任来审慎辨别什么是语言,什么是思想,还要专心尊崇,赞颂思想,把语言认为下乘,绝对不当与思想相提并论或较量短长。一幅画,如果有的是较高尚较丰富的意义,不问表现得怎样笨拙,比起那表现美满而意义凡庸贫困的作品,定是一幅较伟大的较好的画。

罗斯金的主意是要艺术有一种最高无上的道德的目的,他以为艺术的价值,是随着这目的之有无或高下为转移的,所以他注重的是绘画的

"思想",不是"语言"。这话当然不错,可是问题不是那样简单。试问到底哪里是"思想"和"语言"的分野?在绘画里,离开线条和色彩的"语言","思想"可还有寄托的余地?如果思想有了,就可以不择表现的方法,只要能达意就成了吗?譬如,在罗瑟蒂的《圣母的童年》里,我们看见一瓶百合、一把荆棘,知道百合象征贞洁、荆棘象征悲哀。好了,画家的意义我们明白了,可是那与绘画本身价值有什么关系?明白了是两个"文学的"概念。"文学的"概念只能间接地引起情感的反应,并且那种情感也未见得纯洁。当然,罗斯金并没有教画家拿那样潦草,肤浅的方法来表现"思想",但是我们得承认有了罗斯金的推重"思想",才有罗瑟蒂的只认目的,不择手段的流弊。不但罗瑟蒂,便是韩德的只求局部之精确,忘了全体的谐和,和米雷的欢喜在画里讲故事,何尝不是罗斯金的影响。

但是话又说回头了,我们也不必十分逼罗斯金,连老头子自己都没办法,因为批评家和创作家都是英国人,文学是英国人的天才,也是英国人的脾气。

否定肉体,偏执灵魂的中世纪主义,也是能损毁绘画的纯粹性的一种势力。我们拿中世纪色彩最浓的罗瑟蒂来做例。但是我们先得认清他的文学作品被人攻击为"肉体派的诗",实在是个大冤枉,幸而攻击他的人,巴坎伦(Robert Buchanan)后来忏悔了。其实在罗瑟蒂的诗里,"肉体美"所以可贵的,完全因为它是"灵魂美"的佐证,所谓"内在的,精神的,美德的一种外在的,有形的符号",我们读他的《身体的美》(*Body's Beauty*)那首商籁体便知道了。诗人又在一首题名 *Lovesight* 的商籁体里问道:

> When do I see the most, bloved one?
>   When in the light the spirit of mine eyes,
>   Before thy face, their altar, solemnize
> The Worship of that love through thee made known?
> Or when in the dusk hours(we two alone),

> Close-kissed and eloquent of still replies
> Thy twilight-hidden glimmering visage lies,
> And my soul only sees thy Soul its own?

这种神秘性充满了罗瑟蒂全部的著作,可是要把它运用到画里来,问题就困难了,因为神秘性根本是有诗意的,和画却隔膜得多。罗瑟蒂即拿定了主义要神秘化他的画,没有办法就拐一个弯,借那属于文学的,抽象的象征来帮忙,结果我们便得了这样一幅画,例如他的《但丁之梦》。在这画里,神秘的含义谁也承认是十分丰富,丰富的含义总算都表现得够分明的了。但是把它当做画看,未免太分明了,因为所谓"分明"是理智的了解,不是感觉的认识,所以在文学里可以立脚,在画里没有存在的余地。

也许有人又要发问,神秘主义果真不在绘画的范围里吗?绘画绝对不许采取象征手段吗?吉茭陀、齐玛孛、马沙奇俄(Masaceio)的地位应该推翻吗?不错,早期意大利的名手都是神秘家,都没有鄙视过象征。但是他们的时代是中世纪,不是做中世纪的梦的19世纪;他们是在宗教里生活着,用不着靠宗教运动求生活,神秘是他们的天性,不是他们的主义;在他们无所谓象征,象征便是实体。我们认为实体的,在他们都是象征。有了那种精神,岂独在美术上可以创造奇迹,在文学上、在生活上,哪一项不够我们惊异、拜倒、向往的?兄弟会虽是会模仿,甚至模仿古人的那隐遁的生活,保持着一种宗教式的诚恳态度,但是没有用,模仿毕竟是模仿,何况他们对于宗教并没有正确的领悟。罗瑟蒂对于宗教是一种浪漫的癖好,正如韩德对于宗教是一种历史的好奇心,韩德向巴勒斯登汇集材料,罗瑟蒂向中世纪汇集材料,不过因为那一种空间的、一种时间的距离,能满足他们好奇的欲望罢了。他们的灵感的来源既不真,他们的作品当然是空洞的、软弱的,没有红血轮的。

上面所讨论的,是站在绘画的立脚点上看为什么"先拉飞派"的画中有诗。我们拉杂的举了七种理由。如果翻过面来问为什么"先拉飞派"的诗中又有画,理由当然有许多和上面相同,也有看了彼方面的理由,马上就可想起此方面的。例中单讲罗瑟蒂兄妹,知道安格鲁撒克逊民族的天才是文学,也便想得起拉丁民族的天才是造型艺术——罗瑟蒂兄妹是四分之三的意大利人、四分之一的英国人。还有知道他们的中世纪主义,也不能忘记他们的希腊主义,上文已经提过,他们在济慈的诗里发现了"灵"与"肉"最圆满的调和,并且要把它移植到画里来,可见他们的主张和片面的禁欲主义完全两样。他们的诗里所以充满了属于感觉的绘画,便是这个缘故。

我讲了许多不利于"先拉飞派"或罗瑟蒂个人的话,读者可不要误会,以为我完全不承认他们的价值。尤其是罗瑟蒂的作品,我不仅认为有价值,并且讲老实话,我简直不能抵抗它那引诱,虽是清醒的自我有时告诉我,那艳丽中藏着有毒药。不用讲,我承认我的弱点,便是承认罗瑟蒂的魔力!例如《受祜的比雅特丽琪》(*Beata Beatrix*)、《潘多娜》(*Pandora*)、《窗前》(*La Donna della Finestra*)等等作品里的可歌可泣的神秘的诗意,谁不陶醉,谁不折服,谁还有工夫附和契斯脱登(G. K. Chesterton)来说那冷心的、狠心的话——"这个大艺术家的成功,是由于不曾辨清他的艺术的性质!"再看他的诗,举一个极端的例:

  Herself shall bring us, hand in hand,
   To him round whom all souls
  Kneel, the clear-ranged unnumbered heads
   Bowed with their aureoles:
  And angels meeting us shall sing
   To their citherns and Citoles.

我们明晓得这不但是画意,简直是图画——是中世纪道院里那一个老和尚(也许是 Fra Angelico)用金的、宝蓝的、玫瑰红的和五光十色的油漆堆起来的一幅图画。"诗中有画"我们见得多,从莎士比亚,斯宾叟以来的诗人,谁不会在文学里创造几幅画境?但是罗瑟蒂这样的,我们没有见过。我们也知道这正是亚里士多德说的"Shifting his ground another kind",但是这"移花接木"的本领是值得佩服的,并且这样开出的花是有一种奇异的芬芳和颜色,特别能勾引人们的赏玩。

总结一句,"先拉飞派"的诗和画,的确是有它们的特点,"先拉飞主义",无论在诗或画方面,似乎是一条新路。问题只是艺术的园地里到底有开辟新畦畛的必要与可能没有?勉强造成的花样,对于艺术的根本价值,是有益还是有损?契斯脱登的评论,我们现在可以全段的征引了:

> 罗瑟蒂是一个多方面而特出的人才;他并没有在任何方面成功;不然,也许不会有人知道他。在那两种艺术上,他是一半成功,一半失败;他的成功完全是他那失败的巧术凑成的。假使他是邓尼生那样一个诗人,也许会成一个能画画的诗人,假使他是白恩·琼士那样一个画家,也许会成一个能作诗的画家。说也奇怪,在这极端的艺术运动的门限上,我们倒发现了这个大艺术家的成功是由于不曾辨清他的艺术的性质。他的诗太像画了。他的画太像诗了。正因为这个缘故,他的诗和画才能征服维多利亚时代的那冷淡的满意,因为他那种作品总算是有东西的,虽则在艺术上是不值些什么的东西。

我们再谈谈王摩诘的"诗中有画,画中有诗",做个结束。其实这话也不限于王摩诘一个人担当得起。从来哪一首好诗里没有画,哪一幅好画里没有诗?恭维王摩诘的人,在那八个字里,不过承认他符合了两个起码的条件。"先拉飞派"的"诗中有画,画中有诗"可不同,那简直是"张冠李戴",是末流的滥觞;猛然看去,是新奇,是变化,仔细想想,实在是艺术的自杀政策。

1928 年 5 月 26 日

文学的历史动向

人类在进化的途程中蹒跚了多少万年,忽然这对近世文明影响最大最深的四个古老民族——中国、印度、以色列、希腊——都在差不多同时猛抬头,迈开了大步。约当纪元前一千年左右,在这四个国度里,人们都歌唱起来,并将他们的歌纪录在文字里,给流传到后代。在中国,"三百篇"里最古部分——《周颂》和《大雅》,印度的《黎俱吠陀》(*Rig Veda*),《旧约》里最早的《希伯来诗篇》,希腊的《伊利亚特》(*Iliad*)和《奥德赛》(*Odyssey*)——都约略同时产生。再过几百年,在四处思想都醒觉了,跟着比较可靠的历史记载的出现,从此,四个文化,在悠久的年代里,起先是沿着各自的路线,分途发展,不相闻问,然后,慢慢地随着文化势力的扩张,一个个地胳臂碰上了胳臂,于是吃惊、点头、招手、交谈,日子久了,也就交换了观念思想与习惯。最后,四个文化慢慢地都起着变化,互相吸收、融合,以至总有那么一天,四个的个别性渐渐消失,于是文化只有一个世界的文化。这是人类历史发展的必然路线,谁都不能改变,也不必改变。

上文说过,四个文化猛进的开端都表现在文学上,四个国度里同时迸出歌声。但那歌的性质并非一致的。印度、希腊,是在歌中讲着故事,他们那歌是比较近乎小说戏剧性质的,而且篇幅都很长,而中国、以色列则都唱着以人生与宗教为主题的较短的抒情诗。中国与以色列许是偶同，印度与希腊都是雅利安种人，说着同一系统的语言，他们唱着性质比较类似的歌，倒也不足怪。

中国，和其余那三个民族一样，在他开宗第一声歌里，便预告了他以后数千年间文学发展的路线。"三百篇"的时代，确乎是一个伟大的时代，我们的文化大体上是从这一刚开端的时期就定型了。文化定型了，文学也定型了，从此以后两千年间，诗——抒情诗，始终是我们文学的正统的类型，甚至除散文外，它是唯一的类型，赋、词、曲，是诗的支流，一部分散文，如赠序、碑志等，是诗的副产品，而小说和戏剧又往往以各自不同的方式夹杂些诗。诗，不但支配了整个文学领域，还影响了造型艺术，它同化了绘画，又装饰了建筑（如楹联、春帖等）和许多工艺美术品。

诗似乎也没有在第二个国度里，像它在这里发挥过的那样大的社会功能。在我们这里，一出世，它就是宗教、是政治、是教育、是社交，它是全面的生活。维系封建精神的是礼乐，阐发礼乐意义的是诗，所以诗支持了那整个封建时代的文化。此后，在不变的主流中，文化随着时代的进行，在细节上曾多少发生过一些不同的花样。诗，它一面对主流尽着传统的呵护的职责，一方面仍给那些新花样忠心的服务。最显著的例是唐朝。那是一个诗最发达的时期，也是诗与生活拉拢得最紧的一个时期。

从西周到春秋中期，从建安到盛唐，这中国文学史上两个最光荣的时期，都是诗的时期。两个时期各各拖着一条姿势稍异，但同样灿烂的尾巴，前者是《楚辞》、《汉赋》，后者是五代宋词，而这辞赋与词还是诗的支流。然则从西周到宋，我们这大半部文学史，实质上只是一部诗史。但是诗的发展到北宋实际也就完了，南宋的词已经是强弩之末。就诗本身说，连尤、杨、范、陆和稍后的元遗山似乎都是多余的、重复的，以后的更不必提了。我们只觉得明清两代关于诗的那许多运动和争论都是无味的挣扎。每一度挣扎的失败，无非重新证实一遍那挣扎的徒劳无益而已。本来从西周唱到北宋，足足两千年的工夫也够长的了，可能的调子都已唱完了。到此,中国文学史可能不必再写,假如不是两种外来的文艺形式——小说与戏剧,早在旁边静候着,准备届时上前来"接力"。是的,中国文学史的路线南宋起便转向了,从此以后是小说戏剧的时代。

故事与雏形的歌舞剧,以前在中国本土不是没有,但从未发展成为文学的部门。对于讲故事,听故事,我们似乎一向就不大热心。不是教诲的寓言,就是纪实的历史,我们从未养成单纯的为故事而讲故事、听故事的兴趣。我们至少可说,是那充满故事兴味的佛典之翻译与宣讲,唤醒了本土的故事兴趣的萌芽,使它与那较进步的外来形式相结合,而产生了我们的小说与戏剧。故事本是民间的产物,不用讳言,它的本质是低级的(便在小说戏剧里,过多的故事成分不也当悬为戒条吗)。正如从故事发展出来的小说戏剧,其本质是平民的,诗的本质是贵族的,要晓得它们之间距离很大,而距离是会孕育恨的。所以我们的文学传统既是诗,就不但是非小说戏剧的,而且推到极端,可能还是反小说戏剧的。若非宗教势力带进来那点新鲜刺激,而且自己的歌实在也唱到无可再唱的了,我们可能还继续产生些《韩非·说储》,或《燕丹子》一类的故事,和《九歌》一类的雏形歌舞剧,但是,元剧和章回小说决不会有。然而本土形式的花开到极盛,必归于衰谢,那是一切生命的规律,而两个文化波轮由扩大而接触而交织,以至新的异国形式必然要闯进来,也是早经历史命运注定了的。异国形式也许早就来到了,早到起码是汉朝佛教初输入的时候,你可以在几百年中不注意它,等到注意了之后,还可以延宕,蹉跎个又一度几百年,直到最后,万不得已的,这才死心塌地,接受了吧!但那只是迟早问题。反正自己的花无法再开,那命数你得承认。新的种子从外面来到,给你一个再生的机会,那是你的福分。你有勇气接受它,是你的聪明,肯细心培植它,是有出息,结果居然开出很不寒碜的花朵来,更足以使你自豪!

第一度外来影响刚刚扎根,现在又来了第二度的。第一度佛教带来的印度影响是小说戏剧,第二度基督教带来的欧洲影响又是小说戏剧(小说戏剧是欧洲文学的主干,至少是特色),你说这是碰巧吗?

不然。欧洲文化正如它的鼻祖希腊文化一样,和印度文化往大处看,还不是一家?这样说来,在这两度异乡文化东渐的阵容中,印度不过是欧洲的头,欧洲是印度的尾而已。就文化接触的全盘局势来看,头已进来,尾的迟早必须来到,应该也是早已料到的事。第一度外来影响,已经由扎根而开花了,但还不算开到最茂盛的地步,而本土的旧形式,自从枯萎后,还不见再荣的迹象,也实在没有再荣的理由。现在第二度外来影响,又与第一度同一种类,毫无问题,未来的中国文学还要继续那些伟大的元明清人的方向,在小说戏剧的园地上发展。待写的一页文学史,必然又是一段小说戏剧史,而且较向前的一段,更为热闹,更为充实。

但在这新时代的文学动向中,最值得揣摩的,是新诗的前途。你说,旧诗的生命诚然早已结束,但新诗——这几乎是完全重新再作起的新诗,也没有生命吗?对了,除非它真能放弃传统意识,完全洗心革面,重新做起。但那差不多等于说,要把诗作得不像诗了。也对。说得更确切点,不像诗,而像小说戏剧,至少让它多像点小说戏剧,少像点诗。太多"诗"的诗,和所谓"纯诗"者,将来恐怕只能以一种类似解嘲与抱歉的姿态,为极少数人存在着。在一个小说戏剧的时代,诗得尽量采取小说戏剧的态度,利用小说戏剧的技巧,才能获得广大的读众。这样的做法并不是不可能的。在历史上多少人已经做过,只是不大彻底罢了。新诗所用的语言更是向小说戏剧跨近了一大步,这是新诗之所以为"新"的第一个也是最主要的理由。其他在态度上、在技术上的种种进一步的试验,也正在进行着。请放心,历史上常常有人把诗写得不像诗,如阮籍、陈子昂、孟郊,如华茨渥斯(Wordsworth)、惠特曼(Whitmen),而转瞬间便是最真实的诗了。诗这东西的长处就在它有无限度的弹性,变得出无穷的花样,装得进无限的内容。只有固执与狭隘才是诗的致命伤,纵没有时代的威胁,它也难立足。

每一时代有一时代的主潮,小的波澜总得跟着主潮的方向推进,跟不上的只好留在港汊里干死完事。战国秦汉时代的主潮是散文。一部分诗服从了时代的意志,散文化了,便成就了楚辞和初期的汉赋,成就了铙歌，这些都是那时代的光荣。另一部分诗，如《郊祀歌》、《安世房中歌》、韦孟《讽谏诗》之类，跟不上潮流，便成了港汊中的泥淖。

明代的主潮是小说，《先妣事略》、《寒花葬志》和《项脊轩志》的作者归有光，采取了小说的以寻常人物的日常生活为描写对象的态度和刻画景物的技巧，总算是沾上了点时代潮流的边儿（他自己以为是读《史记》读来了的，那是自欺欺人的话），所以是散文家中欧公以来唯一顶天立地的人物。其他同时代的散文家，依照各人小说化的程度的比例，也多多少少有些成就，至于那般诗人们只忙于复古，没有理会时代，无疑那将被未来的时代忘掉。以上两个历史的教训，是值得我们的新诗人书绅的。

四个文化同时出发，三个文化都转了手，有的转给近亲，有的转给外人，主人自己却都没落了，那许是因为他们都只勇于"予"而怯于"受"。中国是勇于"予"而不太怯于"受"的，所以还是自己的文化的主人，然而也只仅免于没落的劫运而已。为文化的主人自己打算，"取"不比"予"还重要吗？所以仅仅不怯于"受"是不够的，要真正勇于"受"。让我们的文学更彻底地向小说戏剧发展，等于说要我们死心塌地走人家的路。这是一个"受"的勇气的测验，也是我们能否继续自己文化的主人的测验。

过去记录里有未来的风色。历史已给我们指示了方向——"受"的方向，如今要的只是勇气，更多的勇气啊！

《西南采风录》序

正在去年这时候,学校由长沙迁昆明,我们一部分人组织了一个湘黔滇旅行团,徒步西来,沿途分门别类收集了不少材料。其中歌谣一部分,共计两千多首,是刘君兆吉一个人独力采集的。他这种毅力实在令人惊佩。现在这些歌谣要出版行世了,刘君因我当时曾挂名为这部分工作的指导人,要我在书前说几句话。我惭愧对这部分材料在采集工作上,毫未尽力,但事后却对它发生极大兴趣。一年以来,总想下番功夫把它好好整理一下,但因种种关系,终未实行。这回书将出版,答应刘君作序,本拟将个人对这材料的意见先详尽的写出来,作为整理工作的开端,结果又一再因事耽延,不能实现。这实在不但对不起刘君,也辜负了这宝贵材料。然而我读过这些歌谣,曾发生一个极大感想,在当前这时期,却不能不尽先提出请国人注意。

在都市街道上,一群群乡下人从你眼角滑过,你的印象是愚鲁、迟钝、畏缩,你万想不到他们每颗心里都自有一段骄傲,他们男人的憧憬是:

快刀不磨生黄锈,胸膛不挺背要驼。

——安南

女子所得意的是：

> 斯文滔滔讨人厌，庄稼粗汉爱死人；
> 郎是庄稼老粗汉，不是白脸假斯文。
> ——贵阳

他们何尝不要物质的享乐，但鼠窥狗偷的手段，都是他们所不齿的：

> 吃菜要吃白菜头，跟哥要跟大贼头；
> 睡到半夜钢刀响，妹穿绫罗哥穿绸。
> ——盘县

哪一个都市人，有气魄这样讲话或设想？

> 生要恋来死要恋，不怕亲夫在眼前。
> 见官犹如见父母，坐牢犹如坐花园。
> ——盘县

> 火烧东山大松林，姑爷告上丈人门；
> 叫你姑娘快长大，我们没有看家人。
> ——宣威

> 马摆高山高又高，打把火钳插在腰。
> 哪家姑娘不嫁我，关起四门放火烧。

你说这是原始，是野蛮？对了，如今我们需要的正是它。我们文明得太久了，如今人家逼得我们没有路走，我们该拿出人性中最后、最神圣的一张牌来，让我们那在人性的幽暗角落里伏蛰了数千年的兽性跳出来反噬他一口。打仗本不是一种文明姿态，当不起什么"正义感"、"自尊心"、"为国家争人格"一类的奉承，干脆的是，人家要我们的命，我们是豁出去了，是困兽犹斗。如今是千载一时的机会，给我们试验自己血中是否还有着那只狰狞的动物；如果没有，只好自认是个精神上"天阉"的民族，休想在这地面上混下去了。感谢上苍，在前方，姚子青、八百壮士，每个在大地上或天空中粉身碎骨了的男儿,在后方几万万以"睡到半夜钢刀响"为乐的"庄稼老粗汉",已经保证了我们不是"天阉"!如果我们是一个乐观主义者,我的根据就只这一点。我们能战,我们渴望一战而以得到一战为至上的愉快。至于胜利,那是多么泄气的事,胜利到了手,不是搏斗的愉快也得终止,"快刀"又得"生黄锈"了吗?还好,四千年的文化,没有把我们都变成"白脸斯文人"!

               1939年3月5日

时代的鼓手
——读田间的诗

鼓——这种韵律的乐器,是一切乐器的祖宗,也是一切乐器中之王。音乐不能离韵律而存在,它便也不能离鼓的作用而存在。鼓象征了音乐的生命。

提起鼓,我们便想到了一串形容词:整肃,庄严,雄壮,刚毅和粗暴,急躁,阴郁,深沉……鼓是男性的,原始男性的,它蕴藏着整个原始男性的神秘。它是最原始的乐器,也是最原始的生命情调的喘息。

如其鼓的声律是音乐生命,鼓的情绪便是生命的音乐。音乐不能离鼓的声律而存在,生命也不能离鼓的情绪而存在。

诗与乐一向是平行发展着的。正如从敲击乐器到管弦乐器是韵律的音乐发展到旋律的音乐,从三四言到五七言也是韵律的诗发展到旋律的诗。音乐也好,诗也好,就声律说,这是进步。可痛惜的是,声律进步的代价是情绪的委顿。在诗里,一如在音乐里,从此以后以管弦的情绪代替了鼓的情绪,结果都是"靡靡之音"。这感觉的愈趋细致,乃是感情愈趋脆弱的表征,而脆弱感情不也就是生命疲困,甚或衰竭的征兆吗?两千年来古旧的历史,说来太冗长。单说新诗的历史,打头不是没有一阵朴质而健康的鼓的声律与情绪,接着依然是"靡靡之音"的传统,在舶来品的商标的伪装之下,支配了不少的年月。疲困与衰弱的半音,似乎比历史上任何时期都变本加厉了的风行着。那是宿命,是历史发展的必然阶段吗?也许。但谁又叫新生与振奋的时代来得那样突然!箫声,琴声(甚至是无弦琴),自然配合不上流血与流汗的工作。于是忙乱中,新派,旧派,人人都设法拖出一面鼓来,你可以想象一片潮湿而发霉的声响。在那壮烈的场面中,显得如何得滑稽!它给你的印象仍然是疲困与衰竭。这不是激励,而是揶揄,侮蔑这战争。

于是,忽然碰到这样的声响,你便不免吃一惊:

多一颗粮食,
就多一颗消灭敌人的枪弹!

听到吗
这是好话哩!

听到吗
我们
要赶快鼓励自己底心
到地里去!

要地里
长出麦子,
要地里
长出小米;

拿这东西
当做

持久战的武器。

（多一些！
多一些！）

多点粮食，
就多点胜利。
——田间《多一些》

这里没有"弦外之音"，没有"绕梁三日"的余韵，没有半音，没有玩任何"花头"，只是一句句朴质，干脆，真诚的话（多么有斤两的话），简短而坚实的句子，就是一声声的"鼓点"，单调，但是响亮而沉重，打入你耳中，打在你心上。你说这不是诗，因为你的耳朵太熟习于"弦外之音"……那一套，你的耳朵太细了。

你看，
他们底
仇恨的
力，
他们底
仇恨的
血，
他们底
仇恨的
歌，
握在
手里。

握在
手里，

要洒出来……
几十个,
很响地
——在一块;

几十个
达达地,
——在一块

回旋……
狂蹈……

耸起的
筋骨
凸出的
皮肉,
挑负着
——种族的
疯狂
种族的
咆哮……
————田间:《人民底舞》

这里便不只鼓的声律,还有鼓的情绪。这是鞌之战中晋解张用他那流着鲜血的手,抢过主帅手中的槌来擂出的鼓声,是祢衡那喷着怒火的"渔阳掺挝",甚至是,如诗人 RobertLindsey 在《刚果》中,剧作家 Eugene O'Neil在《琼斯皇帝》中所描写的,那非洲土人的原始鼓,疯狂,野蛮,爆炸着生命的热与力。

这些都不算成功的诗(据一位懂诗的朋友说,作者还有较成功的诗,可惜我没见到)。但它所成就的那点,却是诗的先决条件——那便是生活欲,积极的,绝对的生活欲。它摆脱了一切诗艺的传统手法,不排解,也不粉饰,不抚慰,也不麻醉,它不是那捧着你在幻想中上升的迷魂音乐。它只是一片沉着的鼓声,鼓舞你爱,鼓动你恨,鼓励你活着,用最高限度的热与力活着,在这大地上。

当这民族历史行程的大拐弯中,我们得一鼓作气来渡过危机,完成大业。这是一个需要鼓手的时代,让我们期待着更多的"时代的鼓手"出现。至于琴师,乃是第二步的需要,而且目前我们有的是绝妙的琴师。

匡斋谈艺

一

彝器铭文画字从"周"声,周与昼声近,所以就字音说,画本也可读如"昼",就字义说,"画"也就是古"雕"字。这现象告诉我们:画字的本义是刻画,那便是说,在古人观念中,画与雕刻恐怕没有多大分别。就工具说,刀的发明应比笔早,因此产生雕刻的机会也应比产生绘画的机会较先来到。当然刀也可以仅仅用来在一个面积上刻画一些线条,借以模拟一个对象的形状,因此刀的作用也就等于笔。但是我们可以想象,当那形成某种对象的轮廓的线条已经完成之后,原始艺术家未尝不想进一步,削削挖挖,使它成为浮雕,或更进一步,使它成为圆雕。他之所以没有那样做,只是受了材料、时间,或别种限制而已。在这种情形下,画实际是未完成的雕刻。未完成的状态久而久之成为定型,画的形式这才完成。然而画的意义仍旧是一种变质的雕刻,因为那由线条构成的形的轮廓,本身依然没有意义,它是作为实物的立体形的象征而存在的。

二

绘画，严格的讲来，是一种荒唐的企图、一个矛盾的理想。无论在中国或西洋，绘画最初的目标是创造形体——有体积的形。然而它的工具却是绝对限于平面的。在平面上求立体，本是一条死路。浮雕的运用，在古代比近代来得多，那大概是画家在打不开难关时，用来餍足他对于形体的欲望的一种方法。在中国，"画"字的意义本是"刻画"，而古代的画见于刻石者又那么多，这显然告诉我们，中国人当初在那抓不住形体的烦闷中，也是借浮雕来解嘲。这现象是与西方没有分别的。常常有人说中国画发源于书法，与西洋画发源于雕刻的性质根本不同。其实何尝有那样一回事！画的目标，无分中西，最初都是追求立体的形，与雕刻同一动机。中国画与书法发生因缘，是较晚的一种畸形的发展。

大概等到画家不甘心在浮雕中追偿他的缺欠，而非寻出他自家独立的工具不可的时候，绘画这才进入完全自觉的时期。在绘画上东方人与西方人分手，也正是这时的事。目的既在西方人认为创造有体积的形，画便不能，也不应摆脱它与雕刻的关系（他的理由很干脆），于是他用种种手段在画布上"塑"他的形。中国人说，不管你如何努力，你所得到的永远不过是形的幻觉；你既不能想象一个没有轮廓的形体，而轮廓的观念是必须寄于线条的，那么，你不如老老实实利用线条来影射形体的存在。他说，你那形的幻觉无论怎样奇妙，离着真实的形，毕竟远得很，但我这影射的形，不受拘挛，不受污损，不迁就，才是真实的形。他甚至于承认线条本不存在于形体中，而只是人们观察形体时的一种错觉，但是他说，将错就错也许能达到真正不错的目的。这样一来，玄学家的中国人便不知不觉把他们的画和他们的书法归入一种型类内去了。

这两种追求形体的手段，前者可以说是正面的，后者是侧面的。换言之，西方人对于问题是取接受的态度，中国人是取回避的态度。接受是勇气，回避是智慧，但是回避的最大的流弊是"数典忘祖"。当初本为着一个完整的真实的形体而回避那不能不受亏损的幻觉的形体，这样悬的，诚然是高不可攀。但悬的愈高，危险便愈大，一不小心把形体忘记了，绘画便成为一种平面的线条的驰骋。线条本身诚然具有伟大的表现力，中国画在这上面的成绩也委实令人惊奇。但是以绘画论，未免离题太远了！谁知道中国画的成功不也便是它的失败呢？

三

宋迪论作山水画曰：

> 先当求一败墙，张绢素讫，朝夕视之。既久，隔素见败墙之上，高下曲折，皆成山水之象。心存目想，高者为山，下者为水，坎者为谷，缺者为涧，显者为近，晦者为远。神领意造，恍然见人禽草木飞动往来之象，了然在目。则随意命笔，默以神会，自然景皆天就，不类人为，是谓活笔。

达·芬奇(Leonardo da Vinci)作画前，看大理石以求构图之法，与此如出一辙。

字 与 画

原始的象形文字,有时称为绘画文字,有时又称为文字画,这样含混的名词,对于字与画的关系,很容易引起误会,是应当辨明一下的。

一切文字,在最初都是象形的,换言之,都是绘画式的。反之,任何绘画都代表着一件事物,因此也便具有文字的作用。但是,绘画与文字仍然是两件东西,它们的外表虽相似,它们的基本性质却完全两样。一幅图画在作者的本意上,决不会变成一篇文字,除非它已失去原来的目标,而仅在说明某种概念。绘画的本来目的是传达印象,而文字的本来目的则是说明概念。要知道二者的区别,最好是看它们每方面所省略的地方。实际上便是最写实的绘画,对于所模拟的实物,也不能无所省略,文字更不用说了。往往为了经济和有效的双重目的起见,绘画所省略处正是文字所要保留的,反之,文字所省略处也正是绘画所要保留的。以现代澳洲为例,什么是纯粹的绘画,什么是文字性质的绘画,不但土人看来,一望而知,就在我们看来,也不容易混淆。在他们的绘画中,我们可以看到每一笔都证明作者的用意是在求对原物的真实和生动,但在他的文字性质的东西里,情形便完全不同。那些线与点只是代表事物概念的符号,而非事物本身的摹绘。

大体说来,绘画式的文字总比纯粹绘画简单些。但照上面所说的看来,绘画式的文字,却不是简化了的绘画。由此我们又可以推想,我们现在所见到刻在甲骨上的殷代象形文字,其繁简的程度,大概和更古时期的象形文字差不多。我们不能期望将来还有一批更富绘画意味的甲骨文字被发现。文字打头就只是文字——只是近似绘画的文字,而不是真正的绘画。

但是就中国的情形论,文字最初虽非十足的绘画,后来的发展却和绘画愈走愈近。这种发展的过程包括两个阶段,和绘画本身的发展过程完全相合。两个阶段(一)是装饰的,(二)是表现的。

离甲骨略后而几乎同时的铜器上的文字,往往比甲骨文字来得繁缛而更富于绘画意味,这些我从前以为在性质上代表着我国文字较早的阶段,现在才知道那意见是错的。镂在铜器上的铭辞和刻在甲骨上的卜辞,根本是两种性质的东西。卜辞的文字是纯乎实用性质的纪录,铭辞的文字则兼有装饰意味的审美功能。装饰自然会趋于繁缛的结构与更浓厚的绘画意味,沿着这个路线发展下来的一个极端的例,便是流行于战国时的一种鸟虫书,那几乎完全是图案,而不是文字了。字体由篆隶变到行楷,字体本身的图案意味逐渐减少,可是它在艺术方面发展的途径不但并未断绝,而且和绘画拉拢得更紧,共同走到一个更高超的境界了。

以前的装饰的阶段中,字只算是半装饰的艺术,如今在表现的阶段中,它却成为一种纯表现的艺术了。以前作为装饰艺术的字,是以字来模仿画,那时画是字的理想。现在作为表现艺术的字,字却成了画的理想,画反要来模仿字。从艺术方面的发展看,字起初可说是够不上画,结果它却超过了画,而使画够不上它了。

字在艺术方面,究竟是仗了什么,而能有这样一段惊人的发展呢?理由很简单。字自始就不是如同绘画那样一种拘形象的东西,所以能不受拘牵的发展到那种超然的境界。从装饰的立场看,字尽可以不如画,但从表现的立场看,字的地位一上手就比画高,所以字在前半段装饰的竞赛中吃亏的地方,正是它在后半段表现的竞赛中占便宜的地方。这一点也可以证明文字的本质与绘画不同,所同的只是表面的形式而已。

评论书画者常说起"书画同源",实际上二者恐怕是异源同流。字与画只是近亲而已。因为相近,所以两方面都喜欢互相拉拢,起初是字拉拢画,后来是画拉拢字。字拉拢画,使字走上艺术的路,而发展成我们这独特的艺术——书法。画拉拢字,使画脱离了画的常轨,而产生了我们这有独特作风的文人画。

冯法祀战地写生画展观后感

首先的印象是自然的景色多,而人物的刻画少。就现在展览的作品看,大都是以大自然为背景的,而人却站在次要的地位,在西洋画上,这不是主要的作风。中国画是以山水为主,而西洋画则以人为主。多年来,这两方面在学院当中都不能满足。在西洋画中,目前究竟走哪一条路子,似乎也还没有确定。我在外国时,他们对我说,你们自己的画好多了,何必要来向我们学习?那时在"五四"时代,我们往往具有民族主义的看法,对于国画十分推崇,其实国画之好,有些也是我们自己在吹嘘。在外国,从没有到外地去写生,是由自然的描摹发展到静物与人物的写真。从自然走到人,尽管画的还是个人,仍是好的倾向。而中国,又由人回到自然,是坏的路子。从人与人之间去表现社会关系与作者的思想,这才是我们应做的事。如果尽在描写自然,在我看来,是一种浪费,因为这恐怕耽搁了时间去注意人的表现。描写大自然是学院派的作风,也是中国一般美术界的现象。现在,中国的美术所要走的路子,到底是中国的呢?还是西洋的呢?我认为冯先生对这应该忍痛地放弃技术上的追求,要多多表现人间的现实生活。西洋画的人物纵然多是个人的,而二十多年来,中国的新绘画连这一点都没有什么大的成就。依照我的看法，我们要画人物，不仅要画个人，而且要画群众，要画人与人之间的关系，要表现出人在社会上的关系。关于这问题，我现在还不晓得西洋如何解决。因此，我十分喜欢他的那幅《捉虱》，这是人间生活的写照，在画面上是以人为主体的。至于表现人与人的关系上，这涉及到画家对于社会与人生的思想与态度问题，而不单是个人的技术问题。

战后文艺的道路

"道路"不一定是具体计划,只是一种看法;战后不是善后,善后是暂时的,战后是相当长时期的将来。根据已然推测必然,是科学的客观预见,历史是有其客观的必然性的,所以要讲到战后文艺的道路,必须根据文学史及社会发展做一番讨论。

关于文学史,应根据新的世界观来分析:我们承认最根本决定社会之发展的是阶级,有统治阶级,有被统治阶级。中国过去的文学史抹杀了人民的立场,只讲统治阶级的文学,不讲被统治阶级的文学。今天以人民的立场来讲文学,对统治阶级的文学也不抹杀。

观察中国的社会,有下面几个阶段:

一、奴隶社会阶段;

二、自由人阶段;

三、主人阶段。

奴隶社会的组织是奴隶和奴隶主,自由人是解放了的奴隶,战国和西汉的奴隶气质在文学上很明显,魏晋以后嵇康阮籍解放了,但由建安到今天都无大变。

建安前是奴隶文艺,建安后是自由人的文艺。奴隶的反面不是自由人,奴隶的反面是主人。西方民主国家还要争自由,何况中国!

奴隶是有主人的奴隶,自由人是脱离主人的奴隶。今后的主人,则是没有奴隶的主人;有奴隶的主人是法西斯。

现在再来看每个阶段的特质。

(一)奴隶阶段

今天所谓奴隶与历史上的奴隶不同,真性奴隶是无身体自由的,使其身体亏损如剽,刖,墨,荆,宫等是奴隶的象征,再一种是手铐脚镣的束缚,这可呼为真性的奴隶。和这相反的要身体有自由发育,自由活动的才是主人。在真性奴隶社会中作业是分工的,主人也做事,大致为政,为君,战争,行刑是主人干的,他做事是自由的。奴隶的事,一是物质生产的技术,如农工等类;一是非物质的生产,如艺术,卜卦,算命,音乐。统治者担任的是治术,奴隶担任的是技术和艺术。技术供主人消费,艺术供主人消遣。历史上有名的音乐家师旷是瞎子,可以作为证明。

古代艺术家是奴隶干的,如王维在《唐书》上就没有他的传,因为他是奴隶;干艺术是下流的,像今天看戏子和娼妓是一个样。荆轲的好友高渐离会击筑,为秦始皇挖去二目,再来听他的音乐。如果身体不亏损,你就只能做汉武帝时候的李延年,汉武帝当他做女人看。

真性奴隶社会在战国前是没有了,在春秋时即已逐渐瓦解。但奴隶社会的遗留太多,太明显,《史记·滑稽列传》淳于髡为齐国赘婿,髡是受剃了发的髡刑的,名字都已证明他是奴隶了。其他屈原,宋玉,东方朔,枚皋,司马迁都是奴隶,司马迁受宫刑是奴隶的标帜,这些人比真性社会的奴隶身体稍自由。

古代艺术家身体上受创伤,心理上也受创伤,常云"文穷而后工";厨川白村的《苦闷的象征》谓"不自由即奴隶的别名"。文艺是身体或心理受创伤后产生的花朵,是用血泪来培养的。金鱼很好看,是人看他好看,金鱼的本身并不觉得好看;盆景也是如此。在阶级社会里的文艺都是悲惨的,一般有天才的奴隶为要主人赏识,主人免其劳动而养活他,他就歌功颂德,宣扬统治者的思想,为主人所豢养,他帮助主人压迫其同类。技术奴隶如传说的板筑。因此我们可以说:1. 技术是不自由的劳动;

2. 文艺是不自由的不劳动;3. 治术是自由的不劳动;4. 帮闲文人寄生者是不自由的不劳动。

当艺术家作为消闲的工具时是消极的罪恶,但当艺术家去替统治者去做统治的工具时,就成了积极的罪恶。

除了人民自己的文艺之外,一切的文艺都是奴隶做的。今日的文艺传统不是如《诗经》那样由人民的传统来,而是由奴隶来,所以往往做了奴隶的子孙而不自察。

(二)自由人阶段

自封建时代奴隶的解放,就有了自由人,自由人的实际地位是自己选择自己的道路,愿不愿做奴隶。儒家愿做奴隶,道家不愿做奴隶。所以:

1. 楚狂避世,怕惹祸。

2. 杨朱不合作,为我,先顾自己,不管他人是非。你是你,我是我,我不惹你,你莫管我,但承认人家的势力。

3. 程明道程伊川一个对妓女坐,一个背妓女坐,人家批评他俩一个是目中有妓,心中无妓,一个是目中无妓,心中有妓。这种是忘了你我,逃避在观念社会里,我不见妓女,就没有妓女。

4. 庄周梦为蝴蝶,但庄周并不能为蝴蝶。前三种是逃避他人,庄周却逃避自己。

5. 东方朔避世朝廷;小隐山林,大隐朝廷,只要我心里没有官,做了官也等于不做官。

6. 唐卢藏用等以终南山为做官的捷径。

7. 先做官而后归隐。

8. 可怜主人而去帮忙。

以下道家儒家不能分。这些人象征思想的解放,春秋后此种思想即已产生,东汉魏晋以至今日,都是这一传统没有变。到了近一百年,除了做自己人的奴隶外,还要做外国人的奴隶。

自由人是被解放了的奴隶,但我们今天还一直跟着这后尘。

上面列举的前四种人的态度是诚恳的,自己求解放,后面几种人都是自己骗自己,由魏晋到盛唐,勉强可以,以后就不行了。唐以后的诗不足观,是人根本要不得。前面的解放只是主观的解放,自己在麻醉自己。自己麻醉不外饮酒,看花,看月,听鸟说甚,对人的社会装聋,表现在艺术作品中的麻醉性,这就更高。魏晋艺术的发展是将艺术做麻醉的工具,阮籍怕脑袋掉是超然,陶潜也是逃避自己而结庐在人境,是积极的为自己。阮是消极的为人,阮对着的是压迫他的敌人,是有反抗性的;陶没有反抗性,他对面没有敌人,故阮比陶高。阮是无言的反抗,陶是无言而不反抗,能在那里听鸟说甚,他便可以要干什么便干什么。

西洋艺术为宗教,解放后的自由人则为艺术而艺术,到贵族打倒后,没有反抗性而变为消极的东西。

总结以上有怠工的奴隶,有开小差的奴隶,有以罢工抬高价钱的奴隶。各种奴隶都有,但没有想做主人的。这些人虽间不容发,但是都没有想到当主人。倒是农民想要当主人反而当成了,如刘邦朱元璋是,张献忠李自成洪秀全等是没有当成功的。士大夫只想做官,只想到最高的理想最大胆的手腕是做一人之下万人之上的宰相。这种人不需要革命,无革命的观念和欲望,故士大夫从来不需要革命。农民从来不得到主人给他的面包渣,骨头,故他可以反抗,可以成功。

往后要做主人,要做无奴隶的主人。

(三) 主人阶段

自由人不是主人,但像主人,似是而非。士大夫做自由人就够了,无需为主人,等自由人的自由被剥夺了,成了有形的奴隶,他就可以回头来帮助别人革命。最不能安身的是奴隶农民,因为他无处藏身,他就要起来积极地革命。

法西斯要将人都变成奴隶,每个人都有当奴隶的危机,大家要反抗,抗了法西斯,不仅要做自由人,而是要真正做主人。

所以我对于战后文艺的道路有三种看法:

1. 恢复战前;

2. 实现战前未达到的理想；

3. 提高我们的欲望。

前两种都较消极，第三种却是积极的提高，因为打了仗后，人民理想的身价应与今日的通货膨胀一样的增高。今日有人要内战，我们当然要更高的代价，这是历史发展的必然性。战后的文艺的道路是要做主人的文艺。有了战争就产生了我们新的觉悟，我们认清自己身份的本质，我们由做奴隶的身份而往上爬，只看见上面的目的地而只顾往上爬，不知往下看。虽然看见目的地快到，但这是我们的幻觉，这是有随时被人打下来的危险。我们不能单往上看，而是要切实的往下看，要将在上面的推翻了，大家才能在地上站得稳。由这个观点上看：如果我们只是追求我们更多的个人的自由，让我们藏的更深，那就离人民愈远。今天我们不这样逃，更要防止别人逃，谁不肯回头来，就消灭他！

我们大学的学院式的看法太近视，我们在当过更好一点的奴隶以后，对过去已经看得太多，从来不去想别的，过去我们骑在人家颈上，不懂希望及展望将来的前途，书愈读的多，就像耗子一样只是躲，不敢想，没有灵魂，为这个社会所限制住，为知识所误，从来不想到将来。

将来这条道路，不但自己要走，还要将别人拉回来走，这是历史发展的法则。如果还有要逃的，消灭他，服从历史。